傅律师有点甜

千桦尽落 著

上册

青岛出版社
QINGDAO PUBLISHING HOUSE

图书在版编目（CIP）数据

傅律师有点甜 / 千桦尽落著. — 青岛 : 青岛出版社，2020.6
ISBN 978-7-5552-8277-8

Ⅰ. ①傅… Ⅱ. ①千… Ⅲ. ①长篇小说－中国－当代 Ⅳ. ①I247.5

中国版本图书馆CIP数据核字(2019)第200403号

书　　名 傅律师有点甜
著　　者 千桦尽落
出版发行 青岛出版社
社　　址 青岛市海尔路182号（266061）
本社网址 http://www.qdpub.com
邮购电话 18613853563　13335059110
0532-85814750（传真）　0532-68068026
责任编辑 李文峰
特约编辑 郭红霞
校　　对 耿道川
装帧设计 蒋　晴
照　　排 李红艳
印　　刷 三河市良远印务有限公司
出版日期 2020年6月第1版　2020年6月第1次印刷
开　　本 32开（880mm×1230mm）
印　　张 16
字　　数 400千
书　　号 ISBN 978-7-5552-8277-8
定　　价 65.00元（全二册）

编校印装质量、盗版监督服务电话　4006532017　0532-68068638
建议陈列类别: 畅销·青春文学

CONTENTS
目录
上册

CONTENTS

目录

㊦㊥

下册

第一章 结婚对象傅怀安

虽是初秋，但接连四五天的连绵大雨，把整座海城都笼罩在朦胧水雾中，同时也使海城的空气格外潮湿冰冷。

林暖一从咖啡厅出来就感受到海城秋季如狼似虎的冷意。

“林暖！”

顾含烟从咖啡厅追了出来，一把拽住撑着伞的林暖，声音尖锐：“墨深失踪这四年，属于他的继承权、公司股份以及他名下的车和房子都已经在他弟弟温墨时名下！”

林暖的脊背微微一僵。

“我现在唯一能为温墨深守住的，只有自己！我不想等有一天墨深回来了，却发现什么都没有了……”

林暖的心一下子被击中，揪着疼。

温墨深是林暖藏在心底里不能触碰的爱。

顾含烟站在伞外的雨中，林暖站在伞下的阴影里，两人僵着。

林暖抽回自己被拽的手腕："你能这么逼我，倚仗的不过是我爱温墨深，可如果有一天他回来，知道了真相，我必定会成为横在你们之间无法拔除的刺。顾含烟，你敢和我赌吗？！"

顾含烟嗫嚅着想回答"敢"，却又怕答得太干脆显得不够深情，踟蹰间眼底红了一片，被水汽氤氲的杏眸在雨中越发显得楚楚可怜。

顾含烟久久答不上来，林暖转身要走，可当林暖的目光触及马路对面立在轿车旁边高大深沉的男人时，整个人愣住了。

黑色的轿车就停在路灯下，橘色的光线在蒙蒙细雨中交错，晕出一圈圈朦胧的光，落在男人宽阔的肩膀上，勾勒出男人轮廓分明的刚毅五官。

那样一个样貌出色周身充满沉稳气息的男人，不论在哪里都是耀眼的，让人无法忽视……

是傅怀安！

不知道为何，此时看到傅怀安，林暖竟然觉得自己有一种愧疚心作祟的不安感。

明明不确定是否应该帮顾含烟，明明什么都还没有做，见到傅怀安她就先慌了。

跟着傅怀安一起从天香居出来的中年男人见傅怀安指间夹着一根香烟，便一脸献媚地双手捧着打火机，要给傅怀安点烟。

蒙蒙细雨沾湿了傅怀安挺括的西装和发丝，他单手插兜一副睥睨众生的淡然姿态，神情中自带着一种高高在上的倨傲和矜贵气质……

陪同傅怀安一起应酬的好友陆津楠，从天香居一出来就看到了马路对面的林暖。

"汪总，介意帮我去马路对面的便利店买包烟吗？！"陆津楠语气轻松地道。

傅怀安身旁的中年男人连连点头，十分爽快："没问题，陆总！"

"谢了。"陆津楠的道谢并无诚意。

看着身材圆润的汪总小跑着离开，傅怀安平静地灭了手中的香烟。

那是刚才饭局上别人递给傅怀安的高级香烟，但并不是他习惯抽的牌子。

陆津楠从西裤里掏出烟盒，抽出一根香烟递给傅怀安，把一根送到自己嘴角："你心里的白月光——林暖，就在马路对面。"

点烟的动作一顿，傅怀安抬眸看向陆津楠，眸色幽深。

陆津楠咬住香烟，双手插兜，隔着白雾，下巴朝着林暖的方向仰了仰："没开你玩笑，和你那个准未婚妻顾含烟一起……"

香烟被点燃，白雾升腾，傅怀安收回打火机，眼神高深莫测地看向马路对面，精准地捕捉到正窥视他的女人。

只一眼，林暖心头紧绷的一根弦便倏然断裂。想到刚才顾含烟在咖啡厅里说的那些话，她心虚地握紧了伞柄，掌心出了一层细汗。

氤氲的白雾模糊了傅怀安轮廓分明的冷峻面庞，可林暖还是感觉到强大的压迫力朝她逼来，迫使她慌乱起来。

陆津楠咬住烟蒂，目光肆无忌惮地打量着马路对面的林暖："这个女人至于你布这么大个局，请君入瓮吗？"

"她跟你的那些女人不一样。"傅怀安语气不温不火，吞云吐雾间，嘴角勾起若有似无的笑意。

"是不一样。这个林暖我查了，电台的一枝花，却从来没人能够碰一下，特难弄，太精明矫情。"陆津楠弹了弹烟灰，话里透着酸味，"你是比较喜欢难弄的这一类型，还是……喜欢比较难弄的女人自己主动找你的感觉？"

一辆空车驶来，林暖顾不上路边的积水，抬脚走下，伸手拦车……

“林暖！”

顾含烟唤了林暖一声，却不见林暖回头。

混着泥浆的冰冷积水灌入林暖的白色运动鞋中，可她急于逃离有傅怀安的地方，竟一点儿都没有察觉，直到上了出租车，暖暖的热气袭来，她才察觉脚底冰凉。

林暖撑着伞，站在傅怀安家的别墅门前。

因为顾含烟的最后那一番话，林暖到了家门口后，又给司机报出了傅怀安家的地址。

她怕过了今晚，就失去来找傅怀安的勇气。

“林小姐……”

林暖闻声抬头。傅怀安家的阿姨已经打开门，撑着伞朝林暖小跑过来，一边说着团团如何每天念叨林暖，一边把人往屋里请。

车灯照射过来，林暖抬手挡住车灯过强的光线，心跳速度变快。

车停稳后，傅怀安下车。他的西装整整齐齐，脚下的皮鞋干干净净，只是沾染了一些水滴，和林暖稍显狼狈的样子形成鲜明对比。

林暖不自觉地挺直了脊梁。

“先生回来啦……”李阿姨轻快地笑道。

“雨大，先进来。”

林暖跟在傅怀安身后进了门。李阿姨给林暖放了洗澡水，找了身干净的衣服。

“新闻说雨太大，经二路被淹了，林小姐今晚肯定回不去。先生让您在这儿休息一晚，明天再走。”李阿姨把一套干净的睡衣递给林暖，“这是昨天给先生新买的睡衣，过了水，先生还没穿过，您身上的衣服都湿了，暂时将就一下。夜宵已经准备好了，您洗完澡就可以下来用了。”

“谢谢……”林暖接过睡衣。

她在客房浴室洗了一个热水澡出来。人舒服了不少，她坐在床边，一边擦着头发，一边斟酌着该如何和傅怀安说顾含烟的事情。

她和傅怀安着实算不上多熟悉，由她开口请求人家不要订婚，怎么想都让人觉得带有不怀好意的暧昧目的。

林暖擦完头发找傅怀安时，他已经用完夜宵，正上楼。

两人在二楼楼梯口相逢。林暖不想给自己退缩的余地，便先开口：“傅先生，我来是有件事儿想要求你。”

傅怀安一手端着咖啡，一手插兜，踏上最后一级楼梯台阶，他高大的身躯逆光而立，把林暖完全笼罩。强大的压迫感和威慑力让林暖绞紧了自己的衣角。

林暖刚洗完澡，微微卷曲的及腰长发松散着，她抬手局促地把耳边的长发别在耳后，露出了白皙、透着淡淡粉色的耳朵和优美的颈部曲线。清秀的眉目间有着难掩的紧张神色。

傅怀安凝视着林暖，耐心地等她开口。

她道：“您……可不可以不要和顾含烟订婚？顾含烟曾经是温墨深的未婚妻，她到现在还在等温墨深回来。”

傅怀安幽深的眸子让林暖心慌意乱。

他淡然地望着林暖：“我缺一个女人，团团缺一个妈妈，顾含烟心里有谁我并不在意。”

林暖突然想到仰着头怯生生地叫自己妈妈的小男孩儿，竟觉得傅怀安的话是对自己的一种暗示。

她手心里冒出一层细汗。

卧室内，傅怀安点了一根香烟，随手把金属打火机丢在了茶几上。

咚咚咚——

听到敲门声，傅怀安用夹着香烟的手端起咖啡杯，抬起深邃的眼眸看向门口的方向，迟迟没有开口。

林暖来得比傅怀安预料的要快。

咚咚咚——

敲门声再次传来，傅怀安骨节分明的细长手指摩挲着咖啡杯壁，沉吟了片刻，他才不紧不慢地道："进来……"

傅怀安低沉的嗓音隔着门板传来，林暖听着一瞬间有些颤抖。困惑和怯弱几乎将她的心团团围住，可"温墨深"三个字如同盾牌，将她的犹疑给挡了回去。

傅怀安把门打开，慵懒地坐在沙发上，随意交叠的长腿上放着一份文件。

她关上门，表情有些视死如归的味道。

"有事？"傅怀安并未转头，咬住香烟淡淡地问了一句。

烟雾弥漫的房间内，傅怀安的表情有些让人看不真切。

"您说，您缺一个女人，团团缺一个妈妈。傅先生，我觉得不论是团团的妈妈，还是您的女人，可能我比顾含烟更合适。"林暖的声音里带着几乎不可闻的颤音。

林暖令人惊艳的长相绝对比顾含烟更讨男人喜欢，而要说成为团团的妈妈，团团已经把林暖当成妈妈了。

听到这句话，傅怀安侧头看向林暖，见她脊背紧靠着门板，像是一只充满戒心的小奶猫，嘴里说着想要代替顾含烟成为他傅怀安的女人，身体和眼神却全都是戒备和抗拒。

傅怀安微微眯起黑眸，喉结轻微滚动，拍了拍自己身边的位置，示意林暖坐过去。

见傅怀安高深的目光聚焦在自己藏不住心事的双眸上，林暖更加局促……

她艰难地吞咽了一口唾液，做好心理建设朝着傅怀安的方向慢慢磨蹭着。

二十四岁的林暖已经可以为自己的行为负责。

从走出客房，走进这扇门，林暖就知道等着自己的会是什么。

"林暖，既然你说要成为我的女人，总要让我看到诚意……"傅怀安依旧不紧不慢地说道。

傅怀安所指的诚意，林暖懂。

她一直是一个聪明的姑娘。

仿佛用尽了自己毕生的勇气，林暖走向傅怀安，在傅怀安身边坐下。她鼻息间顿时全是傅怀安夹杂着香烟味道的男性气息，沉稳内敛，充满了强烈的压迫感。

“拘谨”这个词，用在此刻的林暖身上绝对不为过。

她拘谨地垂下眸子，明明是靠近的动作，身体却和傅怀安保持着距离，努力让自己做出一副自然的模样。

傅怀安拿开嘴角还亮着丝丝猩红火光的香烟，把夹着香烟的手搭在林暖背后的沙发靠背上，身体向林暖的方向倾斜。

男人身上沐浴露的清香夹杂着烟草味窜进林暖的鼻腔，内敛沉稳的男人味压迫着她的神经。

傅怀安和林暖离得很近，他逐渐粗重的呼吸让她乱了阵脚，心跳如擂鼓。

“没穿内衣……嗯？”

傅怀安黑眸炙热，沉稳的声音带了几分沙哑，好听，说出的话却让林暖害羞得一塌糊涂，她像是从脚趾红到了头发丝。

因为她是抱着献身的想法来的，不想给自己退路。

一个女人穿着一个男人的睡衣，内里真空地坐在他的沙发上，这是什么诚意，傅怀安应该明白。

她害羞得无法面对傅怀安幽深的眼眸，察觉傅怀安的靠近，她紧张地攥着衣角，汗毛直竖。

傅怀安暧昧地以薄唇轻触她的耳朵，林暖绷直了发软的身体，耳朵红了一片。

“林暖……”

傅怀安轻唤了一声她的名字。林暖躲开傅怀安在自己耳畔使坏的唇，抬头看向他。

带着薄荷烟草味的呼吸靠近，林暖本能地屏着呼吸，下意识地别过头去。

两人唇瓣相擦，没有吻上。

林暖眼底泛红，害羞难堪得想哭。

她是怎么把自己逼到这种……送上门任人鱼肉的地步的？！

“林暖，勉强女人不是我的作风。”

她紧紧攥着小手，一副坦然赴死的模样，双臂环住傅怀安的脖颈，轻啄了下傅怀安一侧的嘴角。

傅怀安不动如山。

他并不着急，对林暖，他向来有足够的耐心。

林暖以为，因为她眉眼中的不甘，所以傅怀安在同她保持距离。

林暖骨子里是个保守的姑娘，长这么大，追她的人很多，她却从来没有谈过恋爱。

在林家，林暖有个未婚夫，可一年两人在一起吃顿饭的次数都屈指可数，就算凑在一起，也是为了敷衍两家家长，走个形式而已。

从未有过亲密举动。

所以林暖哪怕在心里彩排得再好，到了“实战”，纯靠她主动的话，她还是手足无措，身体僵硬得肌肉发酸。

林暖攥紧汗津津的手，有些退缩。

“既然心里爱着温墨深，为什么又要和我在一起？”

林暖闻声抬眼，两人四目相对，傅怀安深不见底的眸中一片淡然平静。

什么都瞒不过傅怀安这双眼，以傅怀安的城府，怕是在她请求傅怀安不要和顾含烟订婚的时候，他就已经知道她是爱着温墨深的吧。

把话摊开，林暖心里稍稍松快了些。

她挤出一丝难堪的笑，开口：“因为不能眼看着温墨深的女人和你订婚。”

“为爱牺牲？”傅怀安咬着香烟，修长的双腿交叠着，隔着轻烟薄雾，半眯着眸子看着林暖环上他脖颈的纤细手臂。

他有所触动，原来她爱一个人的炙热没有因为时间流逝而冷却，可以持续到如此地步。

她眸子里蒙上了一层水汽，倔强又无助的模样让傅怀安有些动情。

“你管刚才那个叫作接吻？”

咬着香烟的傅怀安，声音有些含混。

林暖面红耳赤。她从未接过吻……

傅怀安就像是能够窥视别人内心一般，一下就读懂了林暖的表情：“初吻？”

林暖把手攥得手心发疼，梗着脖子看向傅怀安，倔强不肯服输的模样像是在控诉傅怀安衣冠禽兽欺负小姑娘。

有求于人，林暖收起自己身上的刺，可不经意间还是会扎到人。

傅怀安呼出一口薄雾，随手把香烟按灭，带着烟草味的拇指摩挲着林暖的嘴角，他喉结轻微滚动，嗓音低沉，“我来教你什么叫接吻！”

男人高大挺拔的身躯贴了上来，热度烫人，强势的气息入侵林暖的心肺，让她全身都在战栗。

傅怀安单手扣住林暖的后脑，温热的薄唇压下，来回轻吻之后，试探着撬开了她的唇齿，柔软的舌尖儿与她纠缠……

林暖周遭稀薄的空气被男人强势地夺走，脸颊一下烧了起来。

带有侵略性的气息侵袭了林暖，她满目慌张，心脏从未跳得这么快，脑子乱成一团。

因为傅怀安的吻，林暖心头攀上陌生的悸动，让她不安和惶恐……

傅怀安半眯着眼眸，见林暖面色通红，双眸迷离，大手顺着她脊背优美的曲线滑下，把她按向自己。柔软的触感让他动情得不能自已。

本就是傅怀安想要的姑娘，加上此时她一副化成春水、任君采摘、无力反抗的模样，他怎么能不动情？！

林暖靠着内心尚存的一丝清明，挣扎着想要反抗，小手抵住傅怀安的胸膛，掌心下是傅怀安烫人的肌肤。

她的力道不大，傅怀安察觉到抗拒，松开林暖的唇舌，呼吸粗重地问：“后悔？”

林暖下意识地抓紧了傅怀安胸前的衣裳。

傅怀安的态度很明确，他不勉强女人。对于情欲，林暖是初尝滋味，傅怀安却仿佛理智得随时可以抽身当作什么都没有发生过。

林暖把自己逼进了死胡同，红着眼，低头不语。

傅怀安这行为，是答应了她可以替代顾含烟，还是说林暖主动送上门，他坦然收下？

林暖想问，但羞耻心又不允许。

“别紧张。”傅怀安耐心地诱哄着，粗重的呼吸扫过林暖的唇瓣，用有磁性沙哑的声音安抚着林暖不安、纠结的情绪。

傅怀安温柔的嗓音撩拨得林暖必须紧攥着他的衣裳才不至于软下去。

林暖做了一个梦，梦里温墨深回来了。

他就在林家家门口，穿着走的那天穿的西装，眼角眉梢都是林暖最熟悉的笑意，他在谢谢林暖替他守住了他爱的女人。

风很大，吹得林暖眼泪都藏不住，她明明在笑，心却痛得像是被人剜走了一大块儿，四面漏风。

她站在原地，目送着温墨深满脸幸福地去找他深爱的女人……

直到耳边传来哗啦啦的水声林暖才渐渐转醒。

陌生的卧室、陌生的床，陌生的枕头被林暖的泪水沁湿了一大片。

林暖颤抖着下床，捡起地上原本就不属于自己的睡衣把自己包裹严实。

她本想趁着傅怀安还没出来赶紧逃离现场，可一想到还没有确认傅怀安会不会放弃和顾含烟订婚，便没走。

傅怀安从浴室出来的时候林暖已经将大床收拾妥当。

见脖子上搭着毛巾的傅怀安出来，她欲开口却又难以启齿。

耳畔传来打火机点火的声音，林暖就听到傅怀安问："顾含烟找过你？"

林暖想到昨天晚上咖啡厅门口傅怀安已经看到她和顾含烟，没有隐瞒，点了点头。

他抬脚走至窗口，对林暖道："你过来……"

林暖转头看了眼站在落地窗前的傅怀安，还是走了过去，站在傅怀安身旁，侧头仰望傅怀安："你不会勉强顾含烟了吧？"

经过一晚上，林暖对傅怀安已经不再用敬语，这是一大进步。

傅怀安勾唇，黝黑的眸子锁定楼下某处，伸手就把林暖揽进了怀里。

林暖吓了一跳。

"看到右边那辆白色的帕萨特了吗？"傅怀安磁性的嗓音带着热气窜入了林暖的耳郭。

林暖耳朵泛红，窘迫地向窗外右侧看去。

"顾含烟早就让人盯着你了。"傅怀安说得不紧不慢，似乎丝毫不在意。

林暖轻轻收紧小手，面颊上带着被戳穿的尴尬，逞强道："我知道……"

顾含烟大概等的就是类似自己和傅怀安今晨一起出去的照片。有了照片，就有了实证，顾含烟再把事情闹大，就有了足够的理由和立场不嫁给傅怀安。

可顾含烟没考虑过林暖，去求人帮忙又企图陷害别人，这样的手段的确卑劣了一些。

已经走到这一步，林暖陡然有了勇气，开口道："傅先生，我可以替代顾含烟了吗？"

"你想怎么替代？"傅怀安并没有放开林暖。

傅怀安那样一个不苟言笑的人，此刻竟然对林暖勾起嘴角，他深邃的目光在清晨金色的阳光下透着让人难以捉摸的高深意味。

“如顾含烟所愿，还是堂堂正正？”傅怀安给了林暖一个选择题。

林暖不喜欢顾含烟的处事手段。

现在，林暖名义上还是林家的孩子。

一直以来循规蹈矩、成为名门闺秀典范的林暖，要是出了这样抢夺别人未婚夫的丑闻，她怎么对得起林家的父母？！

这些，顾含烟都不曾为林暖考虑过。

甚至在傅怀安让林暖做选择之前，林暖也不曾为自己考虑过。

既然顾含烟拜托的事情已经完成，林暖为什么非要按照顾含烟安排的进程走？

林暖目光紧盯着那辆帕萨特，唇瓣微启：“堂堂正正。”

傅怀安嘴角弧度更深，他道：“送你一件礼物……”

“嗯？！”林暖疑惑。

“既然你不愿意看到温墨深爱着的女人嫁给别人，那就让温墨深的女人从此谁都嫁不了，乖乖地等着温墨深吧。”

这算是什么礼物？！

林暖恶意地揣测着：这是出于男人自尊心的报复？

林暖从傅怀安的卧室出来，碰见李阿姨抱着睡眼惺忪的团团正要下楼。

团团穿着卡通小熊连体睡衣趴在李阿姨的肩头上，小脑袋上扣着小熊睡衣的帽子，白嫩白嫩的小脸儿枕在李阿姨的肩膀上，脸颊右侧的肉被压得鼓了出来。

大清早的，身为留宿客人的林暖从男主人的房间里出来还被李阿姨撞见，这的确尴尬。

林暖笑得很是局促，还没等林暖开口和李阿姨打招呼，团团就像是打了鸡血一样突然挺直自己的小脊梁，似被水冲刷过的眸子里都是闪亮亮的光，他冲着林暖就喊：“妈妈！”

见林暖僵硬地站在那里，团团手脚并用地从李阿姨的身上爬下来，萌萌地跑至林暖面前，仰头用那种渴望的眼神望着林暖，像只小熊崽。

团团是一个很漂亮的小男孩儿，五官和傅怀安一点儿都不像。团团的眼睛圆圆的，又黑又亮，不似傅怀安，双眸深邃狭长。

“那个……吃过早餐了吗？”

林暖没有和孩子相处的经验，声音干巴巴的，面对一个叫自己妈妈的孩子，她比面对傅怀安还手足无措。

团团乖巧地摇头。

餐厅里，团团跑到林暖身旁，一手撑在座椅上，一手抠在餐桌边缘，抬腿费力地爬上椅子，乖巧地坐在林暖身旁，双手规矩地放在大腿上，侧头仰望着正拉开椅子要坐下的林暖，像一只讨好主人的小哈巴狗。

餐桌对团团来说有些高，他双手扶着餐桌边缘也只能勉强露出自己的脑袋。

“先生，早！”李阿姨和傅怀安打招呼。

傅怀安下楼时看到还没有餐桌高的团团紧挨着林暖坐下，双手扒着餐桌，正仰着头开心地等待林暖喂他。

傅怀安扣好衬衫袖扣，拉开椅子坐下，长腿交叠。

“爸爸！”团团很开心地唤了傅怀安一声。

傅怀安神情如常，拿了李阿姨放在餐桌上的报纸，浏览时开口：“今天下午四点我会去一趟林家，正式拜访一下你父母。明天早上去领证，晚上我要出差。李阿姨家里有事儿，今天下午就要放假回家了，我出差这几天团团就交给你照顾了。”

傅怀安坐姿很随意，骨节分明的手指翻着报纸寻找自己感兴趣的内容，三言两语间就安排好了所有事情，明显不给林暖反驳的余地。

林暖听到“林家”两个字，给团团喂鸡蛋羹的手稍微一顿。

团团张大了嘴巴，却不见林暖把鸡蛋羹送到自己嘴里，也不吭声，就仰头乖乖望着林暖。

傅怀安的目光并未从报纸上移开，他声音低沉：“你的户籍还在林家，要想领结婚证，去林家必不可免。”

林暖看着傅怀安轮廓分明的侧颜：“你查了我？！”

傅怀安将视线投向林暖：“在海城这不是秘密，人尽皆知。”

是啊，她的身世海城人尽皆知。

当年海城地震，林家在医院意外丢失了刚出生不到一天的女儿，林爸爸林景全以为他的女儿死了，可是林妈妈梁暮澜不愿意放弃，一直在寻找自己的女儿。

林暖的亲生母亲和梁暮澜同一天生下女儿，当时，林暖的亲生父亲在婴儿洗澡房救走自己女儿的同时，顺便救走了旁边的小女婴。

经历三个月，林家夫妇终于找到了林暖的亲生父母，可千恩万谢后接回的并非他们的亲生女儿。

当林暖被林家夫妻捧在手心里过着富家子女的生活时，林家真正的千金却在贫民窟里因为妈妈是精神病患者受尽欺凌。

林暖被林家错养了二十多年，当真的林家女儿回来后，林暖在林家的位置就变得十分尴尬，更别说造成这一切的还是她的亲生父亲。

梁暮澜对捧在手心里疼了二十多年的林暖无法彻底放手不管，又无法对自己的亲生女儿视而不见，两头为难。

林暖倒也识趣，在林家真正的女儿回来的那一天找借口搬出林家了。

她搬出来后，梁暮澜倒是经常来看她，可她再也没有回过林家。

如果傅怀安去林家是为了和林暖结婚的话，林暖不回去怕是说不过去。

林暖本想询问傅怀安知不知道她亲生母亲有精神疾病的事情，还没开口便觉得指尖一暖，低头看到团团柔软的小手指握住了自己的手指。

孩子都是敏感的，团团察觉到林暖的情绪的变化，有些担心。

对上团团那双漆黑漂亮的眼睛，到嘴边的话被林暖咽了回去，她回了一句："我知道了，你过去前给我电话，我会过去。"

"三点二十我在广电大楼门口接你。"

傅怀安说完，把报纸叠好搁在手边，端起了咖啡。

吃过早饭，傅怀安的助理小陆卡着点儿过来接他，林暖也收拾收拾准备去广播电台。

林暖还没走李阿姨就接到家里的电话，说有急事要先回去，林暖看着乖巧地坐在自己对面安静望着自己的团团，一时间竟然不知道该应怎么办。

林暖看了眼腕表，已经快一点了……

她答应了好友白晓年今天要和对方上一点半档的广播节目，给傅怀安打电话说了一声，便带着团团一起去了广播电台。

团团很乖，就坐在沙发上，手里拿着林暖在路上给买的棒棒糖，怀里抱着林暖同事给塞的零食，仰头看着那些围着他不断问问题的叔叔阿姨，一脸茫然，萌得就像是从漫画里走出来的小萌神。

林暖的好友白晓年坐在播音室内，透过透明玻璃窗看着小脸肉嘟嘟的团团，也被萌出了一脸血，恨不能现在就出去在团团的小脸儿上揉上一把。

试音后白晓年摘下耳麦，把身子往林暖的方向凑了凑："你哪儿弄的这么一个小萌宝？这也太可爱了吧！"

白晓年并不是一个八卦的人，只是她和林暖十几年的朋友，深知林暖处境艰难，怕林暖一不小心善心大发再给自己招来什么乱七八糟的事情。

林暖看了眼播音室内的表，道："一会儿下了节目和你说……"

节目开始，团团放下自己手中的零食，从沙发上蹦下来嗒嗒嗒地跑过去，透过透明玻璃看向里面的林暖和白晓年。

"今天是个好天气，大雨倾盆……却正是农忙的时节，所以麦子请假回家收麦子了。今天中午《人在纽约》的时间，由我还有暖暖陪您度过。”

一开场，白晓年便以玩笑的方式调侃了她请假的搭档。

“各位好，在这样阴雨连绵还有点儿冷的日子里，中午一小时……幸亏是暖暖不是冷冷陪您度过。暖暖的，很贴心……999牌感冒灵颗粒，温暖你我他。”

白晓年的节目本来就是比较轻松幽默类型的，林暖进入状态很快，她的自我调侃引得外面的电话编辑都笑开了。

白晓年笑出声：“哎哟……这广告植入得广告商该得多高兴。”

“貌似这是你这档节目的广告赞助商，我这是牺牲自我为你服务……”林暖眼角眉梢皆是笑意。

团团将小掌掌心贴在玻璃上往里看，漂亮的眸子一直追随着林暖。他很羡慕坐在林暖旁边的白晓年，也想要妈妈对自己那样笑。

一个小时的节目很快就结束了，林暖和听众告别，和听众相约于明天晚上六点档自己的节目后，她便听到白晓年道：“那个孩子在玻璃窗站了一个多小时，一直在看你……”

林暖抬头。

果然，团团就站在玻璃窗那儿，正眼巴巴地望着她。

林暖摘下耳麦，起身朝着团团的方向走去。

团团仰头望着林暖，想要亲近似乎又有些不敢，就在离林暖半米的地方站着，漆黑乌亮的大眼眸里是看着别人时没有的璀璨华光，甜甜地笑开。

有那么一瞬间，林暖有些心疼这个小小年纪却没有了妈妈的孩子。

她躬身摸了摸团团的小脑袋：“爸爸三点二十才来接我们，我知道楼下有一家冰激凌店很不错，趁着爸爸还没来我带你去吃冰激凌好不好？”

团团脸上的笑容越发灿烂，他用力地点头：“嗯。”

白晓年走至团团身边弯腰对团团笑：“这孩子和你倒是很亲近……”

楼下，冰激凌店。

团团坐在比他略高的卡座上，一只小胖手护着冰激凌碗，一手握着勺子把冰激凌往嘴里送。

团团见斜对面那桌的小朋友把自己吃成小花猫，他的妈妈一边笑着一边给他擦嘴巴的样子，很是羡慕。

他悄悄看了眼林暖，心里有些失落，其实他也吃成小花猫了。

团团垂下头，正要继续往嘴里送冰激凌时，一只纤细的手按着纸巾，动作轻柔地给他擦了擦嘴。

“吃慢点儿，都成小花猫了！”

林暖的声音特别好听，就像是团团第一次在广播里听到的一样，温柔得让人心里暖洋洋的。

团团没有吭声。他不想慢慢吃，他喜欢吃成小花猫时林暖温柔地给他擦拭嘴角，那种感觉，让他觉得自己是有妈妈疼爱的心肝宝贝。

看着林暖和团团，对面的白晓年咬住饮料吸管，跷着笔直细长的双腿，眉头紧皱。

“你真的要和傅怀安结婚？”白晓年觉得林暖的决定不理智。

林暖点头。

“那么你的幸福呢？”白晓年又问，“还有林家给你安排的那个高冷的未婚夫……”

“那是林家给林家女儿安排的未婚夫，现在林家真正的女儿回去了，嫁入顾家的应该是林家真正的千金。”

后面的话，林暖没有说。

顾家不会允许林暖这个亲生母亲有精神疾病的女人嫁给顾家的独苗。

白晓年太了解林暖。最主要的还是林暖不喜欢顾家那位少爷，如果林暖真的喜欢，怕是不能这么平静地说出这样一番话吧。

“为了温墨深值得吗？！”白晓年漂亮的眉头拧在了一起。

三点二十，林暖的电话准时响起。是傅怀安。

白晓年坐在冰激凌店内，看着林暖抱着团团朝路边那辆黑色的宾利走去。

阳光下，傅怀安站在车尾处，咬着烟蒂，拿着手机，身姿挺拔，藏蓝色的修身西装敞开着，露出的白色衬衫熨烫得很熨帖，并未系领带……

骨节分明的手指解开衬衫领口上方的两个纽扣，举手投足间尽显矜贵沉稳的气质，成熟男人气场逼人，莫名让人望而生畏。

白晓年跷着脚，单手撑住下巴，只觉得傅怀安和林暖看上去十分相配。

傅怀安这个人白晓年是有所耳闻的，出了名地冷漠无情，听说他叱咤律政界这么多年，不知多少女人死活想要往上贴，下场……都很惨！

只是，顾含烟为什么放着条件这么好又愿意娶她的傅怀安不要，要请林暖帮忙？

要说什么顾含烟为了等着温墨深，白晓年打死都不相信。顾含烟那样的女人太清楚自己要什么了，才不会为了一个回不来的男人守住自己。

顾含烟在林暖面前演绎得情深不负，不过是抓住了林暖对温墨深的那片痴心做文章罢了！

白晓年知道林暖就算能看透，也无法做到撒手不管。

温墨深是林暖的劫，一直都是。

傅怀安的车快开到林家大宅门口时，林暖突然让傅怀安的助理把车停在了路边。

林暖对傅怀安开口："要是没有给林家打招呼，直接和你一起说要结婚的事情，我妈妈估计接受不了。不如我先进去做好了铺垫，你再进来？我只要二十分钟……"

林暖和傅怀安商量，毕竟傅怀安的时间很值钱，让傅怀安在外面等着，不知道这位律政界的大忙人愿不愿意。

出乎意料，傅怀安竟然点头了……

林暖道谢后，拿包下车。

林家大宅门口，林暖看着那道黑色的大铁门，呼吸变得有些急促。

这里是她长大的地方，曾经那么熟悉，现在却那么陌生。

还不等林暖鼓足勇气靠近按下门铃，一辆车便在林暖身侧停下。

“暖暖……”

驾驶座的车窗放下来，林暖看到了大哥林琛。

林琛下车，还是如四年前那般儒雅英俊，但也多了几分老到和沉稳。

他穿着白色衬衫、银灰色马甲、笔挺西裤，一副出类拔萃的模样。或许是因为这段时间林氏太过繁忙，林琛深陷的眼窝透着倦意，他在看到林暖的瞬间，有种恍如隔世的感觉，心底的某个位置轻微地疼痛起来。

他还记得林暖拿着行李箱从林家离开的时候。她站在楼梯下，他站在楼梯上，她说：“哥，你要是还拿我当妹妹，就不要再来见我。和林家的任何一个人再见面……都像是在拿刀刺我的心脏。”

因为这句话，林琛多少次到了林暖家楼下都只是坐在车里，期待着偶尔能够看到林暖下班后急匆匆回家的身影。

四年对一个人的改变有多大林琛不知道，他只觉得林暖更瘦了，精致的脸颊白皙到让人觉得可以轻易被光线穿透。

“哥……”林暖下意识地唤了一声，眼底泛酸，竟红了鼻头。

身高腿长的林琛就立在林暖对面，身上有着淡淡的烟味。

“肯回来了？”喉结轻微滚动之后，林琛嗓音低沉地说了这么一句。

林暖握紧了手中的包，心中酸涩，抬头，克制着自己的情绪，眼眸微红地仰望着林琛。

太阳有些刺眼，林琛逆光而立。林暖半眯着眸子，眼底氤氲的水汽打湿了林暖的睫毛，她笑着开口：“我带结婚对象来给妈看看。”

林琛插在口袋中的双手骤然收紧，骨节分明的细长手指不经意发出声响，他立刻松开攥着的手指，眼里波澜不惊，顺手从裤兜里掏出烟盒来掩饰。

“结婚对象？顾邵庭？”林琛抽出一根香烟咬在嘴角，垂眸，在身上摸索着打火机。

林暖摇头。

想到那个还在车上等着她的男人，林暖知道自己只有二十分钟而已，见林琛没在身上找到打火机，说了一句：“哥，进去说吧，我们别站在外面……”

林琛沉默地看着林暖，抬手把嘴角的香烟拿开。他本是想要和林暖单独相处得久一些，但听到林暖带结婚对象回来，失态了。

林琛的车在车位上停好后，林暖解开安全带正要下车，就听林琛开了口——

“暖暖，妈前几次去你那儿和你说的事情，你考虑过吗？”林琛侧头看着林暖曲线优美的面部轮廓，刻意压低了嗓音，怕林暖听出他喉间的轻颤。

说出这句话，对林琛来说是需要勇气的。

上一次梁暮澜和林暖说可不可以考虑和林琛在一起，如果林暖和林琛能结婚，这样大家又是一家人，林暖还是自己的女儿。林暖当时以为是梁暮澜的一厢情愿，但如今，这句话从林琛嘴里问出来，着实让林暖觉得有些惊心。

“我们一家人生活了这么久，生活习惯都一样，彼此也都了解……”林琛的眉目间掩藏着什么情绪，说得却不紧不慢。

“哥，”林暖沉默了半晌，唤了林琛一声，道，“你不用因为妈……”

林暖没有在心里组织好语言，这种场面她也没有在心里彩排过，她喉头紧缩，话都说不出来。

见林琛目光深沉，表情坚定沉着，一点儿都不像是在开玩笑，林暖乱糟糟的心反倒平静下来，她道：“我知道哥和妈存了一个心思，想要把我变成林家人，但是哥，虽然我和你们流着不一样的血液，但我打心底里把妈当亲妈，把你当亲哥哥，这一点不会因为任何事情而改变。”

林暖很聪明，话说得很漂亮。

不等林琛再开口，林暖故作轻松地道：“哥，你一定想不到我带回来的结婚对象是谁。是傅怀安！你知道吗，他在律政界很有名气的……”

林琛无法再做到一脸平静。林暖这么急切地告诉他她结婚对象是谁，何尝不是急切地告诉他她不同意和他在一起的提议？

傅怀安何止是在律政界很有名气！

三年前身为律师的傅怀安在美国华尔街出现，翻云覆雨的手段令人叹为观止，短短一年时间内就在华尔街名噪一时。

他携子回国之后，不再接官司，把律师事务所交给合伙人管理，自己替他外公打理凯德集团之余还在做风投生意，近一两年新兴大热起来的项目几乎都是傅怀安投资的。

林琛记得自己在《经济时刻》杂志上看到过一篇对傅怀安评价的文章，文章用了大量篇幅描述傅怀安眼光的刁钻精准，就连林琛都不得不承认，傅怀安的目光的确毒辣。

林暖的结婚对象，居然是傅怀安吗？！那个有了孩子的男人……

“暖暖，这个男人有孩子。”林琛眉宇间尽是积怒。

林暖浅笑：“我的亲生母亲有精神疾病……”

她的言下之意：傅怀安都没有嫌弃她林暖，她又有什么资格去嫌弃傅怀安？！

林琛很想说他也不嫌弃林暖有一个有精神疾病的母亲，林家所有的人——除了林苒——都不会嫌弃林暖。

话还没说出口，林琛就见梁暮澜已经走了出来。

梁暮澜拢了拢自己的披肩，目光锁定林琛的车，疾步朝这边走来。

“妈来了……”林暖说完，推开车门下了车。

梁暮澜离得老远就看到林暖真的回来了，眼眶一湿，脚下步子不由自主地快了些。

“妈……”林暖轻唤。

林琛垂眸，点了一根烟，这才解开安全带不紧不慢地下车。

“暖暖……”梁暮澜上前拉住林暖的手，似责怪又似欣慰地道，“肯回来了？”

林暖勾唇笑了笑，开口便直入正题：“把结婚对象带回来让妈看看，明天就准备领证了。”

林暖带来的消息让梁暮澜有些措手不及，再看从车上下来、嘴角咬着一根香烟的林琛，梁暮澜用力握住林暖的小手，道：“跟我上楼……”

梁暮澜在林暖面前还是母亲的姿态，这是这么多年以来的习惯，无法更改。

梁暮澜几乎是一路拽着林暖进了卧室。

关上门，梁暮澜把林暖按在沙发上便问：“是不是因为妈和你说想让你嫁给你哥的那些话才让你这么着急找了个人说要结婚的？”

梁暮澜显然误会了，她怕是因为她提出的荒谬想法，导致林暖惊慌失措随便找个人嫁了，耽误一生。

没等林暖回答，梁暮澜急切地道：“你这个傻孩子，你不愿意就不愿意，妈难道会逼你吗？那只是妈希望你回来才想出那么一个乱七八糟的方法，你不能因为不愿意就胡来！你这是要用刀剜妈的心吗？”

梁暮澜眼底的急切和关心是无法掩藏的，那是一个母亲对女儿最温柔的疼爱。

林暖红了眼。她很感激梁暮澜，在事情真相被撕开之后，梁暮澜还拿她当亲生女儿一般看待。

“妈——”林暖握住梁暮澜的手，哽咽着唤了一声。

梁暮澜抬手拭去眼角细碎的泪珠，把林暖抱在怀里。她明明想要止住泪水，却忍不住。

梁暮澜声音哽咽：“你就算不是妈亲生的，也是妈从小疼到大的，妈最希望的就是你嫁的人对你好，你能幸福。妈也是糊涂了，竟然想出了那么一个乱七八糟的方法想把你留在妈的身边。好了好了……妈不提那件事儿了，你放心，你和顾家有婚约，有爸妈在，顾家不敢悔婚的，可你千万别在外面给妈胡来，妈承受不了……”

林苒就在卧室门外，隔着一道门，听着里面母女情深的话，整个人像是被塞进了铰肉机里一般，全身粉碎般疼痛。

明明她林苒才是梁暮澜身上掉下来的肉，偏偏只要林暖在，她就像是梁暮澜捡回来的一样。梁暮澜明明知道她是喜欢顾邵庭的，她对梁暮澜说过的。

她满心以为顾家和林家结亲要娶的是林家的女儿，自从喜欢上顾邵庭之后，林苒一直把自己当成顾邵庭的未婚妻看待，可如今……梁暮澜连这原本就应该属于她的婚约都给林暖。

凭什么？！

林苒攥紧手指，已愤怒到表情扭曲。

林暖好不容易安抚住梁暮澜，告诉梁暮澜她的结婚对象现在就在外面，今天她就是带结婚对象回来见梁暮澜的，梁暮澜这才收住眼泪……

梁暮澜用手心里攥着的已经潮湿的纸巾再次擦了擦眼角，眉头紧皱：“你怎么不早说？你看我现在哭得妆都花了，怎么见人？”

林暖浅笑：“妈妈怎么样都好看。”

母女俩好像又回到了从前那般亲密无间的模样，这是林暖离开林家后第一次对梁暮澜说这样的带着几分娇憨哄人的话。

梁暮澜没有多问傅怀安的情况，想着一会儿见面细聊，便催促林暖去请傅怀安进来。

林暖从梁暮澜的房间出来就看到林苒双手抱臂站在不远处，像是在等她。

“林暖，哦……不对，我应该叫你……陆暖。”林苒抱臂冷笑，态度称得上刻薄，满目讥讽。

两人四目相对，林暖的目光柔和得多，也平静得多。

林暖对林苒有颇多歉意，道：“我的户口还在林家，这一次来是为了要户口领结婚证的，之后你不愿意见到我，我就不会再来了。”

林苒紧握拳头，一瞬间神经紧绷，眼睫轻颤：“领证？！和谁？顾绍庭？”

林暖摇头，继而道歉道：“我一直想对你说抱歉，是我偷了二十年原本属于你的生活。”

林暖声音干净，声线动人，软绵绵的几句话让林苒始料未及。

她大概没有想到林暖会道歉吧，其实这件事本就不是林暖的错。

林苒喉头滚动了一下，她定神靠近林暖，压低了声音道：“既然觉得抱歉，知道偷了那么多年原本不属于你的生活，那就请你远离我的家、我的家人！尤其是我的妈妈！”

原本想让自己气势占上风的林苒此刻红了眼，就像是害怕被人抢走亲人的孩子……

林苒本就不是一个心机深的人，这样疾言厉色地说话，倒是出卖了她内心的惶惶不安。

林暖不想让梁暮澜在她和亲生女儿之间为难，点了点头，郑重地答应了林苒：“领证之后，我就会以结婚为由把自己的户口迁走，从此和林家再无瓜葛……”

就这么简单？！

林苒微微一怔，没有想到林暖竟然答应得这么干脆利落。

在她心里，林暖肯定不愿意离开林家这样的豪门世家，应该会抓住一切机会，想方设法地留在林家。就连当年林暖的离开，都被林苒看作玩砸了的以退为进。

“你又在玩什么花招？！”林苒眯起红了的眸子，满目戒备地打量着林暖。

没等林暖回答，林苒一副恍然大悟的模样看着林暖：“你真的想嫁给林琛？你想以这种方式重新进入林家？林暖，你和林琛以兄妹相处了二十年，你居然会有这种龌龊下贱的想法……”

“林苒！”林苒背后传来林琛阴沉的嗓音。

身高腿长的林琛双手插兜，立在楼梯口处，看着林苒的眼神带着瘆人的寒意，眉宇间尽是怒色，给人的压迫感极强。

“不论什么时候，林暖永远是这个家的一分子，谁都没法改变……”

林琛沉着厚重的气场让林苒有些怵，她还是第一次见到眸中积聚阴云的林琛，咬着唇不敢还口。

“我先去请傅怀安进来。”

林暖淡淡地说了一句，便和林琛擦肩朝楼下走去。

林琛就站在原地，看着林暖下楼的背影，裤兜内的拳头攥得更紧，手背青筋暴起，目光转而看向林苒。

“你是这个家的一分子，林暖也是！”林琛声音深沉，“我想，爸和妈最希望看到的就是你们相处如姐妹。”

“我……”

“你即便做不到，也不要如此刻薄……”

林琛根本就没给林苒开口的机会。

林苒面色惨白、一声不吭地站在原地。她本身就对林琛这个大哥有几分惧怕和敬畏，如今，从林琛嘴里听到他对自己的评价是刻薄，眼泪没绷住，一下就落了下来。

“如果这个家不欢迎我的话，当初就不要让我回来！”林苒哭着对林琛喊了一句，转头就跑回自己的房间，狠狠将门摔上。

梁暮澜听到声响出来，见林琛站在楼梯口处，问：“怎么了？”

“小苒在和我闹脾气。”林琛淡然地说了一句。

梁暮澜知道林苒闹脾气是因为林暖回来了。

“小琛，苒苒她……”

“妈，你不用说，我知道。”林琛打断了梁暮澜的话，看了眼腕表道，“我先走了。”

“小琛，暖暖带结婚对象回来了，你一起帮忙看看。”

梁暮澜心情有些紧张，当母亲的，在女儿带结婚对象回来看时，都是如此。

“我就是回来拷贝份文件，公司还有会……”

林琛那双眸子把情绪藏得很好。他一向是一个内敛深沉的男人，让人猜不透，哪怕是身为林琛亲生母亲的梁暮澜也不知他在想什么，所以有时候连林父都觉得自己和儿子的距离有些远。

林琛从楼上下来时，林暖正站在会客厅里背对着楼梯口给傅怀安打电话。他深深地看了一眼林暖高挑纤细的背影，没吭声地走了出去，就站在林宅门口的屋檐下，点了一根香烟。

白雾吞吐间，模糊了林琛的五官。他心情复杂，表情平静，目光悠远，仿佛陷入沉思。

一直以来，林暖作为林琛的妹妹都是很出色的，林琛也是打心底里疼爱林暖。

可什么时候这种疼爱变了味道，林琛自己都不知道。

直到梁暮澜找林琛说起想让林暖以嫁给林琛的方式回到林家时，林琛一向平静的心里竟然泛起了一丝涟漪。

仅仅是这一丝涟漪，都让林琛觉得心惊胆战，到底林暖做了他二十年的妹妹。

梁暮澜的一席话竟让林琛发现自己……对林暖有了超出亲情的感情。

林琛的心从来不在儿女情长上，对林琛来说，工作才是最重要的，他一直认为将来结婚不过是娶一个对林氏有所助益的女人，不用多漂亮、多能干，只要安分守己就好。

梁暮澜的话，让林琛心底滋生了别样的想法。

一根香烟还未燃尽，林琛看到林家大宅的黑色大铁门再次缓缓打开，一辆黑色宾利缓缓行驶进来。林琛嘴角咬着香烟，抖开臂弯里搭着的西装，穿好，半眯着眸子，隔着轻烟注视着那辆轿车。

外界都说傅怀安是个怪物，以前在律政界让人闻风丧胆。

出国之后，不论别人给出多么可观的数字，傅怀安都不再接官司，却在华尔街混得风生水起。

傅怀安回国之后，姜家在众人还没有反应过来的时候突然宣布破产。外界都猜测这是傅怀安的手笔，因为傅怀安是姜氏董事长姜程远的亲生骨肉，覆灭姜家是在为自己的母亲报仇。

骄傲如林琛这样的男人也不得不承认，傅怀安仿佛随心所欲，做什么都可以轻而易举地做到最好。

听到里面传来林暖走出来的脚步声，林琛随手把烟蒂按灭在门口的花盆内，不紧不慢，抬脚朝着自己的车走去。

林琛在林暖出来前就已经上车。他隔着挡风玻璃，看了眼站在夕阳下的林暖。

雨后的夕阳灿烂得不像话，林暖整个人被笼罩进暖橘色的光芒中，在干净的天地间，就像是天使。

林暖一手握着电话，一手把被清风吹乱的发丝别在耳后，漆黑漂亮的眸子眺望着远处行驶而来的轿车，神色看上去并没有女孩子带男朋友回家的紧张和不安。

良久，林琛收回目光，启动车子。

林琛的车和傅怀安的轿车擦肩，快要行驶到林家大门口时，他透过后视镜看到那个高大的身影下车，逆光而立，和林暖面对面。林暖仰头正在对傅怀安说些什么。

第二章 温墨深回来了

傅怀安坐在林家会客厅的欧式沙发上，眉眼间是多年磨砺沉积下来的高深稳重。他气场强大。

不得不承认，傅怀安是一个很有魅力的男人，不论是五官还是气质，又或是傅怀安神秘的身家。

三十多岁，已是呼风唤雨的一方人物，低调稳重又多金，这样成熟又有阳刚气的男人，就连梁暮澜这个年纪的女人看了都会心脏漏跳一拍，更别说林暖这种刚踏入社会的小姑娘。

梁暮澜打量着傅怀安端起茶杯喝茶的动作，自己也不自觉地端起杯子呷了一口茶。

梁暮澜优雅高贵的姿态是从骨子里透出来的，林暖得体的举止是从小耳濡目染被梁暮澜熏陶出来的。

“恕我唐突地问一句。听说傅先生有一个儿子，傅先生是二婚，还是……”梁暮澜觉得为了自己女儿的幸福，有些问题就算难以启齿也得问。

傅怀安抬起眼，眉宇间不改平静，淡淡开口，言语稳重：“您是林暖的母亲，我既然要和林暖结婚，关于孩子的事情应该如实告诉您。团团那孩子是我一对朋友临终前托付给我的。”

过多的话，傅怀安并没有说，林暖也能猜到大概：怕是傅怀安不想让那孩子觉得自己是一个孤儿，干脆就当了那个孩子的爸爸。

梁暮澜也很意外，自打傅怀安携子归来，外界不知有多少乱七八糟的揣测。

好听的，说傅怀安大概在国外结婚又离了婚，然后自己带着孩子回来；难听的，说傅怀安那个孩子是私生子的也有。

旧友去世，这样的伤疤不好揭，梁暮澜道了歉。内心隐约揣测着傅怀安的话是否真实，可打量半天梁暮澜也看不透傅怀安幽深的眼神。

关于团团的身世，这是傅怀安第一次说出来，这是他向梁暮澜表示要娶林暖的诚意。

“那么，暖暖的过去你都清楚吗？”梁暮澜问。

四年前，林暖的生活发生了翻天覆地的变化——亲生父亲突然带着林苒上门说清两个孩子的身世之后，跳楼自杀——这些傅怀安都知道。

傅怀安点头：“清楚，关于林暖的身世、亲生父母的所有事情，我都清楚。”

那天下午，梁暮澜和傅怀安又聊了些无关紧要的事情。傅怀安谈吐不凡、举止稳重，对林暖的身世了解且并不介意。

傅怀安除了有一个孩子之外，梁暮澜着实挑不出其他毛病，甚至对傅怀安有几分欣赏和喜欢。只是两人第二天就要匆匆领证，梁暮澜觉得有些快，可人是林暖选的，梁暮澜实在没有压着不让别人结婚的道理。

送走了傅怀安，林暖拿到户口簿没有在林家逗留，坐在出租车上，侧头看着窗外的车水马龙，心情有几分轻松、愉快。

领证后，她以结婚为由把自己的户口迁出来，想必梁暮澜也不会说什么。要是她继续和林家有什么瓜葛，对林苒确实不公平。

那晚，林暖回到家冲了个澡，出来的时候手机上就多了几个未接电话，是房东打来的。

林暖刚交完下一季度的房租，房东这一次打电话来是和林暖商量涨价的事情。

林暖的房东是一位南方女性，声音很是绵软好听，字字句句却都透着不可商量。

电话这头的林暖沉默了片刻，目光落在被她放置在台灯下的户口簿上……

明天她就要和傅怀安去领结婚证了，傅怀安的意思是要她照顾团团，那么她是住在这里，还是住在傅怀安家里？她还没有想过这个问题。

她想，要是现在打电话去问傅怀安，是否会显得她过于着急不够矜持？

没听到林暖的回答，电话那头的房东再次软声细语地道："我是很喜欢你这个小姑娘的，把家里收拾得干净，房子租给你也放心，只是现在物价涨得厉害，我还得供房子，你好好考虑一下。正好再过两个多月我们的合同就到期了，如果你觉得价钱合适我们就抽个时间续约，你看行吗？"

林暖并不是觉得房东涨价不合理，合约内的一年时间里房东并未涨价，而是合约到期之后续约涨价，林暖能够理解。

这里离单位比较近，林暖住在这里的确比较方便一些。

挂了电话，林暖找出租房合同，还没来得及多看门铃便响了。

她把毛巾搭在脖子上，并没有套外套，穿着睡裙就去开了门。

门外站着一个穿着代驾马甲的男孩儿，男孩儿个头不高，架着身材高挑的白晓年有些吃力。

男孩儿看到穿着清凉的林暖一愣，显然被林暖过分精致的五官所惊艳。

贴在林暖侧脸上的头发未干，水珠顺着林暖美丽的侧颜轮廓向下，滑过她曲线优美的天鹅颈，落在性感的锁骨处。

男孩儿只觉得林暖身上沐浴过后散发出来的幽香十分好闻，目光不自觉地垂下，想要闪躲，却落在了林暖那双笔直的白腿上。他清秀白皙的面颊上本因为负重而漾起的红晕越发深了。

“那个……我是代驾，你朋友喝多了，嚷着让我把她送到这里来……”

林暖骨子里是个有些保守的姑娘，后悔自己穿成这样就开门，连忙转身从挂衣钩上拿过自己的卫衣套上，面不改色地从男孩儿手中接过白晓年：“谢谢，交给我吧。”

喝多了的白晓年是个什么样子，林暖比任何人都清楚。

男孩儿一边要扶住穿着高跟鞋比他高一些的白晓年，一边要狼狈地和她保持距离，以防白晓年吃他豆腐，动作要多别扭有多别扭。

醉醺醺的白晓年的右侧手臂被林暖架住，代驾男孩儿还没来得及松开白晓年的左手臂，白晓年便抬起头来。

“嘿嘿嘿……暖暖。”白晓年左侧手臂收紧，把男孩儿拘住，细长漂亮的手指狠狠捏住男孩儿的脸蛋儿，她舌头发直，声音含混不清，“你看……我今天不小心抓到了一只小白兔，是不是超可爱？”

“疼疼疼……”男孩儿疼得直嚷嚷。

白晓年这是喝了多少才达到这种状态？！

“抱歉，我朋友喝多了总是这个样子……”林暖道歉，硬是把八爪鱼似的白晓年从男孩儿身上剥离下来。

“没关系，那……再见。”

男孩儿松开白晓年，逃似的跑向电梯口。

林暖个头不低，白晓年也不重，可那男孩儿一松手，林暖竟然撑不住倚在自己身上的白晓年，脊背一下撞在了门框上。

“嗞……”林暖倒吸了一口凉气。

“小暖暖……你怎么这么美呢？我都觉得我长得够漂亮了，你比我还漂亮，搞得我都要被你掰弯了。这可怎么办呢？”白晓年就势压住林暖，细长的手指不知道什么时候覆在了林暖的胸前，“你说陆津楠那个王八蛋，怎么就喜欢胸那么大的……”

每一次喝醉，白晓年都要调戏林暖，从大学时期开始就如此，林暖已经习以为常。

叮——

林暖听到电梯声，不想让别人看到这奇奇怪怪的一幕，拉开白晓年覆在自己胸口的小手，道：“进去再说。”

白晓年一手搂着林暖的脖颈，另一只手再次搭在林暖的胸前，她涂着珊瑚色口红的嘴巴噘起就往林暖的脸颊上凑：“乖乖暖暖，你就乖乖地让我摸一摸，除了你，我上哪儿摸这么大的胸呢？你乖……让姐姐亲一个！”

林暖正要扶白晓年进去，就看到一手牵着团团一手插兜，站在电梯口似笑非笑地看着自己的傅怀安。

林暖只觉得自己的脸颊唰一下就红了个透。

“小暖暖，别害羞嘛，我们都应该是轻车熟路了。”白晓年执着地往林暖脸上凑。

团团那双黑白分明的大眼睛望着林暖和白晓年，瞳仁干净得让林暖心虚。林暖怕教坏小朋友，干脆直接堵了白晓年的嘴，一脸尴尬地把白晓年往屋里拖。

林暖忙着扶白晓年进屋，傅怀安不请自入，牵着团团走了进去。

等林暖把闹腾的白晓年安顿在床上，身上已经出了一层细汗。

林暖回头才发现团团乖巧地站在房间门口，用那双黑白分明的大眼睛望着她，不出声，萌得让人心疼。

团团穿着黑色的套头卫衣和蓝色牛仔裤，脚下原本踩着的那双白色运动鞋已经脱掉，因为林暖这里没有适合团团的拖鞋，他两只小脚只穿了白色的小袜子踩在地板上。

见林暖的目光落在自己的两只小脚上，团团有些不好意思，动作笨拙地用右脚盖住左脚。身体有些不稳。

团团是个话特别少的男孩子，不像其他这个年纪的宝宝总是会叽叽喳喳地说个不停。

她抬手把鬓边湿漉漉的碎发别在耳后，想要开口和团团说话，才发现自己喉咙干得厉害。

“那个阿姨……她喝多了。”林暖不知道这样解释刚才白晓年的行为团团能否听懂。

团团点了点头。

林暖走至团团面前，说了一句：“团团长大了，不要和那个阿姨学。”

团团干净的眸子望着林暖，可是他很想学那个阿姨，那样就可以亲亲妈妈、抱抱妈妈了，只是这话团团不敢说。

林暖关了房间门，让烂醉的白晓年好好休息，抱起团团来到了客厅。

傅怀安此刻正双腿交叠、惬意地坐在林暖家的沙发上，指间夹着一根未点燃的香烟，两指间捏着林暖放在茶几上没来得及收起来的《早间新闻》内部面试通告，和林暖刚刚拿出来还没看的租房合同，林暖也不知他此刻在想什么。

林暖租的公寓不大，九十八平方米的两居室，但对于林暖一个小姑娘来说已经足够宽敞，可傅怀安坐在那里，竟让客厅显得有些局促。

傅怀安宽阔厚实的肩膀将落地灯的光线遮去大半，让林暖不自觉地觉得他成熟内敛的气场更加逼人。

傅怀安把香烟送到嘴角咬住，把面试通告放在茶几上又接着看手上的租房合同。

林暖开了客厅大灯，傅怀安这才朝着林暖的方向看去。见林暖和团团站在一起，他放下手中的租房合同，拿开了嘴角未点燃的那根香烟。

林暖看着傅怀安没有说话，似乎在等着傅怀安解释为什么大晚上的带着团团出现在她家门口。可林暖在傅怀安的目光中败下阵来，想到刚才白晓年失态的画面，面颊发烫地解释道：“我朋友喝多了……”

“嗯。我看到了，也听到了……”傅怀安淡然，听似平常无奇的口气竟也让林暖觉得耳根发烫。

他看到了什么，听到了什么？！

林暖想到白晓年嘴里嚷嚷着她胸大，又对她动手动脚的样子……

屋内又是一阵沉默，团团看了眼自己被林暖攥在手心里的小胖手，然后喜滋滋地抬头仰望着林暖，眼睛清澈明亮，全然不清楚傅怀安和林暖之间古怪的沉默。

林暖垂眸正对上团团清亮的双眸，连脖根都红了……

林暖让自己平静心绪，问了一句：“这么晚带着孩子过来，有事？”

“团团要来找你……”

林暖又看向自己身旁乖巧可爱的小不点儿，怕团团仅穿着袜子凉了脚心，把团团抱起放在了单人沙发位上。目光看到傅怀安的脚，她发现傅怀安脚下那双擦得发亮的意大利手工皮鞋正雄赳赳气昂昂地踩在她家浅驼色的地毯上。

林暖撇了撇嘴，傅怀安还不如一个孩子，连团团都知道进别人家脱鞋这样的基本礼貌。

团团目光一直追随林暖，见林暖拿了一双女士拖鞋放在他脚下，躬身时湿漉漉的头发从光洁的额前滑下几缕，他想要帮妈妈把头发别到耳后又不敢，小奶音糯糯地道：“妈妈，头发……”

林暖抬眸，对团团笑了笑把湿发别在耳后，目光温柔：“要不要喝牛奶？”

团团开心地点头，幸福得耳朵都红了。

“傅先生要喝茶还是白水？我这里没有那种现磨的咖啡……”

林暖下意识地觉得傅怀安应该是对生活很讲究的人，咖啡该是要喝那种现磨的，速溶的怕是入不了口。白水林暖这里有，茶叶是上一次梁暮澜拿来的，还算不错。

“白水……”傅怀安神情淡淡地道。

林暖转身去厨房给傅怀安倒水，给团团拿牛奶……

团团用小胳膊撑着沙发，一跃而下……见他脚下趿拉着偌大的女式拖鞋，踉踉跄跄地跟在自己身后一副随时会被拖鞋绊倒的样子，林暖干脆抱起团团一起去了厨房。

牛奶热到温度刚合适，团团便双手抱住牛奶杯咕嘟咕嘟喝了几口。听到林暖问他想不想吃鸡蛋面，他抬头看向林暖，唇瓣上沾着乳白色的牛奶，伸出粉嫩的小舌头舔了舔，把杯子抱在怀里仰头看着林暖：“想……”

傅怀安看向抱着牛奶杯一副乖巧模样的团团，问：“知道鸡蛋面是什么吗？”

团团摇头，可还是一脸开心的样子。在幼儿园里，小朋友们总是炫耀妈妈亲手给他们做的好吃的，团团长这么大还是第一次吃到妈妈做的鸡蛋面。

傅怀安所坐的位置正好能够看到在厨房里忙活的林暖……

林暖重新扎了一下还湿答答的头发，挽起卫衣袖子露出两截细白的胳膊，拿过青绿色的蔬菜，择好，动作娴熟地放在水龙头下清洗。厨房暖色的灯光映照着水流下林暖纤细而白皙的双手，使得她的手格外漂亮。

团团像是看不够，大眼睛这里瞅瞅那里看看，明明已经到了他睡觉的时间，他却像是打了鸡血一样精神百倍。小不点儿看到阳台处放着一个样式中规中矩的白色猫窝，嗒嗒嗒地跑过去，两只小手扒在落地窗上往外看。阳台上，猫窝和猫咪的猫砂盆、玩具都被整齐地摆放着。

傅怀安把团团拎了回来，让他安静地坐在沙发上，视线落在了小角几上摆着的相框上……

相框里是林暖的照片，那是林暖十七八岁的时候照的。林暖怀里抱着一只灰色的英国短毛猫，笑得很开心。她怀里的灰猫则一脸慵懒、半眯着眸子舒适地躺在林暖怀里，尾巴从林暖白皙的胳膊上耷拉下来，姿态随意。

大概等得久了，又喝了一杯牛奶，团团眼睛有些泛酸，他揉了揉自己的大眼睛，靠在沙发靠背上。厨房里传来抽油烟机的声音，嗡嗡嗡的就像是催眠曲，团团更困了，却还努力挺直小脊背，东倒西歪地点着头。

手机铃声从客厅传来，林暖把还没洗的番茄放入水里，抬头看去。

傅怀安接了电话，嘴角咬着一根香烟，正弓着身子拿茶几上的打火机，衬衫马甲紧绷出他肩背紧实宽阔的轮廓。

他走到阳台，关了推拉门，背对着客厅，低头点燃香烟，随手把打火机放进西裤兜里，举手投足间尽是成熟男人的魅力。

林暖发觉自己竟盯着傅怀安的背影看了良久，耳根有些烫，忙收回目光。

见她的手机正安静地躺在小角几的台灯下，并没有动静，她便又低头开始洗番茄。

没想到傅怀安的手机铃声和她的一样，都是门德尔松的《随想回旋曲》。

阳台外秋风微凉，傅怀安弹了弹烟灰听着电话那头闹哄哄的声音勾唇浅笑。

陆津楠说："老傅，你几点过来？善财童子唐峥好不容易回国一趟，这麻将局你不来要吃大亏啊！"

唐峥和陆津楠一样，是傅怀安的发小，从穿开裆裤起就混在一起的哥们儿，唐峥出国之后他们这几个从小长大的兄弟便很少能聚在一起。

今天从林家出来，傅怀安去了唐峥的接风宴，中途团团要找林暖，傅怀安便把孩子带了过来。

陆津楠开着免提，傅怀安能清楚地听到麻将机洗牌的声音。

他把香烟从嘴角拿开，拇指按了按太阳穴：“我晚点儿过去。”

“老傅，别不是送孩子，把自己给送到人家姑娘床上了吧。”

“放屁，老傅的皮带紧着呢！不知安排过多少小姑娘……吃奶的劲儿都使上了也没能拽开。”

几个朋友开玩笑揶揄傅怀安，那边没有女人，几个大男人说话十分随意。

“那能一样吗？那是林暖，老傅心中的白月光！老傅的皮带对林暖就该是‘我家大门常打开……’”

陆津楠唱了一句，逗得那头的人哈哈大笑。

一根烟抽完，傅怀安挂了电话进来。

见团团眼睛眨啊眨啊地就歪在沙发上睡着了，他脱下西装外套，轻轻地披在了团团身上。他抬起头来，深邃的眼里映着林暖忙碌的背影，她的身影显得十分清瘦。

傅怀安直起身，取下衬衫袖口处精致的袖扣，连同手表一起放在台灯下的小角几上，朝厨房走去。

厨房内，炉灶上热水烧开翻滚的声音作响，林暖攥着筷子躬身把火势调小，转头去拿碗添水时看到了走进厨房的傅怀安。

四目相对，林暖一瞬间有些错愕，毕竟身着衬衫马甲正装的傅怀安和这个并不大的厨房显得格格不入，她问：“需要什么吗？”

“来帮忙……”

身高腿长的傅怀安一进来，厨房的空间便显得狭小了不少……

他动作自然流畅地挽起衬衫袖口，躬身在洗菜池洗了手，抽过几张厨房用纸擦了擦，转身倒是把林暖挤到了一旁。

傅怀安拿过她放在一旁的挂面，抽出些许面条，娴熟地入锅，伸手：“筷子！”

林暖忙把手中的筷子递给傅怀安，傅怀安大手碰到林暖白皙的食指，林暖顿时觉得指尖微麻。她站在一旁，看着氤氲水汽中的傅怀安：他半眯着眸子搅动了几下，待挂面变软才盖上透明锅盖。

林暖从未想过身着正装的男人竟然对厨房里的事情这么在行。在林家时，她林家的父亲和哥哥总忙公司的事情，从未进过厨房，对厨房的事情更是一窍不通，所以林暖理所当然地以为身着西装的男人都是不进厨房的。

当林暖端着一小碗鸡蛋面出来时，团团那个小不点儿盖着傅怀安的西装，已经倒在沙发上四仰八叉地睡着了。

傅怀安坐在餐桌前，姿态优雅地吃了一口面条："团团今晚就先在你这里住一晚。"

不待林暖多问，傅怀安又说了一句："明天领了证之后，你就收拾东西搬到家里住，这边的房子就不要续租了。"

林暖知道，傅怀安是看了自己放在茶几上的房屋租赁合同，知道自己这房子还有两个多月就到期了。

没听到林暖的回答，傅怀安抬头，深邃的眼眸凝住林暖："你该不会以为婚后还是彼此分开住吧？！"

林暖摇头："不是，只是……这里离单位比较近，住在你那里，我得想想坐哪路公交或者地铁。"

"从家里到你单位是不方便。会开车吗？"

林暖点头。

"喜欢什么类型的车你可以自己去选。"

傅怀安这意思，就是要送林暖车子了！

林暖连忙拒绝："不用不用，我自己有积蓄，买车还是可以的。只是海城太堵，开车不如坐地铁来得快。"

傅怀安看得出来林暖是个骄傲的女孩子，也就没有勉强。

傅怀安吃过夜宵，他的助理便送来一个行李箱，里面是团团明天早上要用的东西。

之后，傅怀安没有留下，只说了明天早上八点来接林暖去民政局便离开了。

林暖看着还睡在沙发上的团团，去卧室取了一条毛毯，轻手轻脚地移开傅怀安的西装，替团团盖好毛毯。

“妈妈，别走……”

团团像是受了惊吓，突然抬起小手，在睡梦中呢喃。

林暖心底某个角落变得异常柔软，她握住团团肉嘟嘟的小手，另一只手调暗了落地灯的灯光，然后抚了抚团团的小脑袋，坐在团团身旁陪着他。

落地灯幽暗的灯光下，团团那张委屈地皱在一起的白嫩小脸儿终于有些舒展，只是小手将林暖抓得更紧了。

海城天玺苑和金城天玺苑一样，是高端的茶艺休闲会所，在寸土寸金的海城市中心，门口长年停着各色豪车，是海城富人们经常喝茶的地儿。

包间内，穿着纯白色棉麻质地茶道服的茶艺师动作娴熟优雅，丝毫不受身后麻将机声音的影响，十分专业。

茶艺师将斟满茶水的茶杯递给唐峥，唐峥有模有样地接过来，放在鼻下闻了闻茶香，氤氲热气轻微模糊了他的眼镜。

傅怀安双腿交叠，坐在唐峥对面，见茶艺师双手递来茶杯，不紧不慢地放下交叠的长腿，一手捏住茶杯，一手托着茶杯底，给了茶艺师十足的尊重。

刚从麻将桌上下来的陆津楠拿开嘴角叼着的香烟，说了一句：“行了，你先出去吧。”

茶艺师分别对傅怀安和唐峥颔首，起身离开了包间。

傅怀安喝了口茶，把茶杯放下，动作熟稔地点了一根香烟，随手把打火机放在茶桌上，夹着香烟的手拎起茶壶再次往自己杯中添满茶水。

“不打了？”唐峥看着陆津楠坐下，笑着说了一句。

“老傅一来你就不打了，没你在，几把都和不了。没意思！”陆津楠弹了弹烟灰，接过傅怀安手上的茶壶，往自己杯子里添水。

“我再打下去裤衩都要输给你们了！”唐峥勾了勾唇。

陆津楠端起茶杯抿了一口，眉头一紧：“你叫了个茶艺师过来喝苦丁？”

唐峥摊手，表情很无奈：“我叫了茶艺师，想喝铁观音，结果那女茶艺师一来就无视我，只问老傅要喝什么，老傅随口一句苦丁，我就只能苦哈哈地跟着喝苦丁。”

陆津楠看向表情平静的傅怀安，声音含笑：“怎么，从林暖那里过来火气还这么大？是不是矫情地不让碰？”

“听津楠说这姑娘特别难搞。”唐峥试探着问，“老傅，你对津楠说的这姑娘，是打算玩玩儿还是走心？”

傅怀安吞吐烟雾间，淡然地开口：“准备明天领证。”

傅怀安声音不大，几乎被麻将机洗牌的声音淹没，可陆津楠和唐峥听得清清楚楚。

陆津楠愣住，唐峥也是一脸意外的表情。

直到陆津楠嘴角的香烟的烟灰掉落在他的手背上烫了手，陆津楠才连忙甩了甩手问：“老傅，你真要和林暖结婚？！”

傅怀安弹了弹烟灰，抬眸，眼神深邃地看着陆津楠，声音不温不火：“我看起来像只为玩玩儿的？！”

唐峥一听这话，连忙笑着开口：“那好啊，明天领完证，把嫂子带出来见见呗。咱们自己人坐一起庆祝庆祝，也让嫂子认识认识我们，我把女伴儿也带上！陆津楠，你也带上女伴儿啊，不然一桌子男人，怕嫂子会尴尬。”

麻将桌上傅怀安的几个朋友你一句我一句地议论着。

“好啊好啊，既然要领证了，那就是正儿八经的嫂子，必须见啊！”

“嫂子叫什么来着？我刚才没记住，就听见是海城广播电视台的主持人……”

“叫林暖，主持晚六点到八点那个时段的广播，我听过，声音特好听。听说是个超级大美人儿！”

唐峥在桌下用脚踢了踢陆津楠：“我说话你听见了没？”

陆津楠按灭了香烟，应声道：“我又不聋，就是觉得比起那个林暖，楚荨和老傅更般配……”

麻将桌上，有人听到楚荨的名字，笑着问了一句：“老傅和林暖结婚过日子，陆津楠你别扭什么？”

“他打小暗恋老傅呗。”唐峥开玩笑地说了一句，拿起自己的烟盒和手机对傅怀安道，“我去现找个女朋友，打个电话说一声，让她明天把时间空出来见嫂子。”

第二天一大早，白晓年从林暖的卧室出来，迷迷糊糊地去厨房的冰箱里拿了瓶水，刚喝了一口，转头就看到了睡在客厅的团团和林暖。

团团睡在沙发上，林暖握着团团的小手，头枕着手臂趴在团团身旁也未醒。

清晨的阳光透过未拉开窗帘的落地窗照射进来，金色的光线勾勒着林暖和团团的身影，仿佛在他们身上镀上了一层金光。

白晓年斜靠在餐桌上，一手拿着水瓶一手撑着餐桌。关于团团的身份，白晓年已经知晓，只是林暖并非因为喜欢傅怀安才和傅怀安在一起的，应该不用费这个心思和未来的继子打好关系吧？！

光线在林暖白皙、无瑕的面颊上缓慢移动，移至眼睫处时，林暖的睫毛动了动，随后她缓缓地睁开了眼睛。

“你就在那里睡了一夜？”

白晓年的声音传来，林暖眯着眼眸躲开光线，朝着声源处看去，却只能看到一团绿绿的影子。直到白晓年端着热牛奶走到林暖面前，林暖才缓过劲儿来，看清楚白晓年那张漂亮的小脸。

白晓年把牛奶递给林暖，见林暖右侧脸颊上都是压出来的卫衣衣袖痕迹，朝团团的方向努了努嘴巴问："这孩子怎么在你这儿？"

"几点了？"林暖问。

在这里趴了一夜，林暖脖子和肩膀都是酸痛的，她舒展了一下揉着自己的脖子。

"六点半……"白晓年在团团的脚边坐下，跷着二郎腿看向还坐在地上的林暖，"你不会从昨天起一直把这个孩子带到现在吧？"

"没有，昨天晚上他爸爸送过来的。"

"真把你当孩子他妈了？"白晓年的声音里带着几分笑意。

"你小声点儿，别把孩子吵醒了！"林暖按着脖子压低声音说了一句。

昨晚林暖未来得及吹干头发就被团团抓住了手，这一夜过去头有些闷闷地疼。

"你帮我看一会儿团团，我去冲个澡。"

"去睡一会儿吧，起来再冲澡……"白晓年见林暖脸色不好说了一句。

林暖摇头："一会儿八点傅怀安来接我和孩子，去领证。"

"林暖，你不再想一想了？"

白晓年还是觉得林暖这样漂亮温柔的女人应该和自己相爱的人在一起才对。

已经走到这一步，谈什么想一想？傅怀安，律政界的翘楚，华尔街的风云人物，是海城不知多少女性梦寐以求的伴侣，更别说傅怀安还有一张对轻熟女有着致命吸引力的英俊容颜。对林暖来说，嫁给傅怀安是她高攀。

那样一个沉稳多金又魅力十足的男人，只要能给予林暖最起码的尊重，林暖是愿意尝试着和他度过一生的。

林暖冲了澡出来，白晓年刚放下林暖的电话。

她说："暖暖，宠物店那边打来电话。'蘑菇'不行了，问你要不要过去看看……”

林暖握着毛巾的手收紧，指甲陷入掌心嫩肉中她竟毫不自知。麻痛的感觉像是顺着手掌的血管淌进了林暖的心脏。

其实，林暖送“蘑菇”去宠物医院的时候就知道这一天快到了，毕竟“蘑菇”的年纪已经很大了。林暖害怕看到“蘑菇”痛苦的样子才决定把“蘑菇”送到宠物医院让它更加舒适地度过生命里的最后一段的。

林暖抬手擦了擦头发：“我知道了。”

“蘑菇”是温墨深临走前寄养在林暖这里的，那是温墨深养了十年的猫，平时挑剔得很，除了温墨深喂食之外，别人给的食物一律不吃。后来“蘑菇”和林暖熟起来，除了温墨深之外也吃林暖投喂的食物，所以温墨深每一次出差，都会把“蘑菇”寄养在林暖身边。

只是上一次温墨深把“蘑菇”寄养在这里，到现在都没能来接“蘑菇”回去。

林暖湿答答的头发紧贴着脊背，弄湿了她的睡衣，她站在卧室里竟忘记了自己刚从浴室里出来要来卧室找什么东西，脑子好像空了一样，失神地站了半晌，才找出吹风机吹头发。

吹风机嗡嗡的声响就在耳边，林暖的眼眶渐渐变得湿红。

这些年，林暖一直觉得是“蘑菇”在和她做伴等着温墨深回来的，“蘑菇”要是不在了，那就剩下她一个人了，她生活中温墨深的最后一点痕迹也就消失了。“蘑菇”大概真的等不到温墨深回来接它了！

吹干了头发，林暖拭去眼角的泪痕，把长发扎成马尾。

等林暖干净利落地换了衣服从卧室出来，团团正由白晓年陪着坐在餐桌上吃早餐。小不点儿一手护着粥碗儿，一手攥着勺子笨拙地把瘦肉粥往自己嘴里送，吃得小脸儿上都是。

白晓年厨艺不好，叫的早点外卖，此时见团团吃得很香自己也有了食欲。

“妈妈！”

见林暖出来，团团伸长脖子唤了一声。

林暖看见昨晚傅怀安助理送来的箱子躺在客厅敞开着，被打开翻乱了。

“刚才你洗澡的时候团团醒了，说箱子里是他的东西，我给他找衣服和洗漱用品来。刚给团团洗漱完换好衣服外卖就来了，还没来得及收拾……”白晓年解释。

“没事儿，我来收拾，你先吃。”

团团看到林暖在收拾他的箱子，松开了碗和勺子从餐椅上滑了下来，嗒嗒嗒地跑过去。

团团蹲在林暖身侧，帮着把刚才丢得乱七八糟的东西递给林暖，仰头笑得很可爱，那白皙干净的小脸上粘着粥，在阳光下泛着点点光芒。

林暖勾唇温柔地笑着，抽过纸巾给团团擦了擦。

还真像是一对母子，白晓年翘起嘴角。

傅怀安一向准时，八点就已经到楼下了。

一上车，林暖便对傅怀安道：“去民政局前能不能让我先去一趟宠物医院？不绕路，就在解放路上。”

昨晚他在林暖家里看到了猫窝和猫砂盆，还有照片上被林暖抱着的英国短毛猫，却并未看到猫在屋内活动的踪迹，原来猫被送到了宠物医院。

傅怀安点头，让林暖给司机报了地址。

宠物医院门口，林暖下车后扶着车门躬身对车内的傅怀安道：“我可能……得一会儿才能出来。”

“不急……”傅怀安声音沉着。

林暖关上车门，一路小跑进了宠物医院。

护士见林暖来了，带着她去看“蘑菇”。林暖抬脚，心里忐忑。

“‘蘑菇’一直撑着，像是在等你……”护士一边对林暖说着，一边推开门。

进门后，林暖看到“蘑菇”躺在猫窝里，尾巴耷拉下来，呼吸十分短促。它像是已经睁不开眼睛，隐约看到林暖的身影，艰难地张口喵了一声。

即便已经有了充足的心理准备，林暖还是忍不住红了眼眶。

今天是她和傅怀安领证的日子，是否连“蘑菇”都觉得今天林暖该和过去告别?

林暖克制着自己不流泪水，走至“蘑菇”面前，伸手摸了摸“蘑菇”的脑袋。“蘑菇”抬头，身体有些抖动，冰凉的鼻尖儿在林暖的手心里蹭了蹭，脑袋又无力地垂下。

“蘑菇”是林暖一直等待着温墨深回来的信心，今天早上骤然接到“蘑菇”要离开的消息，林暖等着温墨深回来的信心也跟着快要消失了。

“‘蘑菇’。”林暖躬着身子，头尽量贴近“蘑菇”的脑袋。

“喵呜……”“蘑菇”艰难地回应着林暖。

林暖和“蘑菇”额头相抵，闭上眼，泪水止不住地滑落下来。

“喵呜……”“蘑菇”喉咙中又发出一声低鸣。

林暖知道，“蘑菇”想念温墨深了，和她一样。

“‘蘑菇’，累了就睡吧，睡吧……”林暖声音哽咽，“那个人，可能回不来了！”

林暖得拼尽自己全身的勇气才能说出这句话，她紧抱着“蘑菇”，心碎成了渣。“蘑菇”伸出舌头，轻轻地舔了舔林暖，安抚林暖，让她不要伤心。

不知道过了多久，林暖察觉到“蘑菇”的呼吸从虚弱到没有，脑袋软软地滑了下去……

泪水瞬间决堤。

“蘑菇”走了，林暖要结婚了，等待温墨深回来的，还剩下什么人？！

或许“蘑菇”是知道一个人的等待太煎熬，所以才选择在今天这样的日子离开吧！

林暖直起身对护士道："请你帮我转告秦医生，'蘑菇'就按照他之前说的，让他帮我送'蘑菇'离开！"

林暖做不到亲手葬下"蘑菇"，心太痛。

从宠物医院出来的时候，林暖已经擦去泪水，眼眶却红得厉害。

团团用力推开车门从车上下来，跑至林暖面前，仰头看着林暖……

孩子的心思是很敏感的，他敏锐地察觉到了林暖的满目伤感，想要安慰林暖，却又不知该怎么做。

车内，隔着车窗玻璃，傅怀安看到林暖含笑蹲下，伸手轻轻把团团揽入了怀中。

阳光下，林暖勾着唇，清秀的五官的轮廓仿佛被柔化。

傅怀安没有催促，一直等着，等林暖缓和好情绪。

随着"蘑菇"的离开，林暖长达四年的等待也要在今天结束。是时候向前看了！

民政局门口，林暖再次检查了户口簿和身份证，把证件交给傅怀安的助理。

下车后，傅怀安不动声色地攥住了林暖的小手，干燥有力的大手把林暖细长的手指包裹其中，热度烫得林暖有些心慌。

傅怀安自轿车上下来时就已经吸引了不少人的注意，毕竟傅怀安这样周身充满威慑气场、沉稳成熟的男人，走到哪里都让人无法忽视他充满阳刚味儿的魅力。

手被握着，林暖觉得尴尬和不自在，抬手将自己鬓边的碎发别到耳后，指尖触碰到耳朵才发现自己的耳朵已经滚烫。

傅怀安和林暖相携，十分引人注目。

和司机一起留在车内的团团趴在车窗上，看着傅怀安和林暖相扣的手，笑得很是灿烂。刚才林暖去宠物医院时，傅怀安的助理对团团说今天傅怀安和林暖领证之后，就再也不会有人说团团是没有妈妈的孩子了。

他也有妈妈了，他的妈妈是世界上最漂亮的妈妈！

傅怀安眼神深邃地望着林暖清秀的五官：“走吧……”

林暖点头，被傅怀安攥在手心里的手已经出了一层黏腻的汗。

民政局里，傅怀安的助理小陆拿出已经填好的表格递给傅怀安和林暖，上面仅需要傅怀安和林暖签字即可。

“我没带笔……”

林暖单手拿着表格说了一句，傅怀安的助理立刻从西装上衣口袋中掏出签字笔，打开笔帽递给林暖。

“谢谢……”

林暖接过笔，见民政局的桌子都被填表格的人挤满了，便拿着表格走至墙边，把表格贴在墙上，准备签名。笔还没有落下，急促的电话铃声便响了起来。

傅怀安的助理很有眼色地上前，帮林暖扶住表格。

林暖道谢：“谢谢……”

是林琛的来电，她忙接通。

电话那头的林琛沉吟了片刻，嗓音在林暖耳边响起，林暖只觉得自己的大脑一阵嗡鸣后……变成空白。

他说：“暖暖，墨深回来了……”

第三章 医院遇团团

林暖赶到医院时，温墨深还在手术室里。

医院门口围着大批记者，时隔四年，曾经连人带机一起消失的T-324客机中，竟然有一位乘客在大海上被渔船发现，这简直是爆炸性的新闻，哪家媒体不想得到第一手资料？！

林暖打车来的路上，广播上都是这条新闻的消息，出租车司机抱怨连相声都没法听了。

手术室外，林琛正在和医生说些什么。那医生是林琛和温墨深的同学，姓宋，林暖见过。温墨深的父母和弟弟温墨时都围在宋医生身旁，认真听着宋医生解说病情。

不知道宋医生说到了什么，温墨深的母亲——那个一向矜持、坚强的女人，身体微晃，幸亏丈夫强而有力的手臂扶住了她。

世间最残忍的事大概就是，在失去亲人的伤口即将结痂时，失去的亲人突然死而复生，喜悦却又如昙花一现，让人重新经历一次最撕心裂肺的痛。

林暖攥着拳头，站在电梯口迟迟未动，也不敢动。

电梯门再次打开。

“麻烦让一让……”

林暖被人撞开，往旁边挪了两步，紧抓着自己的手提包带子。

林琛不经意间侧眸看到了站在电梯口的林暖，眼神深沉，紧皱的眉头稍稍舒展，抬脚朝着林暖的方向走来。

林暖克制着不让自己内心苦涩的情绪外露，却还是红了眼圈。

“来了怎么不过去？”

林暖抬头，黑白分明的眸子看着身高腿长的林琛，鼻尖泛酸。

林暖对温墨深的那份情，林琛清楚。

“宋医生怎么说？”

林暖话音刚落，手术室上方的灯灭了，门被打开。

林琛转头，就见温墨深被推了出来，宋医生上前询问同事温墨深的情况。

温墨深的主刀医师摘下口罩，说了一句：“病人的求生意志很强……”

消失了四年的人能回来，求生意志不言而喻。

温墨深的弟弟温墨时跟着主刀大夫去了办公室，温父、温母扶着温墨深的推床一边往病房走，一边呼唤着温墨深的名字。

时隔多年，林暖再一次见到温墨深的父母，只觉得两个人都苍老了不少。当年温墨深有多优秀，飞机失踪后温墨深的父母就有多痛苦。

病房里，温墨深还处在昏迷状态，透过偌大的玻璃窗，林暖看到温墨深紧闭着双眼，心里难受得厉害。

她想象过无数次温墨深回来的场景，独独没有想到会以这种方式见到温墨深。

“医生说应该没事儿了，三天内如果哥能醒来的话就没有什么大问题。”温墨时对父母道。

“刚才那病危通知书下得跟满天飘雪一样，肯定是大伤了元气，等墨深醒来……得好好补补。”温母站在窗口，目光不离温墨深。

林暖望着温墨深消瘦深陷下去的面庞，只觉四年时光恍如隔世，心情沉重得喘不过气来。

林琛还有事儿，公司电话一个接一个地催促着他。

“林琛，林暖，谢谢你们能来看墨深。”温父依旧一副儒雅的姿态，对他们道谢，“小宋……也谢谢你专程去手术室帮忙看墨深的情况，你们都是墨深的好朋友，墨深醒来一定会很高兴。已经不早了，你们该忙都去忙吧，等到墨深醒来我给你们打电话。”

林琛颔首，侧头对林暖道：“四点四十了，我送你去单位。”

林暖六点的节目。

“不顺路，我自己打车过去……”

林琛眉头一紧，正准备说些什么就听温墨时道：“林琛哥，我送暖暖吧。我要去一趟公司，正好顺路……”

温父点头：“让墨时送吧，你公司那边电话一个接一个，应该挺着急的。”

林暖坐在温墨时的车上，一直没有开口。

她看着车窗外不断倒退的街景，想到了今早离开的“蘑菇”。温墨深要是再早一点儿回来，“蘑菇”该会多高兴?！

“暖暖。暖暖?！”温墨时唤了林暖两声。

“嗯?”林暖回神，手心被手机震得发麻。

温墨时打了转向灯，余光扫了一眼林暖：“你的手机响了，愣什么神?”

来电话的是白晓年，林暖接通了。

"你来电台了吗？"

"在路上……"

"那顺路给我捎几个海薇家的甜甜圈、两杯热奶茶。"白晓年的声音带着掩饰不住的喜悦。

"好。"

挂了电话，林暖见就要到海薇家甜甜圈店，对温墨时说了一句："你把我放海薇家甜甜圈门口就行了，电台转个弯就到，我买完东西自己走过去。"

"没关系，我送你……"

温墨时打了转向灯，把车停在路边。

"谢谢你送我过来，没几步路，我自己过去就好。先走了……"

温墨时动了动唇瓣，还没来得及挽留，车门就被关上。

看着林暖进了海薇家甜甜圈店，站在长龙似的队尾，温墨时迟疑片刻，终还是没有逗留。

海薇家甜甜圈店特别火，每次都需要排队，林暖不怎么爱吃甜食，但是经常陪着白晓年过来。

买了甜甜圈和奶茶，林暖拎着东西推门从店里出来时，竟看到温墨时正站在车旁抽烟。

见林暖出来，温墨时灭了香烟，对林暖露出笑脸。

刚才温墨时都走了，却在前面第二个红绿灯时掉了头回来。

温墨深再次回来，给了温墨时很大的触动，尤其是病危通知书一张接一张下时，他从未感觉过生命如此脆弱。

有些事他不想等不能做的时候后悔，有些话不能等不能说的时候遗憾。

温墨时走到林暖面前，伸手要接过林暖手中的包装盒，被林暖不着痕迹地躲开了："电台转个弯就到，走过去三分钟都不到，不用送了……"

"林暖，我有话和你说……"温墨时很少这么正式地叫林暖的名字，他都是跟着温墨深一起叫林暖暖暖的。

温墨时和温墨深有着几乎一样的眉目，笑起来很是温暖，而且五官比温墨深更清更俊些。

林暖也曾喜欢过一个人，对这样灼热的目光她很熟悉。

路边音像店里放着弦子的《非你不爱》，节奏乱了温墨时的心，他有些紧张地单手插兜。

林暖几乎不可察觉地皱了皱眉头，假意察看了一下腕表："我同事还在等着甜甜圈和奶茶，我们改天再说……"

温墨时放在西裤口袋里的手轻微攥紧，他拽住了和自己擦肩的林暖，把林暖攥得很紧："耽误不了你几分钟。"

林暖要抽回自己的手腕，温墨时反而攥得更紧。

他盯着林暖的长发，深吸一口气，下了很大的决心："林暖，我今年二十六岁，还没有谈过恋爱，不去相亲也不是经常对我妈说的想要追我哥的脚步，变成我哥那样优秀的男人。我有一个喜欢的人，一直不敢说，怕说出来见面尴尬，连朋友都没的做。

"八年了，林暖，你喜欢我哥我知道，可我喜欢你你不知道……"

林暖死死地攥着手中的塑料袋，原来，她对温墨深的心，已经尽人皆知了。

十字路口，红灯亮起。

陆津楠把车停稳，透过后视镜看了眼后排座椅上安安静静把头枕在傅怀安腿上睡着的团团。孩子盖着傅怀安的西装，白嫩白嫩的小嘟嘟脸透着暖意融融的红色，像个大苹果。

陆津楠收回目光，无意一瞥，竟然看到了路边甜甜圈店门口的林暖和温墨时。

放下副驾驶座车窗，陆津楠看清楚了确实是林暖，也看清楚了温墨时拉着林暖的手，勾唇浅笑道："就说怎么都到民政局却反悔不跟你领证了，原来是喜欢小白脸这一款。"

傅怀安抬眼，隔着车窗朝路边看去……

“你不过是想睡个女人，何必玩儿那么大——领证结婚。虽然这种女人自视甚高，看起来有一身傲骨，给你摆出一副宁为玉碎不为瓦全的倔强样，可真想要她服软，办法多的是。用不着你花心思，最简单粗暴的最有效，一个星期我保准给你搞定。”

“别多事。”傅怀安声音淡漠。

他收回目光，嘴角咬了一根香烟，一手护着睡在自己腿上的团团，拿着打火机的修长手指放下车窗，点燃香烟，侧头对着车窗外吐出白雾，夹着香烟的手搁在车窗上，烟头向外。

隔着烟雾，傅怀安看着林暖，眸色深不可测。

周五学校放学较早，人行道上骑着自行车的几个中学生嘻嘻哈哈地你追我赶，引得行人纷纷靠边，皱眉侧眸。带头的男生回头看了眼追赶自己的同伴，车头撞了一下林暖的后背。

“小心！”温墨时扶住林暖，抬头想要追责的时候，那群嘻嘻哈哈的学生已经骑着车走远。

林暖抬头，毫无预兆地对上了不远处白雾后的深沉眼眸，整颗心骤然悬起，竟有种被捉奸的狼狈无措感。

林暖迅速从温墨时手中抽回自己的手肘，僵硬地立好，和温墨时保持距离，一手紧握着塑料袋，一手把鬓边碎发别在耳后，以掩饰自己内心的慌张。

她感激今天早上在民政局傅怀安放她离开，可她没敢指望领证这件事会就此作罢。所以她不想在傅怀安面前留下一个水性杨花、随时会背着他给他戴绿帽子的不好印象。

绿灯亮起。

陆津楠放开刹车，问了一句：“你对这姑娘真的走心了？”

陆津楠知道这话自己问得多余。不走心，傅怀安怎么会和一个女人领证？！傅怀安没有吭声，陆津楠也识趣地闭嘴不再说话了。

海薇家甜甜圈店门口，林暖看着载着傅怀安的车离开，眉心微紧。

温墨时见林暖半天不答话，紧张得喉咙发干。

“我哥回来了，这话……我怕不说以后就没有机会了。”温墨时挺括的衬衫领口中喉结上下滑动，耳朵红了一片，“我不会现在就逼着你回答我，你可以好好想想。”

话题到这里，林暖只要离开，两人就不用继续尴尬。

可既然没打算给温墨时机会，林暖就不想做出那种不好意思回绝的扭捏姿态，让温墨时误以为有希望，吊着他。既然话都说开了，林暖也不介意更尴尬。

“墨时，我们俩不是同一种人，你是温家二少爷，我已经不是林家的千金，我的父亲是海城尽人皆知的骗子，我母亲是有精神疾病史的疯子……”

温墨时想要插话，林暖却没给他机会继续说：“你不介意，但你的父母会介意，我没有和你并肩抗争你父母的勇气，说到底我不会像喜欢情人那样喜欢你。”

温墨时紧抿着薄唇。

“再者，我喜欢过你哥，又和你在一起，算是什么？你不介意我把你当成你哥的替代，我介意，因为你是我从小玩儿到大的朋友，你优秀到足够让好女孩儿为你倾心。”

再冠冕堂皇的话都掩饰不了林暖拒绝了他的事实，温墨时虽然有心理准备，却还是受到了沉重一击。林暖准确地给温墨时传达了这样三个内容：林暖不喜欢他，感情上林暖不接受赝品，温墨时是林暖的好朋友。

“林暖，你说话真是直白得可怕，一点儿不给人留余地。”温墨时扯了扯嘴角，为缓解尴尬说了一句。

“因为是你，所以不想因为不好意思拒绝，做出欲拒不拒的姿态吊着你。也因为我了解你的个性，说真话我们还能做朋友，长时间给你希望之后拒绝，我们可能会老死不相往来了。”

温墨时知道，前一句是真话，后一句是林暖给他的台阶。这话说得温墨时都不好意思因为被拒绝，从此和林暖形同陌路。林暖一向聪明，温墨时知道。

温墨时长长地叹了一口气，勾唇掩住心中的酸涩："我送你……"

"不用，转弯就到。我先走了……"

温墨时站在原地，看着林暖离开的纤瘦背影，表情颓然。

不说出来，心里总怀着一丝希望，说出来被拒绝了，温墨时也就死心了。他总是不如温墨深那么优秀，那么值得林暖喜欢。

林暖刚从电台的电梯里出来，就见一群人围在他们广播组负责人的办公室门口。里面传来鸡飞狗跳的声音。

正在围观的白晓年一看到林暖就踩着高跟鞋飞奔过来。

她挽住林暖的手臂，压低声音道："姓李的那个老色鬼和交通广播的那个吴倩影在办公室里正那什么呢，结果被正房太太突袭，给撞了个正着，啧啧……吴倩影那张脸都要被打花了，姓李的要关门，可他们家母老虎带着人，硬是把门敞开了吆喝着让大家去围观。"

倒不是白晓年幸灾乐祸，只是这些年广播部稍微有姿色的女孩子，哪个没被李志国揩过油？白晓年原本有很好的机会可以去海城卫视主持午间新闻，李志国对白晓年说，只要答应他的要求，白晓年要《早间新闻》女主播的位置都行。

白晓年没答应，李志国老脸都不要了，硬是把白晓年给卡在了电台。

李志国也不是没有打过林暖的主意，可林暖聪明，又有几分初生牛犊不怕虎的果敢。别的人被占了便宜都私下抹眼泪不敢吭声，可林暖被揩了一次油，上午进了台长办公室，下午开会台长就说起关于办公室性骚扰的新闻要大家引以为戒，虽然没有直接点名李志国，但到底让李志国怵了林暖，不怎么敢打林暖的主意，但从那以后也再没给过林暖机会。

"这次咱们内部招《早间新闻》的主播，听说……姓李的推荐的就是吴倩影。"白晓年非要拽着林暖挤在门口看热闹。

林暖不是个爱凑热闹的人，硬是被拽到人群中间，便往里看了一眼。

林暖马上就从看热闹、拍照、录视频的人中挤了出来。

白晓年也跟着挤出来，见林暖拿着手机正拨保安部的电话，抽走林暖的手机，压低声音道："你没见咱们整个部门都没人叫保安吗？这姓李的太可恨，大家都想多看会儿热闹呢！"

"整个楼层都是尖叫声，吵得人头疼……"林暖心情烦躁，拿回自己的手机，把甜甜圈和奶茶递给白晓年，"那你看热闹吧，我先去播音室了。"

林暖今天比播音编辑还到得早，泡了一杯茶端着，靠立在播音室内的桌子上，单手撑着桌面，脑子里乱糟糟的：一会儿是温墨深那瘦如枯木的面容，一会儿是傅怀安深邃的眸子。

"怎么就你一个人？你的编辑萌萌呢？"

白晓年看完热闹过来，却见林暖一个人站在播音室内，脖子上挂着耳麦发呆。

"今天周五，可能路上堵车……"林暖捧着杯子喝了一口热茶，"看完热闹了？"

白晓年走过去，和林暖并肩靠在桌子上，笑着开口："越看越没劲，姓李的是什么德行大家心照不宣，可出了事儿他老婆只逮着吴倩影往死里打，把姓李的骂得再难听都没舍得动一根手指头。女人啊……何苦为难女人。"

就是因为李太太这样的女人太多，男人们才会变得更加有恃无恐——反正出了事儿巴掌打不到他脸上。出轨的是自己男人，她们却永远把责任推给另一个女人。

"哎，林暖你在啊……"

刚走过播音室的同事倒了几步回来，对林暖说了一句："刚才《早间新闻》那边的总编导打电话过来，让你过去一趟，说是让你立刻马上。"

白晓年和林暖对视一眼，双眸璀璨。

《早间新闻》的总编导 Miss 夏是出了名的铁娘子，从来不浪费时间见无关紧要的人，这一次突然叫林暖过去，大概是选中林暖，让她坐《早间新闻》主播的位置。

白晓年激动地站起身，直跺脚，却又不敢大声嚷嚷，怕让别人听到，尽量压低自己的声音："你的出头之日到了，姑娘！"

白晓年比她自己得到了这一次机会还高兴，急忙催促着林暖赶紧过去。

《早间新闻》办公室就在广电大楼的 A 座十三楼，从 B 座过去用不了十分钟。

已经是下午，偌大的《早间新闻》办公室十分清静，只有七八个工作人员在会议桌前整理新闻稿之类的东西稍显忙碌，其他办公桌都空了一片……

A 座的装潢和 B 座不一样，整栋大楼以玻璃结构为主，夕阳从西侧的透明落地窗照射进来，室内被染上了橘色，整个办公室显得宽敞又有格调，不似他们广播部。

见林暖从电梯里出来，会议室里的人推开透明玻璃门，问了一句："您找哪位？"

"我是广播部的林暖……"林暖自我介绍。

"是你啊！"刚才和林暖搭话的清秀男士走下会议室的台阶，朝着林暖而来，笑容亲切，"我是 Miss 夏的助理，Miss 夏已经在办公室等着你了。我带你过去。"

见林暖看向空了一片的办公桌，Miss 夏的助理笑着解释："我们《早间新闻》一般是凌晨四点到八点半直播结束最忙，之后开完会九点半十点的样子……大家该回家补觉的补觉，该出去采新闻的记者都在外面跑……"

还没进去，林暖就看到穿着白色衬衫黑色阔腿裤、一头短发的 Miss 夏站在办公桌前，桌面上乱七八糟地堆放着摊开的文件夹。她把衬衫挽至肘弯处露出白皙纤细的手臂，嘴里叼着一根快要抽完的女士香烟，眯着眼动作麻利地翻看着文件。

办公室内，烟雾缭绕，一整面墙的电视屏幕无声播放着各个电视台的早间新闻。

Miss 夏的助理伸手敲了敲玻璃门，将其推开，说道："Miss 夏，林暖到了。"

"让她进来。"Miss 夏的眼睛并未从文件上离开，声音因为抽烟有些沙哑。

Miss 夏的助理对林暖一笑，做了一个请的姿势。

"谢谢……"

林暖进去后站在 Miss 夏的对面，还没开口就听 Miss 夏道："咱们内部招《早间新闻》主播的事情你应该知道，我其实没兴趣培养新人，但琳姐三十八岁好不容易怀上孩子，准备退下来回去安心待产，我只能重新选一个主播。"

Miss 夏放下手中的文件，拿起另一份，间隙，抬眸看了眼宠辱不惊的林暖，见她双眸澄澈干净，继续道："正常流程应该是选拔结束后，新主播再上，可琳姐二十分钟前摔倒了，现在人在医院保胎，明天的直播肯定上不了，我只能临时找人。"

Miss 夏按灭了手中的香烟，声音干脆："你们广播部推荐来的人叫吴倩影，听说这会儿在你们广播部闹得鸡飞狗跳的，这人我肯定不会用。琳姐给我推荐了你，我也看了你的资料，毕业时专业成绩是第一名，进电视台的考核成绩也是第一名，长得也漂亮，这么多年一直被压在广播部，原因你我心照不宣。"

林暖对 Miss 夏的工作效率表示赞叹，二十分钟前发生意外，二十分钟之内竟然已经做了这么多事情。

只是林暖和《早间新闻》的主播从来没有交集。翁琳怎么会向 Miss 夏推荐自己？

"这次用你我也是顶着上面和下面的压力的，希望你这股子倔劲儿不会让我失望。"Miss 夏说完这句话才抬头看着林暖，"明天早上四点开会，给你新闻稿件。化妆室先用琳姐的，等你坐稳了《早间新闻》主播的位置会按照你的喜好重新装修。”

“我知道了。”林暖点头。

“另外……”Miss 夏又抽出一根细长的女士香烟夹在指间，“提醒你一下，电视直播和广播直播不一样，要想走得更长更远你要有你独特的主持风格，这个你自己回去琢磨。”

或许是林暖给 Miss 夏的感觉很舒服，得到了这么好的机会，眼底依旧干净，不浮躁也不心急；又或许是林暖宁愿待在广播部也要坚持原则底线的这种傲骨让 Miss 夏欣赏，她难得地提点了新人一句。

从 Miss 夏的办公室出来，进入电梯，林暖抬头看到电梯屏幕里正播放着温墨深乘坐 T-324 航班消失四年后回来的新闻，记者正在采访从医院里出来的顾含烟。

顾含烟红着眼对媒体说目前温墨深还没有醒，并且感谢媒体对温墨深的关心等话，十足的女友架势。

人人都知道顾含烟是当年温墨深的掌中宝，简直被宠上天。温墨深消失这么多年，顾含烟又一直没有公开表示自己有过男朋友，媒体自然而然地把顾含烟和温墨深的故事描述成一个女孩多年来痴情等待情郎的故事。

甚至有人称温墨深能回来，是因为顾含烟和温墨深之间的爱太过感天动地。

电梯陆续有人进来，三三两两议论的内容也都是顾含烟和温墨深。听着电梯内几个人对顾含烟和温墨深感情带有传奇色彩的追捧，林暖垂下眸子，不动声色地往角落里挪了挪。

林暖要去《早间新闻》部的消息，广播部那边比林暖得到的要晚。林暖的节目一向是林暖独挑大梁，这个时段的收听率也是最高的，林暖一走，还不知道这档节目谁能立刻接手。

傅怀安晚上要出差，打算把团团一起带上。

团团满心以为傅怀安要把他送到林暖那里去，拉出衣柜里的小赛车行李箱，往里面塞自己的衣服和喜欢的玩具、书本。

傅怀安站在团团充满卡通色彩的儿童房门口，皱眉道："玩具不用带那么多，把赛车和玩偶拿出来，腾出地方，把你的睡衣、蓝色的卫衣和鞋子带上。"

正撅着屁股塞行李的团团扭过头，小奶音字正腔圆地道："睡衣在妈妈那里……"

团团这么一说傅怀安才想起团团的一个行李箱还在林暖那里。

叮咚——

门铃一响，傅怀安按了按微痛的眉心，对团团说了一句："少装些玩具，一会儿我来检查。"

说完，傅怀安下楼去开门。

门外站着傅怀安的助理，他手里拎着一个猫笼，门口还放着猫粮、猫窝、玩具和猫砂之类的东西。

"老板……您要的猫。"

今天林暖进了宠物医院，出来时神情不好，傅怀安便让助理去问了一下宠物医院的护士，护士说林暖养的那只猫走了。傅怀安不知道怎么就想起林暖那张抱着猫的照片，随口对助理说了一句，让他买一只英国短毛猫回来。

这猫原本是送林暖的。

傅怀安朝着猫笼看去，里面蜷缩着一只灰色的英国短毛猫，抬起头，正用戒备的眼神看着自己。那干净澄澈的眼神莫名让傅怀安想到了林暖。

把猫送走的话到了嘴边，傅怀安没说出来，他伸手接过猫笼，看着助理忙活着把猫的用具搬进家里摆好。

"对了……"助理放下猫砂直起身问傅怀安，"林小姐今天走得太急没有拿走户口簿，是暂时放在我这里再约领证时间的时候用，还是放在您这里？"

"给我吧。"

傅怀安接过户口簿，点了一根香烟，察觉到猫爪子在抠笼子，低头，就见一团矫捷的灰色影子飞快地窜了出去。影子身姿轻盈地跳上客厅里的大壁挂电视，四脚踩着薄薄的平板电视边框，占领高地，用一副随时准备开溜的模样扭头打量着傅怀安。

想到自己一会儿要出差，不能把猫单独留在家里，傅怀安拿开嘴角的香烟，眉头紧皱："逮住它！"

那只看起来肥硕的大猫动作倒是灵活，傅怀安的助理在房间里折腾了半天也没抓到它，最后精疲力竭的助理站在楼下，看着蹲坐在楼上楼梯口卷着尾巴的大猫对着他喵喵叫了两声，一脸生无可恋。

团团听到楼梯口传来的猫叫，放下手中的玩具嗒嗒嗒地跑了出来。

猫耳朵一向灵敏，听到脚步声，又是一副随时要逃窜的样子，扭头，圆溜溜的眼睛戒备地看向身后，可还是没能来得及逃走，硬是被团团抱了一个满怀。

"喵……"被团团紧紧抱着的大肥猫尖叫一声。

傅怀安夹着香烟的手一紧，担心团团会被猫挠一爪子。

"猫猫！"团团环抱着肥猫的前胸站起身。

刚才还精神抖擞满眼透着机灵劲儿的大肥猫突然就乖了，前爪搭在团团莲藕似的手臂上，缩着后爪，尾巴耷拉在地上，任由团团半拖着它下楼。

"爸爸……猫猫！"团团乌黑的大眼睛里都是兴奋。

肥猫被团团抱着，刚下楼，傅怀安就一把抓住猫的脖子，拎起。那猫更加乖顺了，又圆又大的琥珀色眼睛滴溜溜地瞄着傅怀安，猜测男主人的心情。

"笼子……"

傅怀安的助理立刻拿猫笼过来。

傅怀安把肥猫塞进去，关好门，就听那肥猫在里面喵喵直叫，用前爪抠抓着笼门。

傅怀安正要让助理把猫带走，团团却抱着傅怀安的腿，仰头：“妈妈的？”

显然，在林暖家里，团团也看到了那张照片。

从电台出来回家的路上，林暖去了趟超市。昨天傅怀安说今天晚上要出差，让她带团团。林暖没有带孩子的经验，也不知道家里应该给孩子准备什么零食。

她推着推车，见一个母亲拽着小男孩的胳膊训斥着——不允许他吃零食，孩子泪眼汪汪地指着薯片耍赖不走，非要不可。

薯片，是不是小孩子都喜欢?

平时林暖并不吃这类食品，她推着推车走到货架前，拿起一包薯片仔细阅读薯片包装袋背后的说明书。添加剂挺多的，林暖放下薯片，想找一些添加剂不多的零食给团团。

林暖肩上的小方包内的手机振动起来，是梁暮澜。

“妈……”林暖接通，随手把一包进口饼干放进推车。

“暖暖，我今天和你爸说起你领证的事情，你爸说既然和你领证了就是一家人，让我和你们约个时间，咱们在满江楼吃个饭。你和傅怀安商量一下，看什么时候合适。”

梁暮澜声音里带着几乎不可闻的叹息。

原本她应该叫林暖把人带回家里吃饭，但照顾到林苒的情绪，只能把地点定在外面。

林暖握着海苔的手一紧，梁暮澜的询问让她想到刚才临别时白晓年拉着她在停车场说的话。白晓年说，温墨深在林暖和傅怀安领证的最后一刻回来，搅黄了林暖领证，这何尝不是上天的一种暗示。如果林暖真的那么爱温墨深，比起有勇气等待四年之久，为什么没有勇气放胆告白试一试，说不定就成了。

白晓年还说，傅怀安那种在食物链顶端的男人，怎么会忍受一个女人在领证的关口因为另一个男人转身走人。她让林暖为自己的终身幸福好好考虑一下，就算现在林暖不和傅怀安结婚，温墨深也已经回来了，顾家不会再逼迫顾含烟。

“我知道了妈，回头我和他商量一下。”

林暖没有说证没领成，怕梁暮澜多想。

结了账她拎着大包小包从超市一出来，夹杂着细雨的凉风就把她给吹透了。

外面淅淅沥沥地下着小雨，借着橘色光线，能看出雨不大。她把被风吹乱的碎发别至耳后，用小方包挡着脑袋，一手拎着塑料袋往回跑。

等她整理好冰箱，已经九点了。

不知道傅怀安什么时候送团团过来，林暖不敢去洗澡，怕傅怀安来了按门铃没人开。用毛巾擦了擦头发，林暖给自己热了杯牛奶，就靠在流理台上端着牛奶杯喝了几口。

九点半，团团还没到。

林暖盘腿坐在沙发上，抱着笔记本电脑看翁琳主持《早间新闻》的视频。

十点，林暖拿起手机，犹豫着要不要打电话问问傅怀安过来的时间。

十点半，林暖站在盥洗台前，心乱如麻，掬了捧凉水浇在脸上，依旧没法平静自己纷乱的思绪。

客厅里，林暖的手机铃声一响，林暖忙抓过毛巾擦了把脸小跑着出去。

手机屏幕上显示着白晓年的名字，林暖说不上来为什么，心中有一丝淡淡的失落。

“暖暖，看微博！”白晓年的声音带着几分幸灾乐祸，“顾含烟这一下火了……”

“怎么了？”林暖用侧脸和肩膀夹着电话，翻开笔记本屏幕，点开微博。

“顾含烟今天下午还在媒体面前演绎一片深情，下午就被人爆出一个星期前与三个男子约会的照片，超级辣眼睛！”

林暖浏览了一下热搜转载，照片里顾含烟和三个不同肤色的男人厮混在一起，画面有些不堪入目。

她突然想到傅怀安说让温墨深的女人从此谁都嫁不了乖乖地等着温墨深的话。

是傅怀安做的吗？

“看到了吗？你觉得温家父母能接受自己的儿媳和别人这么大尺度地娱乐吗？”白晓年含笑的声音在林暖耳边响起，“暖暖，你真的不考虑和温墨深告白？”

林暖没回答。

挂了电话，十一点十分，傅怀安还是没有送团团过来。

她猜傅怀安大概不会送团团过来了，也不会和自己领证了。

傅怀安那样高高在上气度不凡的男人，身边的女人如过江之鲫，想要成为傅太太的人更是数不胜数。比自己漂亮的大有人在，除非是深爱，否则哪个男人能够接受领证当天女方跑了，回过头还能心平气和地和女方领证的？

不领证了，这本来应该是好事，可看到团团还留在客厅里的行李箱，林暖却忐忑不安。她感觉自己就像是收了别人的定金，却迟迟无法交付货物的小贩，被钉在了不守诚信的耻辱架上。

躺在床上，林暖辗转难眠。

傅怀安不是年少轻狂的男人，应该不会有那个闲时间和林暖赌气。不来了大概就是不领证了吧？

林暖翻了个身，想到和傅怀安的那一晚。

那天晚上他把话说得直白，他缺一个女人，团团缺一个妈妈，即使不是林暖，大概也会选择别的女人。

她没有自恋到认为傅怀安喜欢自己，虽然外界把傅怀安描述成一个成熟稳重、私生活干净、正派的男人，可林暖还是认为这个男人有着最原始的劣根性。如果他真如外界描述的那般洁身自好，怎么会在那一晚给林暖那样的暗示？又怎么会在那种情况下占有林暖？

林暖只是恰巧满足傅怀安择偶的两个条件：女人和团团接受的妈妈。

听着窗外渐大的雨声，林暖自嘲地勾唇。女人好找，团团接受的妈妈难寻，这个大概就是傅怀安选择自己吧。

傅怀安那样的地位、那样的身份，身边优秀的女人趋之若鹜，不知有多少女人排队等着和傅怀安一夜露水情缘，林暖不相信傅怀安可以做到“万花丛中过，片叶不沾身”。

她用薄被裹紧了自己。她以为今夜她的脑子里本该都是回来的温墨深。

凌晨三点半林暖已经起床，四点《早间新闻》要开会。

林暖在床上胡思乱想三个多小时没睡着，强行起床，脑子昏昏沉沉的。她用冷水洗了脸，拿了一瓶牛奶和面包当早点，便匆匆出门。

快凌晨四点的时候，雨特别大，林暖撑着伞到广电大楼门口时，裤腿湿了半截。

她收了伞就听到有人叫她，一抬头，见是昨天 Miss 夏的助理。他从停好的车上下来，用文件夹挡着头，快步冲到了林暖身边。

Miss 夏的助理还穿着昨天那套西装，靠近之后林暖嗅到了他身上沾染的淡淡的女士香水味。

两人一起来到电梯口，Miss 夏的助理按下电梯，笑道：“我叫杨雨泽，你可以叫我小杨。没想到你会来这么早。”

“不早，已经三点五十了……”林暖礼貌地道。

杨雨泽含笑摇头：“你算早的了，以前琳姐都是四点半才到，女主播都很看重自己的脸……认为睡眠很重要。”

两人一起走进《早间新闻》部时 Miss 夏已经到了，正端着咖啡从茶水间出来。

见杨雨泽和林暖一起从电梯里出来，她看了一眼就移开目光。显然，她误会了林暖和杨雨泽的同时出现。俊男美女，年轻人的血气方刚，她不想管。

四点整，大家都进入了会议室。

林暖从来不知道凌晨四点的《早间新闻》部竟然这么热闹：Miss夏站在长桌最前端的位置，端着咖啡，听大家畅所欲言各抒己见，然后一一给予意见，言辞犀利毫不留情面。

最后，Miss夏放下手中的咖啡杯，让杨雨泽把新闻稿件给林暖道："最后，让我们欢迎一下我们的新主播——林暖，祝她首播顺利！行了，散了吧。"

林暖拿了稿件，一边化妆一边熟悉内容。

化妆间内挂着翁琳的照片，化妆师还在絮絮叨叨地和林暖说着翁琳对她有多好，在《早间新闻》部的位置有多重要，生怕林暖会抢了翁琳的位置一样。

这是《早间新闻》内部在排斥她这个外来者，林暖曾经在广播部经历过这些，不怎么在意。

化妆师一个人说了很多，林暖却连个回应都没给，她便在心里暗暗给林暖下了个假清高的结论，却忘记要是在翁琳熟悉稿件时，她话这么多，是会被说的。

叮——

手机短促地一振，林暖拿起手机看了一眼，是白晓年的微信，让林暖首播加油，后面还配了一张大大笑脸的图片。

就在林暖准备回复白晓年时，头皮突然一疼。

"咝……"

林暖倒吸一口气。头发被拽下来了一小撮。

"不好意思啊……"化妆师轻描淡写地笑着，"我不是有意的，不过几根头发，林暖，你不会这么小气地和我计较吧？"

化妆师笑嘻嘻地说着，以为用话堵了林暖，林暖只能认栽说声没关系。

谁知林暖直接把稿件摔在化妆台上站起身。一米七二的林暖踩着高跟鞋，站起来颇有种居高临下的气势，化妆师下意识地向后退了一步。

林暖扫过化妆师胸前的胸牌："沈薇薇是吗，我知道琳姐在《早间新闻》的地位和重要性，不用你一大早专挑我背稿件的时候来提醒我。如果你是为了借机告诉我……我想要和琳姐一样获得你的认可，就得像琳姐一样给你送名牌包和化妆品，那么对不起，这不是我的风格。都是拿钱做分内的工作，谁也不欠谁的！"

林暖看到化妆师沈薇薇手里还有自己的一小撮头发，随手用手机拍了张照片。

沈薇薇吓了一跳，连忙扔掉自己手中的头发。

"我都说了我不是有意的。大家都是同事……"沈薇薇说得心虚。

已经取证，林暖把手机装进口袋里，绷着脸问道："琳姐要是不送你包和化妆品，你是不是就会专挑琳姐背稿件的时候喋喋不休，然后找机会不小心拽掉琳姐的一撮头发？你确定这样琳姐给你的会是包和化妆品，而不是一个耳光？！"

林暖毕竟是初来乍到，也不想在开工第一天就和别人闹，她尽量平复自己的情绪，可看到自己的头发还是忍不住说了最后一句。

道歉的话沈薇薇说不出口，她只紧攥着手中的梳子。

这些年，沈薇薇已经被琳姐惯坏了，总认为自己在《早间新闻》部的地位不同。

"这是第一次，我希望也是最后一次。我没想让你把我当作琳姐一样对待，只希望你做好本职工作，我们以同事的方式相处，把脸撕破了谁都不好看！"

林暖该说的话都说了，重新坐回化妆镜前，拿起稿件继续看起来。

沈薇薇站在林暖背后，白着一张脸咬着唇，迟疑了一会儿才上前给林暖做造型。

林暖第一次上《早间新闻》，镜头感特别好，看过新闻稿件之后，基本没有看过提词器，就连播报乘坐 T-324 航班消失四年的乘客温墨深意外回来，林暖的声音都平静得无一丝波澜。

Miss 夏对林暖的表现很满意。和翁琳的主持方式不同，林暖的风格更简单明快，很好地体现了新闻的严肃性。看着林暖清秀的脸听着她的声音，感觉新闻就威信力十足。

已经快到结尾，Miss 夏端着自己的咖啡杯刚从直播间出来就看到沈薇薇含泪站在门口。

“Miss 夏……”沈薇薇一开口就哽咽着掉眼泪。

直播结束，整个直播间都是掌声，恭喜林暖第一次直播顺利。

“林暖，Miss 夏让你去办公室一趟……”

林暖到了 Miss 夏的办公室门口，就看到一堆人围着坐在沙发上抽噎抹泪的沈薇薇。见林暖敲门，办公室里那些人看林暖的眼神都很不善，像看着一个外来的入侵者。

林暖大概能猜到是那种恶人先告状的戏码，无视了沈薇薇，站定在 Miss 夏的办公桌前：“Miss 夏，你找我？”

“沈薇薇说不小心扯了你的头发，你打了她一巴掌？”Miss 夏问。

林暖没解释，掏出口袋中的手机，点开录音播放键。

“沈薇薇是吗，我知道琳姐在《早间新闻》的地位和重要性，不用你一大早专挑我背稿件的时候来提醒我。如果你是为了借机告诉我……我想要和琳姐一样获得你的认可，就得像琳姐一样给你送名牌包和化妆品，那么对不起，这不是我的风格。都是拿钱做分内的工作，谁也不欠谁的！”

林暖是从沈薇薇拽掉她的头发时开始录音的，正好那个时候白晓年发微信过来，既然要撕破脸……林暖总得做好准备。

人心险恶，林暖不害人，但总得有保护自己的手段，否则她在这个圈子里如何独善其身？怕是要么被磨平棱角，要么被打磨圆滑，失去自我。

录音从开始到林暖的话音结束，始终没有巴掌声和尖叫声响起，后来也只有林暖翻阅稿件和吹风机的声音，再后来就是开门声、林暖到了录影棚和 Miss 夏的对话声。

到这里，林暖点停了手机，看着 Miss 夏的目光干净澄澈。

倒是坐在沙发上被一群人安慰的沈薇薇蒙了，她打死都想不到林暖居然会录音。

Miss 夏打量着林暖，有些猜不透这姑娘经历过什么，做事竟然如此谨慎。

事情再清楚不过，Miss 夏抽出一根细长的女士香烟，扫了沈薇薇一眼道："明天开始，给你重新配一个化妆师。"

沈薇薇被打得发红的脸瞬间褪尽血色："Miss 夏……"

没有得理不饶人地对着沈薇薇冷嘲热讽，也没有为沈薇薇求情，林暖收回手机，说了一句："Miss 夏，要是没有其他事情，我就先去卸妆了。"

Miss 夏颔首。

其实 Miss 夏知道这巴掌不是林暖打的，自己打的巴掌和别人打的留下的痕迹是有区别的。沈薇薇的这种手段 Miss 夏以前也经历过，可能好奇心使然，Miss 夏想要知道林暖会怎么处理。

可 Miss 夏看到的，是一个比她过去更加小心翼翼、更加谨慎的姑娘。

林暖的手机从刚才直播结束就信息不断，她猜测大多是道喜之类的短信。

在化妆间里卸了妆，看过了自己直播的视频之后，她才坐下来点开信息一条一条地回复。

从电台出来时已经十点半，林暖在小区门口的早餐店点了豆浆油条，这个点儿吃早餐的人不多，所以油条得现炸。林暖拎着豆浆等时，翻看手机新闻，刚点开页面，就看到这样的内容——

"温氏集团大公子已于今早苏醒，漂泊四年之后，如何面对爱人一女御三男？是原谅寂寞的放纵排遣，还是无法饶恕背叛？

林暖听到自己心脏扑通扑通跳动的声音，脑子一片空白，油条还没拿，就在路口开始拦车。

"姑娘！你的油条！"老板拿着油条喊道。

林暖却充耳不闻地上了车。

在车上，林暖的心脏跳得很快。

温墨深醒了吗？那他看到顾含烟的新闻是不是会很心痛？

林暖脑子里莫名蹦出傅怀安高大沉稳的身影。顾含烟的新闻……是他做的吗？

从出租车上下来，林暖一路狂奔至温墨深的病房门口，却在推门时失去勇气……双手有力地攥紧，却没力气抬起。

门虚掩着，里面传来顾含烟低低的啜泣声和温墨深安慰的嗓音。

透过虚掩的门缝，林暖看到了温墨深棱角过分分明的面颊。他眼窝深陷，眉宇间透着疲惫，即便已经骨瘦如柴，却依旧难掩身上儒雅的风骨。

"好了，这事不管是真是假我都会选择原谅你，毕竟……四年的寂寞不是谁都能挨住的。这件事我会让人平息下去，别哭了。"

"墨深，对不起……真的对不起，我那天晚上真的是喝多了，我太想你了……"

四年的寂寞不是谁都能挨住的！

"蘑菇"没有挨住，所以"蘑菇"走了……

其实林暖也挨不住了，所以……才会答应顾含烟去找傅怀安吧！

酸涩突然涌上林暖的心头，堵得她心口发闷。

林暖没有进去，从住院部大楼出来时内心竟一片茫然。

她站在阴沉沉的天空之下，不知道是不是熬夜的缘故，眼睛酸涩难受。

想到刚才温墨深和顾含烟的对话，林暖觉得自己这四年的等待特别幼稚可笑。她不是温墨深的妻子，不是温墨深的爱人，到底是什么东西支撑着她等了四年？

还是说她心底期待着四年之后温墨深回来能改变什么，指望一个不爱自己的人突然会爱上自己？

林暖觉得自己特别可笑。

“妈妈……”

嘈杂的人声中，林暖隐约听到了团团的声音，转过头去。

穿着小病号服的团团兴奋地朝林暖跑来，却在要扑上林暖时停住，仰头看着林暖直笑，有些喘。

团团额头上贴着纱布，白嫩白嫩的小脸软得像是个小包子。

林暖蹲下身，掀开团团的刘海看了眼：“你这是怎么弄的？”

见林暖眼睛湿红，团团用肉嘟嘟的小手挡住自己额头上的白色纱布，对着林暖笑：“不疼……”

林暖更心酸了。

没等林暖说什么，团团看到人群中疾步而来的傅怀安，眼睛一亮：“爸爸！”

林暖回头，和傅怀安四目相对。黑色的修身西装勾勒出傅怀安完美的身材，沉稳成熟的气场，压迫感极强，他疾步而来，让迎面而来的行人不自觉为他让开了一条道路。

再见到傅怀安，林暖很是心虚。

哪怕在民政局是傅怀安让林暖走的，林暖此时还是有种背叛者的愧疚感。

因为温墨深不在，她和傅怀安领证；因为温墨深回来，她又在民政局抛下傅怀安。林暖怎么想都觉得这会让人认为她是别有用心。

见傅怀安过来，林暖站起身，下意识地朝着旁边挪了挪，不打扰他们父子情深。

傅怀安躬身把团团抱起。

“妈妈！”

团团见傅怀安抱着他要走，不安地喊了一声，那双漂亮的大眼睛里全是期盼。

傅怀安停下脚步，侧身看向林暖，眼神深邃。

林暖不敢当傅怀安这高深莫测的眼神算是邀请，可看着团团，还是抬脚跟了两步。

她低声问傅怀安的助理：“昨晚傅先生没把团团送到我那儿，是不是因为团团住院了？”

对傅怀安，林暖有着本能的畏惧，可和傅怀安的助理说话，林暖的话就顺畅得多。

“那倒不是。昨晚傅先生要出差，只好请朋友来照顾团团，刚到金城就听说团团被砸伤了，这才连忙赶了回来。”傅怀安的助理解释道。

林暖手心一紧，难怪看着傅怀安一副风尘仆仆的样子。

VIP 病房内，李阿姨正弯着腰用消毒液擦拭床头和桌子，听到脚步声回头，有些惊讶：“先生您怎么回来了？！林小姐也来了！”

李阿姨是今天早上接到团团住院的消息赶过来的。

见李阿姨端着水盆要去倒水洗毛巾，大概是弯腰时间太久，动作有些不利索，林暖忙接过水盆：“我去吧，您休息一下。”

洗手间内，林暖站在盥洗池前，把混有消毒水的毛巾用水流浸湿。

隔着一道门，她隐约听到了傅怀安对团团说话的声音，低沉严肃，像在训斥。

林暖洗完毛巾，团团已经被护士带去做检查，李阿姨跟着去了，病房内只剩下傅怀安和林暖。

她故作镇定，走到茶几前抽了两张纸擦手，低垂着眸子：“那……要是没什么事儿我就先走了。”

林暖还是不习惯和傅怀安单独相处，看着傅怀安成熟刚毅的五官和他比例完美的身形，总会不自觉地想到那晚的缠绵，忍不住就红了耳朵。

“我送你。”傅怀安说着，伸手去拿西装。

“不用了，我自己打车回去就好……”

林暖刚要伸手去够自己的绿色小方包，傅怀安却不紧不慢地先一步捏住她的包。

小方包在傅怀安手中显得格外小巧玲珑。

傅怀安半眯着眸子开口：“你的户口簿还在我那儿……”

林暖一怔，这才想起昨天走得急忘了户口簿。

“会开车吗？”傅怀安问。

林暖点头。

“你来开……”傅怀安直接把车钥匙递给林暖，眉头微皱，丝毫不给林暖犹豫的余地。

彻夜未眠，傅怀安就是铁打的此时也难免有些头痛。

林暖攥住带着傅怀安体温的车钥匙，伸手接过自己的小方包。

指尖相碰，林暖刻意忽视自己加速的心跳，做出一副一本正经的模样问：“车停在地下车库还是地上？”

她不愿意在傅怀安面前露怯，可越来越红的耳朵把她的心态出卖了。

傅怀安目光扫过林暖的耳朵，小巧精致……透着因羞涩而泛起的红色。

察觉到傅怀安的目光，林暖挺直脊梁保持表情不变，可这一次脖子都跟着一起红了。

“车库。”

傅怀安收回目光，先一步朝病房外走去。

大概是因为林暖和傅怀安还是不熟悉的陌生人，却做过世界上最亲密的事情，林暖羞耻心作祟，让她面对傅怀安时总是无法做到神态自然。

抬手把鬓角碎发别在滚烫的耳后，林暖调整呼吸，平复自己的心绪后，跟在了傅怀安的身后。

从电梯里出来，傅怀安的手机振动起来，是陆津楠的来电。他把自己的西装递给林暖，示意林暖先上车。

傅怀安的车就在电梯间对面，车牌号码太过鲜明，林暖想不记住都难。

看着林暖纤细颀长的背影，傅怀安收回目光，接通电话。

“老傅，和寰宇的合同漏洞我找出来了。你这会儿还在医院吗？”陆津楠的声音很兴奋。

“准备走了。”傅怀安嗓音低沉富有磁性。

林暖扯过安全带看了眼还在打电话的傅怀安，地下停车场暗沉沉的灯光勾勒着傅怀安轮廓分明的侧颜，显得傅怀安格外有男人味，举手投足间成熟沉稳的气场尽显。

察觉到林暖窥视的目光，傅怀安抬起深沉的视线，表情幽暗又高深。

林暖慌忙垂下眸子，扣好安全带，装模作样地熟悉这辆车的中控台，心跳的速度变得越发快了。

傅怀安无声地勾起嘴角，抬手看了眼腕表：“一点四十，来我家。”

“一点四十，干脆约在外面吃个饭，去江满楼吧。”陆津楠心情不错，兴致勃勃地道。

“还有事，你去吧。”傅怀安不欲和陆津楠多说，挂了电话朝车的方向走去。

意料之外的是，傅怀安并没有坐在后排，而是拉开了副驾驶位置的车门坐了进去。

轿车前排本来很宽敞，却因为傅怀安的进入，显得有些狭窄。

见傅怀安抽出一根香烟夹在指间没有系安全带，林暖就看出傅怀安大概并不常坐副驾驶位置。

“介意吗？”傅怀安问她。

林暖摇头，傅怀安这才放下车窗，把香烟点燃。

“安全带……”她出声提醒了一句。

傅怀安侧眸看向林暖，见她一副他不系安全带她就不开车的架势，夹着香烟的手拉过安全带，扣好。

林暖太久没开车，车子从地下车库出来汇入车流后，神情小心翼翼。

傅怀安夹着香烟的大手搁在车窗上，头靠座椅靠背，闭着眼，头闷疼。

林暖余光注意到傅怀安将那根香烟点燃后，几乎没有抽，他眉头紧蹙，任由指尖白烟袅袅。

从海城医大附属一附院到傅怀安家路程不短，等林暖把车开到停好，傅怀安好像已经睡着了。

“傅先生……”她唤了一声。

傅怀安没有应声，眉头轻微地皱了皱。

“傅先生……”她又试探地叫了傅怀安一声。

他还是没有回应。

昨晚团团受伤，傅怀安连夜赶回来，应该是累了。林暖攥着方向盘，不知道该不该把傅怀安放在这里就走。

犹豫间，困倦袭来，昨晚几乎一夜未眠，到这个时间林暖已经扛不住了，没过几分钟就头靠车窗也闭上了眼。

第四章 错拿户口簿

傅怀安睁眼时已经一点半，他一向浅眠，能在车上睡得这么安稳，想是林暖身上让人舒服的淡淡幽香能够安抚人浮躁的情绪。

他看了眼头靠着车窗玻璃的林暖，她正睡得香甜。林暖穿着雪纺裸色大V领衬衫，歪着头，白皙的脖颈的曲线十分优美，均匀呼吸间锁骨凹凸，忽明忽暗。

卸过妆后的林暖，五官秀气精致。画面美好得像是一幅美人图。

傅怀安伸手从后排座椅上拿过自己的西装外套，给林暖盖上……

睡梦中，林暖察觉到那强势熟悉的气息，不安地动了动，却抵抗不过困意，又睡了过去。

听见有人敲车窗，傅怀安抬头，见陆津楠单手撑着车顶，躬身瞧瞧车内的林暖，随即似笑非笑地看着他。

傅怀安和陆津楠两个人靠车头站着。

陆津楠嘴里咬着一根香烟把合同递给傅怀安，一副正经的模样：“这官司要是你肯亲自出面打，大概寰宇的董事长得赔到倾家荡产！你确定咱们要私下了结？”

“这点你清楚，寰宇的董事长也清楚，所以要他让出百分之三的股份更容易。”傅怀安垂眸，点了根香烟，把打火机放进裤兜里，“做得太绝，目的就太显眼。”

隔着白雾，陆津楠看不透傅怀安高深的眸色，收起合同朝着车内看了眼：“我听说今天早上这林暖和化妆师闹得特别不愉快，那化妆师还是他们海城电视台副台长的外甥女，叫沈薇薇。”

陆津楠的声音颇有幸灾乐祸的意味，他把今天早上的听闻给傅怀安转述了，包括林暖出其不意地录了音，又怎么在所有人面前不动声色地打脸沈薇薇。

“你说你怎么就想要这种浑身带刺的？女人长得漂亮、温柔、识大体最重要，能知情识趣更好，这种脾气又倔强又轴、骨子里端着一副清高劲儿的女人最难搞！”

见傅怀安抽烟不说话，陆津楠接着道：“唐峥不就遇到过这种类型的嘛，送包送车说你俗，连和拇指姑娘切磋感情在她们心里都是不忠猥琐。所以老傅，你何苦为难自己？！”

男人之间说话，无所顾忌，特别露骨直白。

陆津楠不是一个爱管朋友私事的人，这一次三番五次跳出来劝傅怀安收了对林暖的心思，无非曾经看着唐峥感情受挫远走美国，担心傅怀安罢了。

“有时间少研究女人，想想怎么和寰宇的董事长谈。”傅怀安弹了弹烟灰，声音平静，毫无波澜。

话说到这里，陆津楠识趣地闭嘴了。

“没别的事你就先去忙吧……”

车内，林暖闭着眼，耳朵却没闲着。

从刚才陆津楠敲玻璃林暖就渐渐转醒，后面陆津楠说的话，听得林暖心里窝火耳朵发烫。

不知道过了多久，傅怀安走到驾驶座车门旁，伸手敲了敲车窗。

林暖将手收紧，抬头装出一副刚睡醒的样子，隔着一道玻璃，双眸清明地看向傅怀安，只一眼便心虚地垂下头，一手攥住傅怀安的西装，一手拿过自己的小方包，做出要推车门下车的动作。

傅怀安退了一步，率先走到门前，按密码锁。

原本，她是想要在外面等着，让傅怀安把户口簿给自己拿出来的。

可这话林暖没法说出口，一开口总让人觉得林暖是见温墨深回来才不和傅怀安领证了，像过河拆桥。但领证这种事儿，傅怀安没再提起，林暖怎么好上赶着问？

傅怀安的西装还在她的臂弯里，车钥匙也在她手中，调整好自己的心态，林暖抬脚跟着傅怀安一起进了门。

一进门傅怀安便脱了马甲，将衬衫袖口挽至肘弯处，露出结实的手臂。

他解开衬衫领口的几颗纽扣，站在冰箱前，拿出一瓶水，仰头喝了几口，挺括衣领中喉结滑动，男人味十足。

刚换完拖鞋跟上来的林暖就站在那里，没吭声。

“户口簿在楼上主卧的茶几上。”傅怀安关上冰箱门，侧过头，平静如无波深潭的眸子看向林暖，道，“主卧，你能找到吧？”

林暖当然能找到。不知道是不是她多心，她怎么觉得傅怀安说出“主卧”两个字有些不怀好意，就是刻意让她想起那晚在主卧的缠绵？偏偏傅怀安说得一本正经，要是林暖再扭怩倒显得她想多了。

她把傅怀安的西装搭在沙发靠背上，将车钥匙搁在茶几上：“那我去拿户口簿了。”

“嗯。”傅怀安颔首。

看着林暖上楼，傅怀安放下手中的矿泉水瓶，不紧不慢地点了一根香烟，吞云吐雾间半眯着眸子，随手把流理台上显眼的户口簿放到了冰箱顶上。

林暖一进卧室的门，看到那张铺着深灰色床单的大床，耳根就烫得厉害。她收回目光朝着茶几看去，上面放着户口簿，林暖看都没看拿起来塞进包里就走。

楼下傅怀安坐在沙发上，嘴角咬着根香烟，手里拿着一份儿文件在看，另一手拿着手机，低沉的嗓音带着几分积怒，正在训斥电话另一端的人。

听到林暖下楼的脚步声，傅怀安朝着林暖的方向睨了眼，语气缓和：“重新选个人吧。”

傅怀安挂电话时林暖已经走到楼下：“傅先生，那没其他什么事儿我就先走了。”

傅怀安颔首。

从傅怀安的别墅出来，凉风迎面而来，林暖才觉面部温度降了一些。

走出别墅区，林暖打上车，报了小区的名字。

看着车窗外阴沉的天空，林暖想起今天傅怀安并未反驳陆津楠的那些话，不由得眉头紧蹙。

傅怀安大概也是这样想的，所以才不再提和她领证的事情吧！毕竟除了团团把林暖当成妈妈之外，傅怀安的确没有和自己结婚的理由。

男人大多应该和陆津楠一样，有着游戏人间的劣根性，他们把女人当成战利品，好像占有得越多越能显示自己的魅力不凡。

物以类聚，人以群分。傅怀安能和陆津楠那样的人交往，品行能端正到哪儿去？！

大概傅怀安是觉得自己这种个性定然不能容忍他在外所谓的“表面应酬”，所以干脆放弃了和她结婚的念头。

回家后，林暖洗了个澡，一觉睡得踏实，睁眼时天都黑了。

被子盖得有些厚，林暖口干舌燥的。

手机微信一直在响，林暖在床头摸索着找到手机，躺在床上点开。

这个群是星辰小区的租户群，里面正吵吵着质问物业，说停电两个小时了，检修了这么久电还没来……

林暖侧头试了一下台灯开关，确实没来电。

她借着手机微弱的光线起身，没留神撞掉了放在书桌椅子上的小方包，里面的东西稀稀拉拉地撒了一地。

林暖刚躬身去捡，屋子就亮了。她攥着手里的户口簿，“傅怀安”三个字毫无预兆地撞进眼底，她半眯的眸子瞬间睁得老大。

再翻了一页，看到“傅团团”三个字，林暖终于确定，自己是拿错户口簿了。

她在自己的额头上拍了一下，拿的时候怎么就不看看！

犹豫再三，林暖终于还是拨通了傅怀安的电话。

电话接通，那头的人没说话，林暖先开口：“傅先生，不好意思，我拿错户口簿了！”

“你在哪儿？”傅怀安问。

“星辰小区。”

“二十分钟后下楼……”

说完，不给林暖说话的机会，傅怀安直接就挂了电话。

林暖低头看着自己手中的本子，懊恼自己的粗心大意。

知道傅怀安一向准时，林暖掐着表，十五分钟后就套了一件卫衣下楼。

刚从电梯口出来她就看到一辆黑色的宾利停在单元楼门口。

认出是傅怀安的车，林暖快步走出去，谁知车内却没人。

上衣口袋中手机振动，林暖拿出看了眼，是傅怀安，接通，就听到傅怀安低沉的嗓音："开门……"

傅怀安的声音平和，却让林暖觉得带着命令的味道。

男人高高在上久了，气场和威严总会不自觉地表于言行。

林暖就站在那辆黑色的宾利旁，腿边隐约能感觉到车身还未消散的热气。

她猜测：大概是傅怀安提前到了，干脆乘电梯上楼去找她，结果她乘另一部电梯下来了。

她没勇气对傅怀安说她已经在楼下让他下来。自己拿错户口簿，劳烦别人来换一趟，怎么好麻烦别人上下奔走?

林暖攥紧手中的户口簿，把被微风弄乱的头发别在耳后，一边往里走，一边说道："我这就上去……"

电梯门再次打开，林暖一出来就看到西装革履的傅怀安逆光而立，站在两部电梯中间带着烟灰缸的垃圾桶前抽烟。他一手插兜，夹着香烟的手握着手机正在翻看邮箱文件，眼窝深陷，神色专注。

两人离得不远，林暖隐约还能嗅到傅怀安身上的酒精味。

她刚才在车旁站了一会儿，知道车上没有司机，再联想到刚才电话中轻微的嘈杂声，她猜测傅怀安刚才在应酬。

他把烟按灭在垃圾桶的烟灰缸里，见林暖手里拿着户口簿，问道："家里有茶吗？"

傅怀安低沉磁性的嗓音温和中透着几分平易近人。

他喝了酒还驱车前来，林暖不至于连杯茶都不给。

她点头，带着傅怀安进了门。

想到自己客厅里毛茸茸的地毯，林暖躬身从鞋柜里拿出一双拖鞋想让傅怀安更换。她这里不曾来过男客人，拖鞋的尺码明显小得多，想了想，林暖又把拖鞋放了回去。

见傅怀安还站在玄关，她对傅怀安道："我这里没有合适的拖鞋，您直接进吧……"

傅怀安颔首，神态坦然地走进了客厅。

林暖则去厨房给傅怀安泡茶。上次梁暮澜拿过来的武夷山大红袍，派上了用场。

傅怀安看了眼小角几，上面林暖抱着那只大肥猫的照片已经不见了。

他看向在厨房中烧水找茶叶的林暖，她穿着卫衣和牛仔裤，袖口挽起，正踮着脚伸手去够柜子上方的茶叶盒，样子吃力。

"我来吧……"

傅怀安的声音从她头顶传来，林暖身体一僵，察觉到身后的那堵温墙，心跳不自觉地加快了。

她仰着头，看着傅怀安骨节分明的大手握住茶叶盒将其取了下来，转身，刘海不经意间扫过傅怀安隐约冒出青楂的下巴，下意识地后退，身后却是流理台。

傅怀安大手及时揽住林暖的脊背才避免林暖后脑撞到高处的吊柜上。

每每和傅怀安单独相处，她的狼狈便无处遁形。

厨房空间不大，因为傅怀安的出现更显局促。

此时两人身躯相贴，林暖心脏跳动得越来越激烈，像要从胸腔中撞出来。

男人带着酒精的气息扫过她的额头，让她感觉有些痒……

安静的厨房内，只有热水壶烧水发出的轻微声响。

她的手肘挡在两人中间，手心冒出一层黏腻的细汗。

目光所及，是傅怀安因为抱人的动作而敞开的衬衫领口，他分明的肌肉纹理若隐若现，林暖忙移开眼盯着地板，耳朵红得能滴出血来。

“慌什么？”

傅怀安的声音带着一丝笑意，有些哑，这样的声音在只有两人的空间里显得异常撩人。

包裹着她的全是这个男人成熟迫人的气息，她紧张得有些呼吸不畅，想装作风轻云淡地让傅怀安让开，喉咙却像被人扼住一样，干涩得发不出声音，只能不自在地垂着头，双臂推傅怀安的胸膛。

“怕我？”傅怀安凝视着她问。

“没有……”林暖否认。

为了自证清白，她强迫自己抬头和傅怀安对视，心脏跳得却越来越快。

傅怀安见林暖眉宇间倔强又难掩羞涩的模样，一手扶住流理台，一手撑着吊柜，俯身慢慢低头朝着林暖凑近。

林暖眼睫轻颤，挺直脊背，不想在傅怀安面前露怯：“傅先生！”

傅怀安捧住她的侧脸，高挺的鼻子若有似无地碰上了林暖秀气的鼻梁，漆黑深邃的眸子里不知道是不是因为酒精的作用，仿佛有着一片汪洋大海似的深情。

林暖的心乱成一团，脑子里是一片空白。

他的拇指在林暖娇艳的唇瓣上轻轻抚摸着……

林暖脚下步子不稳，体内让人意乱情迷的欲望在傅怀安手指的动作中被挑了起来。

羞耻的情绪占据了林暖的整颗心，她紧张地向后一退。

咚——

林暖的脑袋不出傅怀安所料地撞在了吊柜上，林暖却没察觉到疼痛。

知道自己刚才撞在了傅怀安的手背上，林暖面颊更烫。

“大晚上的让一个男人进门，这会儿才知道后怕？”傅怀安唇瓣张合，表情平静。

这一次林暖没有否认。

暖色的灯光之下，林暖小脸通红，因为紧张和羞愤胸口剧烈起伏着，让修长白皙的脖颈的曲线更加清晰优美。傅怀安有些动情，喉结上下滑动。

听到水烧开热水壶发出的嘀嘀响声，傅怀安退开，从裤兜里拿出烟盒，抽出一根香烟咬在嘴角，突然开口："听说你今天和你的化妆师闹翻了？"

傅怀安没有做更过分的事情，林暖忍着过快的心跳点了点头，拿过茶叶盒，打开，往茶杯中放茶叶。

背后传来打火机点烟的声音，林暖拎起水壶往茶杯中注水后，把茶杯推到傅怀安手边。

"太烫了，冰箱里有矿泉水吗？"傅怀安平静淡然地道。

林暖点头，但未动。

逼仄的厨房内，傅怀安斜靠在流理台上，挡住了林暖去向冰箱的路。

傅怀安收回长腿，林暖这才过去从冰箱里拿出冰凉的矿泉水递给傅怀安。

他用夹着香烟的手接过水瓶，拧开，仰头喝了几口："今天我和陆津楠的话，你在车上都听到了？"

大概没想到傅怀安会用这种肯定的语气直白地询问，林暖稍微错愕之后，局促地把碎发别在耳后，不自在地移开目光："都听到了……"

一想到陆津楠和傅怀安说她难搞，林暖觉得耳朵越发烫了。

傅怀安把矿泉水瓶放在冒着热气的茶杯旁，侧头朝着洗碗槽里弹了弹烟灰。他的侧颜在厨房暖色灯光的勾勒下显得格外深。

"你有没有想过，翁琳也算是海城电视台的老人了，背后不是没有靠山，为什么会给一个小化妆师送包、送护肤品？”

白雾从傅怀安的嘴角溢出，却掩不住他眼底的深邃神色。

林暖没想过，甚至下意识里觉得那个沈薇薇是故意在她面前撒谎，以期得到点儿好处，直到听陆津楠说那个沈薇薇是副台长的外甥女才明白。

“你是不是觉得今天早上的事情做得很好，既没有因为世道艰难委屈自己的自尊心，又保护了自己，没有被别人陷害吃亏？”

不可否认，林暖就是这么想的。

她骨子里有梁暮澜从小给培养出来的骄傲和清高，既不喜欢闹事摆谱，又不愿意扯出背后的林家当大旗，只能用心思来保全自己。

被傅怀安看透内心，她全身都不自在起来。

见林暖不答话，傅怀安接着道：“聪明有余，处理人情交往的关系却是一塌糊涂。”

这是傅怀安给林暖下的结论。

林暖眉头一紧，显然不赞同傅怀安的话：“我本来就不是八面玲珑的人！”

傅怀安继续开口，嗓音低沉：“所以对于那天没领证的事情，你连和我谈的勇气都没有？”

林暖感觉像突然被掐住了喉咙。

狭小的厨房安静极了，只有傅怀安指尖白烟袅袅。

他宽阔的肩膀遮去了些许灯光，看着林暖的眼神高深莫测。

不知道过了多久，林暖看着傅怀安指间的香烟快燃尽这才道：“你昨晚没把团团送过来，又让我拿回户口簿，我以为你不打算领证了。”

尤其她听到陆津楠和傅怀安说的那些话后，内心更是认定傅怀安是因为她“难搞”，并且可能无法接受婚后伴侣的不忠，所以选择放弃和她领证了。

“林暖，我挺喜欢你的。”傅怀安眼神淡淡地扫了眼林暖，灭了手中的烟，又抽出一根香烟来咬在嘴角。

傅怀安低沉成熟的声线十分具有磁性，让林暖的心脏又不受控制地乱跳起来。

突如其来的告白让林暖心慌意乱，她紧紧攥着出了一层细汗的手。

傅怀安垂着眸子，点燃香烟，弯起嘴角，隔着白烟看向林暖，一脸正经。

她紧张时总喜欢用手指拢头发，今天这个动作已经做了很多次。还不争气地红了脸。

察觉到傅怀安嘴角的弧度，林暖越发不安，心乱如麻。

对傅怀安，林暖并不反感。

就在刚才，他们身体紧贴在一起，傅怀安带着烟草味道的拇指摩挲她的唇瓣时，林暖内心是悸动的。

她紧攥着拳头。傅怀安一向老到，林暖恶意揣测着“喜欢”这两个字是傅怀安把女人骗上床的手段。

下一刻，她只觉自己被阴影笼罩，抬头时唇瓣一热，傅怀安带着烟草味的薄唇已经吻了上来，随后她的身体被环入一堵结实的温墙。

被抱在怀中，鼻息间都是傅怀安的气息，林暖身体中的燥热更加明显，脑子也跟着乱成了一团，她将双臂死死抵在两人之间，头皮发麻，全身的肌肉紧绷着。

傅怀安半眯着眼眸，深邃的视线注视着林暖的神情，趁着林暖失神，傅怀安的唇舌带着尼古丁的苦涩味道撬开了她的齿关。

男人的气息，瞬间侵占了林暖的心肺。

这突如其来的一吻让她整个人都蒙了，双腿发软，步子凌乱地被傅怀安带着压在了冰箱上。

整个厨房安静得只能听到两人津液相交的轻微声响。

耻辱感让林暖瞬间回神……

她奋力挣扎，手臂用力向外推，想要推开傅怀安。

可女人和男人比，力气天生处于劣势，她哪里推得动傅怀安？！

察觉到林暖的抗拒，傅怀安单手捧住她的侧脸，吻得更深，也更加温柔。

心里已经乱成一团的林暖毫无招架之力，她的挣扎在傅怀安面前都变成了徒劳，只能让傅怀安予取予求。

唇舌纠缠，林暖无疑不是傅怀安的对手，他绵柔深长的吻榨干了林暖肺部的最后一丝空气，让她的推拒变得无力，她只能死死拽着傅怀安胸前的衬衫，不知道是不是因为缺氧，全身发颤。更要命的是林暖竟然因为这个吻被撩拨起了躁动不安的情欲，快要在傅怀安的怀中化成一摊水。

傅怀安略带薄茧的滚烫大手游走至林暖的腰后，按着她的腰压向自己，让她感受到自己对她的渴望。

引狼入室是多么可怕的事情，今天傅怀安给林暖上了一课。

就在林暖要窒息时，傅怀安终于松开了她。短暂喘息之后，林暖推开傅怀安，单手悄悄撑住流理台，却打翻了下午回来没喝完却忘记放回冰箱的牛奶。

尽管不愿意承认，可她确实招架不住傅怀安的吻，她已双腿发软。

她还没来得及下逐客令，傅怀安温热的身体又贴了上来。他一手环着林暖的腰身，一手挡在吊柜上，防止林暖碰到脑袋，吻得比刚才更加激烈……

林暖撑着流理台，又慌乱地推着以求拉开两人之间的距离，可内心和身体的防线节节败退。

林暖纤细的右手手臂抵在傅怀安胸前，衬衫下，傅怀安身体滚烫的热度、结实的肌肉和强而有力的心跳，无一不让林暖脸红心跳。

洒了的牛奶顺着流理台向下滴滴答答，林暖贴着流理台的裤子被弄湿，掌心下也是一片湿滑。

大脑再次缺氧，林暖满脑子糨糊，她忽视不了自己的身体因为傅怀安的吻而产生的感觉，内心惶恐又害怕。

她只经历过一次情事，和傅怀安缠绵的感觉却像是刺青一样刻在了她的心里，稍一撩拨就会陡然浮现在眼前，让她的身体不自觉地想要迎合。

她明明知道再这样下去会一发不可收拾，可手上无力的推拒更像是一种欲拒还迎。

傅怀安显然也动了情。

这些年傅怀安身边没有什么女人，作为一个正常的成熟男性，他寡淡得让陆津楠都怀疑傅怀安的性取向了。

妩媚成熟的女人傅怀安身边有，清纯可人的也有，可都及不上生涩的林暖给傅怀安带来的感觉。

傅怀安裤兜里的手机突然振动起来，熟悉的旋律让林暖清醒过来，她双手推着傅怀安，沾着牛奶的右手弄脏了傅怀安的衬衫……

松开林暖被吻得红肿的唇，傅怀安气息有些粗重。林暖也急促地喘息着，脸红得像番茄。

傅怀安望着林暖，目光炙热得让林暖不安。

她颤抖着手抵在傅怀安胸膛前，垂着眸子移开眼，没有勇气和傅怀安对视。

傅怀安环在林暖腰后的大手没有松开，他蹙眉拿出手机看了眼，接通，声音有些嘶哑：“说！”

听出傅怀安语气里的火气，陆津楠愣了一下：“这么大火气？！谁惹着我们傅大律师了？！”

林暖离得近，能隐约听到电话里陆津楠的声音，她低头用力推着傅怀安，生怕再听到陆津楠嘴里蹦出什么荤话来……

察觉到林暖的抗拒，傅怀安松了手。

林暖走出厨房，进了卫生间把门反锁，打开水龙头洗手上的牛奶。

冰冷的水冲刷着她的掌心，凉意让林暖体内躁动的因子渐渐安静了下来。

她抬起头来，镜子中是她红肿的双唇。

她抬手轻触唇瓣，感觉有些刺疼……口腔里全是那个男人的味道！

想到刚才厨房里那个激烈绵长的吻，林暖的心脏又开始突突直跳。

二十几年来，林暖的初吻和初夜，给了同一个男人！

她不知道是不是所有人和异性接吻都会有这种身体反应，可她清楚地记得初二时被班里调皮的男生亲了脸颊，她反感厌恶地回去把脸洗了十几遍，搓红的皮肤好几天才缓过来。

但对傅怀安的吻，她没有那么反感。

厨房内，傅怀安盯着滴滴答答流了一地板的牛奶，抽出根香烟衔在嘴角点燃，把打火机放进口袋的同时单手插兜，让自己身体的异样不那么明显。

“所以寰宇这边已经没有什么问题了……”

陆津楠说完没有得到傅怀安的回应，说了一句：“我看老齐他们公司最近签了个模特，气质和长相都不错，和林暖还有几分相似，挺干净的，不约出来认识认识？”

听到洗手间的开门声，傅怀安朝着那边扫了一眼，道：“没别的事我就挂了……”

“哎……老傅！”

傅怀安挂了电话，已经缓和得差不多了。

他从厨房里出来，见林暖手中拿着抹布和拖把，大概猜测到林暖是要清理厨房，长腿一迈把厨房门口让了出来。

林暖在厨房内收拾，她裤子右侧还是湿的，没来得及换下来，也不想在傅怀安还在的时候换。虽然这里是她家，可傅怀安在还是让她格外不自在。

把牛奶盒丢进垃圾桶里，林暖用抹布擦干了流理台上的牛奶，然后抽了很多张厨房用纸蹲下身吸干地上的牛奶。

牛奶洒在地板上直接拖不会让地板干净，反而会让地板先滑后黏，这是林暖离开林家后才知道的生活常识。

傅怀安就靠在门框处看着林暖，眼神认真。

林暖弓着身子，动作利落，大概是因为傅怀安站在门口，林暖不愿背对傅怀安，觉得把后背暴露给傅怀安很危险，就倒着往里拖。

傅怀安看她拖地时细长笔直的双腿交替向后退，毫无察觉胸前的一片美好早已被他一览无余，眸色沉了沉，深吸了一口香烟。

这样温柔又居家的林暖，给人一种很舒服的感觉。

拖完厨房，林暖直起身，手中的拖把像是能给自己壮胆，开口道：“傅先生，时间不早了。”

“茶还没喝……”

傅怀安夹着香烟的手指了指流理台上还冒着热气的茶杯。

林暖紧握拖把。喝茶是傅怀安进来的原因，看来茶还没喝傅怀安不会走。

“那麻烦您让一让……”林暖一副要出去的架势。

傅怀安站在门口未动：“你湿了。”

林暖的脸轰一下红了个透彻，烫得厉害。

傅怀安察觉到林暖眸色转向戒备，绷着一张羞红的脸，满眼羞愤，他又道：“我是说……你的裤子湿了。”

傅怀安这话显然就是察觉林暖内心想到了什么，这让林暖面颊的温度更烫。

“我知道！”林暖握紧了手中的拖把，表情是被傅怀安戳穿的狼狈。

“不换？”傅怀安还是没有让开。

“一会儿你走了再换。”

林暖连敬语都不用了，可见有多气愤。

四目相对，林暖被傅怀安看得心慌意乱，心中忐忑。

她不自在地移开目光，看向那杯还氤氲着热气的茶，却又怕被傅怀安看出自己的怯意，故作镇定地把目光转向了傅怀安。

调整好情绪之后，林暖想让傅怀安先去客厅，她把茶水给他端过去。

可才被傅怀安那么激烈地吻过，好言好语的句子，林暖实在说不出口。

两相僵持不下，林暖浑身上下除了尴尬和窘迫，还是尴尬和窘迫。她本就不擅长处理男女关系，更别说面对的是傅怀安这样一个老到的男人。

傅怀安的电话适时地响起，他接了电话，抬脚朝着客厅走去。

逼仄的厨房因为傅怀安的离开显得宽敞了不少，林暖松了一口气。

客厅里传来傅怀安沉稳温柔的嗓音，林暖听出电话那头的人是团团。

大概是孩子和李阿姨在医院，晚上不习惯，想念傅怀安了。

“留院观察一晚是医生的要求，你已经不是一两岁的孩子了，该知道医生对自己的病人有他们专业的判断。”

林暖把拖把放回洗手间，洗了手出来见傅怀安还站在阳台上安抚团团。推拉门开着，能听到他语气柔和，可说出来的每一个字都不像是在哄孩子。

等傅怀安挂了电话回来，就见林暖手里拿了瓶绿茶正等着他。

暖色灯光下，林暖精致的五官绷着，脖颈纤细弧度优美。她伸手把绿茶举向傅怀安的方向，样子分明就是在下逐客令。

“我这儿的茶叶不算太好，而且傅先生这么忙，应该没有时间在我这里等茶凉了。”

傅怀安看着林暖一副言不由衷的样子，没吭声。

按照道理来说，此时林暖应该拿拖把把这个登堂入室又对自己毛手毛脚的男人赶出去……

可是她面对老到成熟的傅怀安，有着本能的畏惧。

他身上有着涉世多年磨砺出的不怒自威的气势，成熟沉稳的气场是林暖这种年纪不大经历不多的小姑娘没法比的。

面对精明世故城府颇深的傅怀安，林暖潜意识里觉得所有的小聪明都会轻易地被傅怀安看透，不管自己做什么最后都会吃亏。

林暖这逐客令下得聪明，该给傅怀安的台阶都给了，一般人都应该拿着绿茶走人了，可偏偏林暖面对的不是一般人。

傅怀安扫了眼林暖举着的绿茶，正儿八经地看向林暖：“刚才的吻，你不是也挺有感觉的？”

林暖被傅怀安这句话弄得脸色通红，握着绿茶瓶子的手不自觉收紧，后悔刚才没拿茶水泼这个男人一脸。

羞耻感席卷了林暖全身。

没法对傅怀安发作，委屈在林暖心头积聚，她红了眼眶，倔强地瞪着傅怀安。

傅怀安弹了弹烟灰，迈开长腿朝着林暖的方向走了过来。

林暖紧张得下意识地向后退了一步，却又觉得这个动作特别露怯，硬是挺直自己的脊背站在那里，紧攥手里的绿茶。

打量着她紧绷的身体和通红的脸，傅怀安在离她一步之遥的地方停下，压低了嗓音道：“林暖，大半夜的我来你这里，你真以为我是来喝茶的？”

他们都是成年人，这么晚，一个单身女性让一个单身男性进门，这意味着什么傅怀安以为林暖很清楚。

可感情经历少到可怜的林暖压根没有往那个方面想，被傅怀安质问得心慌意乱。是她大意了。

傅怀安说得轻描淡写，却显得那么咄咄逼人，让林暖全身僵硬，满脸无措。

沉默良久她才开口："你不是来换户口簿的？"

林暖用了反问句解释，清楚明确地告诉傅怀安她没有往那方面想。

傅怀安听到这话，勾唇，眼角眉梢间都有了笑意，声音沉稳，语调轻缓："我对你的兴趣你该清楚。还是你在和我装傻？！"

他朝着林暖逼近一步，林暖后退，腿弯撞在单人沙发位上，险些坐倒。

她心乱如麻，垂着的睫毛颤动着，硬撑着自己的身子后倾和傅怀安保持距离，腿部肌肉酸痛起来。

两人离得特别近，她目光所及是傅怀安的衬衫纽扣，林暖还能嗅到他身上淡淡的酒味。

站在她面前的是穿着衬衫的傅怀安，他骨节分明的修长指间白烟袅袅，胸膛处有被林暖弄脏留下的牛奶渍，却丝毫不影响男人高大沉稳的形象。

傅怀安背后的落地窗外是海城五光十色的璀璨夜色，在这一片绚烂的背景映衬下，傅怀安眉眼轮廓深邃。

"去换了裤子，带你出去吃点儿东西。"傅怀安从林暖攥着的手中抽出了那瓶绿茶，退开，略微倾身把绿茶放在茶几上，留给林暖一个被衬衫勾勒出弧度的后背。

这算什么？打一棒子给个蜜枣？林暖腹诽。

"我不饿！"林暖负气地道。

今天从傅怀安那里回来，林暖就只潦草地吃了几口东西喝了些牛奶一直睡到刚才，其实早就饿得前胸贴后背了。

“别拿自己的身体较劲。”

傅怀安说完把香烟送到嘴角咬住，拿起沙发靠背上的西装套上，系上了腰间的那颗纽扣，正好遮挡住衬衫被林暖弄脏的地方。

穿上西装的傅怀安，身姿笔挺，一副衣冠楚楚的模样，目光平静如水，好像刚才咄咄逼人的不是他。

傅怀安的嗓音低沉中带着不能忤逆的权威感，让人无法开口违抗。

林暖站着没动，一脸倔强的样子。

傅怀安把嘴角的香烟移开：“我没拿你的户口簿，吃完饭……去我那里拿一趟。”

林暖听到这话，内心瞬间警铃大作，一副如临大敌的模样看向傅怀安。

“怕我？”傅怀安问。

烟雾模糊了傅怀安刀雕斧凿似的五官。

“没有！”林暖嘴犟。

“户口簿也不要了？”傅怀安慢条斯理地问，嗓音没有一丝情感。

林暖沉默。户口簿是林家的，林暖怎么可能不要？

她抬手把鬓边的几缕头发拢在耳后，垂着眸子，没有直视傅怀安：“我改天白天再去取，今天太晚了，我明天早上四点还得到电视台。”

林暖调整好情绪之后，说话不那么冲了。

看着林暖红红的眼眶，傅怀安从口袋中拿出电话拨通，像是打给他的助理，报了林暖小区的名字，然后又问林暖：“有忌口的吗？”

林暖一时没反应过来，摇了摇头。

等她回味过来，傅怀安已经和电话那头的人说完了。

挂了电话，傅怀安对林暖道：“你先去洗漱，十五分钟后我让人把夜宵给你送上来。”

见傅怀安一副要走的架势，林暖侧身让开。

“不用麻烦，我马上就要睡了……”林暖的声音低低沉沉的，因为傅怀安的好意，她说话不免客气了些。

傅怀安气定神闲地把烟蒂丢进桌上的一次性饮水杯里，问：“需要我在这里看着你吃？”

这话有些轻佻，偏偏傅怀安说得一本正经，像是她再推辞，就是邀傅怀安留下一样。

她抿住唇，压住内心的窘迫和不自在，装作淡定地和傅怀安对视，开口：“不用了。”

傅怀安口袋中的手机再次振动，傅怀安接通，迈着长腿往外走去。

林暖听见他语气随意，言谈间像是在说刚才他突然离席的事情……

傅怀安的助理小陆给林暖送了夜宵从林暖家单元楼出来时，傅怀安就坐在轿车后排。

他举着手机正在通话，另一只夹着香烟的手搭在交叠的腿膝上，那双漆黑幽深的眸子盯着指间火光猩红的烟头，眸色深远。

车窗未关，单元楼门口昏暗的光线勾勒着他轮廓分明刚毅的侧颜。

两个夜跑回来的小姑娘路过豪车旁见车窗未关，不免往车内看了眼。

车内成熟男人身上的阳刚气质，让小姑娘脸红心跳。

两人刻意放慢脚步，就见男人把香烟送到嘴边，对着电话那头的人说了句什么，白雾从嘴角逸出，成功人士的气场强大。

两个姑娘压低了声音议论猜测着傅怀安是否她们小区的。成熟充满男人味的成功人士，总是更能得到女士的青睐，更别说像傅怀安这样，气质五官都出类拔萃的。

电话那头陆津楠从酒局上撤下来，找了一个安静的地方，点了根烟才继续对傅怀安道：“傅家那边的老头子怕是察觉了情况不对。我刚才在酒局上听寰宇的罗副总说，老头子今天下午派宋秘书过去请寰宇的董事长吃饭。”

余光看到助理小陆从单元楼里出来，傅怀安弹了弹烟灰不动声色地道：“你觉得这事儿古怪？”

“嗯。”陆津楠声音沉重，“老头子一向眼高于顶，这次竟然会让宋秘书亲自来请小小寰宇的董事长吃饭。这明明是宋秘书一个电话的事儿，偏偏亲自来请人，说这里面没事儿我不信。”

“真有事儿就不会这么大张旗鼓了。”傅怀安话说得不温不火。

“老傅，你心里得有个数，老头子这次铁定是要给外面那个野种铺路了……”

陆津楠口中的老头子是傅怀安的外公傅清泉，凯德集团的董事长。

当年，傅怀安的母亲傅绾执意嫁给姜程远和家里闹崩，婚后，姜程远事业上得不到傅家的支持很不顺利，导致两人感情逐渐走向破灭。

离婚后，要强的傅绾心底较着劲不愿意回傅家，怕被父母数落当年选错了人，便一个人带着傅怀安生活。

生活不如意加上感情受挫，抑郁症悄无声息地缠上了傅绾。

傅绾是在傅怀安早晨上学离开之后，选择在浴缸里结束了自己的生命。

而傅家知道傅绾的死讯的时候，傅怀安已经是律政界响当当的人物了。

得知独女傅绾悲惨的遭遇，得知流淌着他们傅家血脉的外孙不被姜程远承认，傅老爷子和傅老太太让宋秘书把傅怀安请回了傅家。

和傅怀安见过之后，傅老太太被傅怀安身上沉稳的气质镇住：身着深色西装的傅怀安言谈举止得体稳重，眉宇间都是岁月磨砺下沉积的成熟沉稳气质。

哪怕是和傅清泉这样在商场浸润多年威严十足的成功商人坐在一起，傅怀安逼人的气场也丝毫不弱，甚至透着几分不怒自威的气势。

当下，傅老太太就动了让傅怀安接手傅家的心思。

傅老爷子和傅老太太在傅绾离开傅家和家里断绝来往之后，赌气收养了养子，准备让养子傅城继承傅家家业。

谁知几年前傅城遭遇车祸昏迷不醒，凯德集团股票大跌，在傅老太太和傅清泉的再三恳求之下，傅怀安临危接手了一团乱的凯德集团，直到今天。

眼下傅城已于三个月前醒来，得知自己昏迷这几年凯德集团已是傅怀安的天下，而自己下半身瘫痪，后半生只能和轮椅做伴，考虑再三，他主动找傅老太太和傅清泉谈了这件事儿，表示傅家应该由体内流有傅家血脉的人继承，随后就带着妻子、孩子出国了。

而陆津楠口中的野种，是傅清泉晚年失节酒醉荒唐的一夜，不小心留下的孩子。

傅清泉三年前知道这个孩子的存在时，孩子已经十四岁。

对于失去独女，又一心想要儿子的傅清泉来说，这个孩子的出现对他来说是极大的安慰。

碍于傅老太太在，傅清泉没敢把孩子接回去，可这三年相处下来，傅清泉和孩子的感情早已非同一般。

傅清泉一心想要扶自己的儿子成为傅氏继承人，又担心精明的傅老太太反对，于是明里暗里地打压傅怀安，为扶自己儿子上位做着准备。

“老头子也不想想，这些年要是没有你，凯德集团能发展到今天这么辉煌的地步？卸磨杀驴也就罢了，还来阴的！这么大的凯德集团……他也不怕把他那个宝贝疙瘩噎死？！”

陆津楠略微沙哑的嗓音带着怎么都按不住的怒火。

傅怀安沉默未语，深沉的双眸看着车窗外的朦胧夜色。

“你要是个外人我也不说什么了，你可是老头子的亲外孙，他怎么做得出来？！”

傅怀安挂了电话。

轿车缓缓启动。

傅怀安灭了手中的香烟，关上车窗，闭眸休憩起来。

第五章 领证前恋爱

林暖下了《早间新闻》直播后正在化妆间卸妆，Miss 夏的助理杨雨泽来通知林暖，说让林暖先不要走，中午有个饭局，副台长点名让 Miss 夏带着林暖一起去。

“不知道是赞助商点名让你去，还是副台长点名，Miss 夏让我给你提个醒，让你对今天中午的饭局有个准备。”

林暖攥着卸妆棉，对杨雨泽勾唇：“替我谢谢 Miss 夏。”

这种局面林暖心里是有准备的，可真到事情发生，还是难免心慌。

如果说是赞助商点名让林暖去，其中意味不言而喻。

如果是副台长点名让林暖去参加饭局，怕是要替他外甥女出气。林暖猜今天中午饭局上要面对的赞助商，怕是难缠。

不管怎么样，Miss 夏能让人来提醒自己，已经很难得。

面对这种事情，林暖不是没有办法脱身。她对香芋过敏，包里装着香芋粉，只要控制好量有了过敏症状，从饭局上脱身也简单。

白晓年听说副台长钦点林暖参加饭局，不放心，也跟了去。

等林暖、白晓年、Miss 夏到湖心岛的雅间时，副台长和赞助商已经到了。

一看到林暖，副台长就站起身对着林暖招手："林暖，你过来敬唐总一杯，你们《早间新闻》最大的赞助就是唐总，可以说没有唐总就没有你们《早间新闻》啊！"

坐在副台长身旁的男士西装革履，指间夹着根未点燃的香烟，朝林暖的方向看来。

那位唐总身旁空着一个位置，任谁都看得出来那是林暖的位置。

白晓年用力握了握林暖的手，对着副台长和那位唐总颔首一笑，找到空座坐下。

林暖心里有底，也不怯，抬脚走到副台长身边。

唐峥这是第一次见到林暖，和隔着电视屏幕不同。就在刚才林暖和白晓年从通往湖心的那条桥廊上走过来时，他看到林暖那张清丽精致的小脸，恍惚有一种惊为天人之感，让唐峥的心脏莫名地漏跳了一拍。

他在心里暗暗感慨：难怪老傅会喜欢。

"林暖啊……"副台长端过一杯酒递给林暖，殷勤地把林暖往唐峥身边带，"唐总可是说了，这一次冲着你才给了这么大的赞助。"

这话说得未免暧昧，林暖攥紧了酒杯。

"唐总，我敬您。"林暖说得不冷不热，眸底带着抗拒和倔强。

辛辣刺喉的烈酒入口，滑过喉头，她额头隐约冒出了细汗。

林暖并没有和别人一样，见眼前赞助商一副英俊儒雅的模样就露出欲亲近的笑脸。

唐峥没来得及说话，眼看着林暖喝下一杯烈酒，嘴角的笑意使他像只正在算计什么的老狐狸，夹着香烟的手端起面前的酒杯亦是一饮而尽。

副台长以为看懂了唐峥眼底的笑意，十分有眼色地拎起分酒器，又往林暖杯中添酒："小林就是豪爽啊，来来来……再来一杯。你可得好好谢谢人家唐总。"

"照台长您这意思，这里最应该敬唐总一杯的……怕是我了……"

一道含笑的声音插了进来。

Miss 夏看不过去副台长硬把林暖往上推的那股子献媚劲儿，端着酒杯过来，细长的手臂环住林暖的肩，不着痕迹地把林暖往后挡了挡。

"唐总，这杯我敬你……" Miss 夏对唐峥浅笑。

见 Miss 夏过去，其他人也都面露喜色，蠢蠢欲动地给自己杯中添满酒，随时准备上前和这位英俊多金的赞助商结交。

Miss 夏护着她的动作被林暖记在心里，脸上已经开始发痒。

唐峥抬眸，半眯着桃花眼含笑看了眼 Miss 夏身后的林暖，根本就没接 Miss 夏的茬。

他把那根一直夹在指间未点燃的香烟送到唇边，清脆的打火机声音在湖心亭内响起，唇角逸出白雾："林小姐人缘不错啊。看来想要和林小姐喝酒，还得先撂倒这一桌子的人？！"

唐峥嗓音带着笑意，直接点名林暖。

白晓年紧皱眉头，为林暖捏了一把汗。连 Miss 夏都护不住林暖了吗？她暗地思索着要不要想办法联系一下傅怀安，毕竟傅怀安要和林暖领证，总不至于看着林暖被别的男人盯上。

副台长早已经活成人精，一听这话不对味儿就知道这位赞助商祖宗是不高兴了，用眼神警告 Miss 夏，嘴上却笑着道："那是，小林人好，在我们台里人缘一向好，可唐总您这么风流倜傥，我们 Miss 夏也是难得主动敬人酒，这是冲着您呢。小林，还不坐到唐总身边陪唐总好好喝几杯？！"

林暖放下手上刚才被副台长斟满的酒杯，力道有些大，酒溅在了自己白皙修长的手指上，少了半杯。

或许林暖真如同傅怀安说的那样：聪明有余，处理人情交往的关系却是一塌糊涂。她本身不是八面玲珑，以前在林家她是林家千金，面对任何人都有骄矜的资本。那种从小就被梁暮澜培养进骨子里的骄傲是本性，林暖改不掉。

就如同此时，她之前哪怕已经想好重重退路，却还是在咄咄逼人的赞助商面前给人甩了脸子。

“唐总，林暖本人对酒精过敏，因为副台长说您给了我们节目组很大的赞助，所以喝了一杯。都说女主播靠脸吃饭，再喝一杯下去，林暖不只‘吃饭’的家伙毁了……怕是命也得搭在这里。”白晓年急急起身说了一句。

白晓年话音一落，唐峥朝着林暖看了眼，只一杯酒，林暖的面颊和脖颈上已经泛起一片不自然的红色。

唐峥心里咯噔一声，他本是想为难一下林暖，让林暖喝得个半醉然后让傅怀安来英雄救美刷好感度的，可林暖要是真酒精过敏，这戏可就玩儿砸了！

只是须臾，林暖面颊两侧的小红疹子就全都出来了。

“酒精过敏不是小事儿！”唐峥起身，拿起桌上的烟盒、打火机和车钥匙，“我送你去医院！”

“唐总！”白晓年已经快一步走到林暖身边，扶住林暖，“您喝了酒不方便开车送林暖，我的车就在楼下，不好意思……我先带林暖走了。”

唐峥眼睁睁地看着白晓年急吼吼地把林暖带走，那包都背好的模样，打死唐峥都不相信白晓年是临时起意。

林暖一上车白晓年就拿出过敏药，把矿泉水拧开递给林暖。

“我问过了，这种药和酒精没有反应……”

林暖脸上痒得难受，接过白晓年递过来的药片和矿泉水，仰头，艰难地把药片吞下。

直到坐上白晓年的车林暖才松了一口气，身心俱疲，有种打完一场仗的疲惫感。

脸上火烧火燎的感觉还在，包里的手机还振个没完没了。

白晓年想着肯定是副台长打电话过来训人，听着烦躁："好好给赞助不行吗？又不是白拿赞助。打广告花的钱，凭什么在女主播身上揩油捞好处找回来，要不要脸？！"

林暖低头从包里掏出手机，一看是Miss夏，接通："Miss夏……"

"脸要紧吗？要是上不了明天的直播，我就让人顶上。"Miss夏声音平静。

林暖拉下镜子照了照，根据以往的经验道："明天就能下去，不会影响直播。"

"那就好。"

在Miss夏要挂电话之际，林暖说了一句："Miss夏，今天谢谢你……"

电话那头，Miss夏没吭声，半晌说了句："快去医院吧。"

等她挂了电话，白晓年用手指在方向盘上敲了敲："火锅？"

林暖点头："走。"

林暖一走，面对海城电视台副台长的逢迎讨好，唐峥觉得特别没滋味。

饭吃到中途，唐峥假意接了个电话，说有急事就撤了。

一上车唐峥就拨通了傅怀安的电话，点了一根香烟，听到电话接通，随手把打火机丢在副驾驶座上，打了转向灯启动车，咬着香烟问："老傅，哪儿呢？没吃饭，中午一起吃个饭？"

唐峥知道傅怀安是个工作狂，这个点儿应该还没吃，打电话过去一问，果然。

挂了电话，唐峥驱车前往凯德集团大楼，去接傅怀安。

唐峥回国之后就想念国内川菜那个味儿，海城最好的川菜大厨就在蜀园，傅怀安便选在蜀园吃饭。

两人刚把车停好，一下车，唐峥就看到蜀园隔壁火锅店里靠窗而坐的林暖和白晓年。

“不是酒精过敏去医院了吗？”

唐峥看到林暖和白晓年的餐桌上放着几瓶已经空了的啤酒瓶。林暖面前杯子里淡黄色的液体，唐峥可不相信是茶水。

反应过来，唐峥可真是对林暖佩服得五体投地。

见傅怀安看过来，唐峥解释：“今天中午我和海城电视台的副台长吃饭，点名让林暖过来，本来准备难为难为林暖，差不多的时候给你打个电话，让你过来英雄救美呢，没想到林暖刚喝一杯酒就酒精过敏走了。为这事儿我都准备一会儿吃饭的时候给你赔礼道歉呢，没想到一转头人家和送她去医院的人在这儿喝上了……”

隔着一道玻璃，林暖敏锐地感觉到两道目光，转头后愣住。

傅怀安和今天中午在满江苑的那个唐总就站在不远处，正往这边看，尤其是那位唐总，看着林暖的目光里，是不怀好意的浅笑。

林暖握着筷子的手一紧，立刻回头装作没看见，心跳如擂鼓。

那个赞助商唐总怎么会和傅怀安在一起？！

看到自己左边玻璃杯的啤酒，林暖抱着侥幸心理，希望那位赞助商没看到。

别的倒没什么，她就怕赞助商和台里说这件事儿，台里知道林暖对酒精不过敏，以后像今天中午那种场合就避不开了。

看到林暖紧绷着身体一副如临大敌的模样，白晓年也朝着窗外瞥了一眼，却什么都没看到。

“怎么了？”

林暖摇头，但愿刚才是她的错觉，那位唐总根本就没有注意到坐在这边的她和白晓年。

“哟，好巧啊，竟然能在这里碰到……”

唐峥带着笑意的声音让林暖脊背一僵。

说着话唐峥已经笑眯眯地站在桌边，居高临下，看着林暖的目光别有深意。

白晓年大概也没有想到会在这里碰到这位“唐总”，一双大眼睛忽闪着，仰头看向唐峥，喉咙里的酒卡在那里，咽也不是不咽也不是。

白晓年瞄了眼林暖面前那杯喝了一半的啤酒。怎么就这么寸，出来吃个饭都能碰到赞助商，而且，还正好是喝酒的时候，碰到以为林暖酒精过敏的赞助商。

只觉身后一道高大的身影把自己笼罩其中，林暖知道身后是傅怀安，紧握着筷子，呼吸有些不自然。

她总是刻意地不让自己去想和傅怀安的亲密，不去想自己心里羞耻的悸动，但一见到傅怀安就都破功了。她觉得眼皮沉重得都抬不起来，口腔里傅怀安的味道无比清晰。

傅怀安在身后，林暖如芒在背，无法做到坦然自若。

没等林暖、白晓年开口邀请，唐峥十分自觉地对服务员招手：“给这里添两套餐具。”

说完，唐峥才一脸笑容地问林暖和白晓年：“今天林小姐敬了我一杯酒就酒精过敏了，我心里愧疚，食不下咽，连饭都没吃，正好这会儿有缘碰到，拼个桌一起吃饭行吗？”

白晓年：“……”

她们能说“不行”吗？您都自觉地让服务员添餐具了。

林暖和白晓年都坐在靠窗的位置，包搁在靠走廊的椅子上。

“包挪一下……”

唐峥握住白晓年的小方包，递给她，赞助商白晓年得罪不起，只能接过。唐峥就那么大大方方地坐在了白晓年身旁。

“老傅，坐啊，你和林小姐该是熟人……”

唐峥一副主人的架势招呼傅怀安，“熟人”两个字说得别有深意。

林暖耳根泛红，只能放下筷子，一脸尴尬地把身边的包移开，想着怎么和唐峥说酒精过敏的事情才能不让唐峥把这件事儿捅到台里去。

耳边传来傅怀安拉开椅子的声音，林暖把小方包放在了腿上，攥紧包的带子。

傅怀安脱下西装外套搭在椅背上，动作舒适地坐在林暖身旁的椅子上，双腿交叠，坐姿随性惬意。

唐峥扫过林暖面前喝了一半的啤酒杯开口："今天都是我不好，不知道林小姐对白酒的酒精过敏……对啤酒的酒精不过敏，早知道，今天中午咱们也喝啤酒了。"

唐峥这话说得格外刁钻。难不成白酒里的酒精还能和啤酒里的酒精不一样了？！已经被喝了半杯的啤酒就在林暖面前，她做不到厚着脸皮不承认。

"唐总，刚才我并不是酒精过敏，想这么个损招是为了避免以后台里再有这种事情拉上我，所以，希望唐总不要把这件事儿告诉台里。"林暖说得坦诚。

白晓年没吭声，是因为怎么解释都多余，而且，既然这位唐总是和傅怀安一起来的，看在傅怀安的面子上总不至于难为林暖。

林暖耳朵通红地坦白，还说得这么理直气壮。唐峥扫了一眼坐在林暖身旁的傅怀安，浅笑道："理解，理解！理解万岁！我也不是那种多嘴多舌的人，既然林小姐能喝，那咱们就在这儿放开了喝。老傅也在这里，林小姐该相信我对你没有恶意吧。"

他把林暖和傅怀安扯在一起，说得又那么不怀好意，偏偏，提到傅怀安林暖就心虚，弄得林暖特别不好意思。

傅怀安低沉的嗓音响起："对什么过敏？"

他这话问的是林暖。

林暖绷直脊背："香芋……"

唐峥又点了几个菜，对服务员报了傅怀安的名字，说让主厨亲自来做这几道菜，又让服务员搬了一箱啤酒过来。

傅怀安对抱着啤酒过来的服务员开口：“一杯鲜榨橙汁。”

唐峥给白晓年倒了一杯酒，又把林暖杯子中添满，最后才给他和傅怀安满上：“要什么橙汁，我们都喝酒……你一个人喝橙汁有什么劲？！”

傅怀安没吭声，唐峥豪爽地对着林暖举杯道：“自我介绍一下，我叫唐峥，是老傅的发小，也是给老傅打工的，我那家公司的背后大老板就是老傅……”

唐峥在自我介绍的同时也是向林暖彰显傅怀安的财力。

林暖正要端起面前的酒杯，服务员正好把橙汁送上来，恭敬地放在傅怀安面前。

傅怀安拿过林暖面前的啤酒杯，又把橙汁搁在林暖面前。

林暖被傅怀安突然靠近的动作吓了一跳。傅怀安身上带着烟草味的清冽味道袭来，她下意识地向里面躲了躲，却又觉得自己这个动作做得特别小家子气，尴尬无比地调整了一下坐姿。

目光所及，是傅怀安敞开的挺括领口中轻微滑动的喉结，林暖的面颊更加滚烫，她垂下眸子听到了来自唐峥的调侃。

“哎哎哎……老傅，护人也不是你这种护法，我喝啤酒林暖喝果汁这说得过去吗？”唐峥装作不满地嚷嚷。

白晓年知道唐峥和傅怀安关系匪浅，却也看不惯有人灌林暖酒。林暖平时不沾酒，今天是为了纾解白晓年心里的郁结，陪着喝了些。

白晓年想到自己已经打算转行，心里突然就不怵唐峥了，对着傅怀安举杯：“傅先生，我敬你一杯，你是真男人，不难为女人。”

白晓年这话就是赤裸裸地打唐峥的脸了，唐峥这才转过头正儿八经地看向白晓年。

傅怀安没有端什么架子，拿起刚才从林暖面前换过来的杯子，举杯示意后轻抿了一口。

察觉到傅怀安拿的是自己的酒杯，和傅怀安唇瓣相贴的感觉出现在脑海里，林暖只觉得坐立难安。

她故作坦然地端起橙汁喝了一口，动作生硬得像是生怕别人看不出她紧张。唐峥眸底带着几分坏笑，心情大好，甚至忘了立时三刻计较刚才白晓年怼他的那些话。

林暖瞥向透明玻璃窗外，看到公交车站牌下一对穿着海城三中校服的小情侣大胆豪放地在公共场合拥吻，脸颊更烫，连忙收回目光。

昨晚亲吻的画面猛然出现在脑海中，傅怀安此刻还坐在自己身边，林暖不是那种作风开放的姑娘，做不到心神如一地坦然自若。

欣赏过了林暖的表情，唐峥转过来头追究白晓年："白小姐，您这意思……我就是假男人了？！"

"那唐总是承认自己在为难女人吗？"白晓年对唐峥露出笑脸。

说这话时，白晓年心底有几分没底，要不是傅怀安要和林暖领证，她大概没有勇气这么说话。见唐峥抬眉，白晓年又十分没骨气地补了一句："不过唐总这么风度翩翩的男士，应该不会为难女士的，我说得对吧？"

"白小姐这高帽子简直扣得人闻风丧胆啊！"唐峥笑得和老狐狸一样，"我这要是非要和你喝酒，是不是就不风度翩翩，是不是就成那难为女人的假男人了？"

唐峥在圈子里是出了名的刁钻，半点亏都不吃的主，这话说得白晓年简直没法接，白晓年有种搬起石头砸了自己脚的感觉。

不等白晓年开口反驳，林暖已经皱眉先接话："唐总……"

"好好吃你的饭……"

傅怀安几乎同时和林暖开口，声音平静，却充满磁性。

林暖余下的话卡在喉咙里说不出来，她本想说唐峥这番话摆明了已经是在为难人。

"您是大老板，您说了算！"唐峥吊儿郎当地笑着道。

那顿饭傅怀安一直不断接电话，林暖也吃得心不在焉。

一顿饭吃到一半，外面天气便阴沉下来，不出片刻大雨滂沱而下。

雨滴把透明玻璃窗敲得啪啪作响，林暖侧头看向窗外，却透过玻璃看到傅怀安站在火锅店门口的台阶上。他只穿着衬衫和修身马甲，一手握着手机，一手朝着垃圾桶上方弹了弹烟灰，身姿挺拔，动作间，整齐干净的袖口处袖扣泛着光泽。

这样一个衣品和气质不凡的男人，站在哪里都像是一道风景，不由得让来往行人注目。举手投足间矜贵沉稳的气息，却又让人觉得他高高在上，不敢轻易靠近，只敢远远地看着。

他站在灯光之下，侧颜冷峻，眉目间是积怒于心又刻意压抑的痕迹。

林暖见他把香烟送到唇边咬住，大手解开了领口的两颗纽扣，唇瓣张合间逸出白雾。

她不得不承认傅怀安这样的男人是很吸引女性的，包括她在内。

成熟寡言又充满阳刚气质的男性，比起这个时代泛滥的小鲜肉，总是显得更有魅力更性感。

林暖承认，被这样的男性说喜欢，她作为女人也不能免俗地心生一丝虚荣。

不知道是不是有所感应，傅怀安突然转眸看向林暖的方向。

四目相对，被抓住窥视，林暖做贼心虚地立刻转身，手肘却碰倒了桌上的橙汁，杯口倒向傅怀安的位置，把傅怀安的座椅弄湿了一片。幸亏傅怀安不在。

傅怀安看着林暖狼狈起身抽纸巾擦拭桌子的样子，眼底有了笑意，眉目间的怒气被驱散了不少，连说话的语气都平和了许多：“故意杀人打成无罪的例子是很多，但你没试过就不要沾手。这个官司你转给顾律师，我不希望有下次。”

挂了电话，傅怀安款步回来，他的座椅已经被清理干净，像是什么都没有发生过一样。

道歉的话卡在嗓子眼儿里说不出来，林暖耳根红得厉害："我刚才不小心把你的座椅弄湿了。"

"我知道……"傅怀安的声音因为吸过烟有些沙哑。

林暖背后的手机振动，铃音响起时唐峥朝着林暖看去，声音含笑："这缘分巧的，没想到林小姐的手机铃声竟然和老傅的一样。"

林暖没理会唐峥，看了眼来电显示是梁暮澜，忙接通。

"喂，妈……"

电话那头传来林苒歇斯底里的哭喊声："林暖，妈从楼梯上摔下来了，全身都是血，爸的手机关机，哥不接电话……我一个人在医院，该怎么办？该怎么办？"

林暖慌张地起身，心脏提到了嗓子眼儿，拿着包就要走："哪家医院？"

她的手腕突然被傅怀安扣住，傅怀安起身拿过座椅靠背上的西装，问她："哪家医院？"

林暖心脏跳得特别快，脑子里都是梁暮澜全身是血的恐怖画面，心悬在嗓子眼儿里，一个字都说不出来，只觉心惊肉跳。

她张了张嘴，却说不出话来，小脸儿煞白，着急挣扎，傅怀安却把她纤细的手腕攥得更紧："下雨不好打车，我送你。"

梁暮澜手臂上缝了二十八针，头上也缝了三针，头颅 CT 暂时还没有出来，不过医生说她摔下来时没有昏迷，应该不会有大问题。

林暖那颗悬在嗓子眼儿里的心脏稍微回落，才察觉自己双腿有些发软。

病房里林苒也在，林暖拿了暖水瓶，借口打开水出去了。

开水房内，林暖把水壶放在水箱龙头下接开水，鼻子却酸得厉害。

明明是打算以后尽量少和林家有所瓜葛，可接到梁暮澜出事的电话，她还是急切得恨不得插上翅膀立时三刻就到梁暮澜身边。

在不知道自己并非梁暮澜亲生之前的二十年，梁暮澜就是她的亲生母亲，现在血缘不同，可感情没法变。

此时的林暖怎么也没法自欺欺人地说结婚迁出户口后和林家就再无瓜葛。

只要梁暮澜在林家一天，只要林家的爸爸在林家一天，只要林家的爷爷奶奶和林琛在林家一天，林暖和林家就有斩不断的感情瓜葛。

热水从水壶里溢了出来，林暖忙关上开水龙头，拿保温瓶的动作太急，溅出的开水烫红了她的手背。林暖缩回手，立刻用冷水冲洗……

好在不严重，缓解了火辣辣的感觉后，她甩了甩手上的水珠，拎着保温瓶往病房方向走去。

走廊里，林琛高大挺拔的身影肃立在中央，背对着林暖。

他穿着浅蓝色衣领挺括的衬衫，戴着藏蓝色领带，灰色格子修身西装被骨节分明的大手握着，宽阔的肩胛削弱了廊灯亮白的光线，阴影把林苒笼罩其中。

身高腿长的林琛不说话站在那里，本就具有极强的威慑感，更别说此时他英俊的眉目间尽是怒意，儒雅的气息被身上在商场杀伐决断的成熟沉稳气势取代，让林苒不自觉地移开眸子，心底发怵。

然而，林苒在看到拎着保温瓶而来的林暖时，用力攥紧纤细白皙的小手，仰头直视林琛："我混账怎么了？混账也是你们逼的！我被林暖那个混账父亲养在身边这么多年，你们谁也没有给过我我应得的亲情，凭什么现在又以亲人的身份在我面前指手画脚，管束我的事情？有本事……你们别要我啊，你继续让林暖当你的妹妹，让林暖当你妈的乖女儿，就让我自己死在外面好了！"

林琛额角青筋凸起，扬手就是一个耳光。

林苒发出一声短促的尖叫，捂着脸，目光越过林琛，满含怨恨地看向林暖，满脸泪水。

林暖握着暖水瓶的手收紧。

"林暖的父亲再混账也是他把你从医院里救出来把你养大成人

的，在那样不富裕的环境中没有短缺过你的吃穿，供你上最好的学校！如果没有林暖的父亲，你二十多年前就已经死了！是林暖的父亲给了你第二次生命！所以，这个世界上……妈可以怨恨林暖的父亲，爸可以怨恨林暖的父亲，唯独你没有资格！”

林琛脸部轮廓深邃，目光平静。

“是不是在你心里，你从来没有承认过我这个妹妹，”林苒第一次这样有胆子直视林琛那双高深莫测的眼眸，“你巴不得我死在二十多年前，这样……就没有人来打扰你们和林暖一家人相亲相爱的幸福生活了？”

林暖站在不远处，拎着保温瓶不知道是否该上前，只觉刚才被烫过的手背越发疼痛。

“你和妈都说林暖是无辜的，那我不无辜吗？这些年没有成长为奶奶爷爷心目中端庄的大小姐真是对不起了，因为我从小就没有接受到林暖所接受的那种教育，所以我比不上林暖！”

林苒说到心中悲痛处，鼻翼翕动着，泪水像断了线的珠子。

“我是个不合你心意的妹妹，是个不合爸妈心意的女儿，我只会刁蛮胡闹，这是林暖她爸惯出来的！你们眼里的我的不足都不是我能选的，要我在自己父母前面还要做到战战兢兢小心翼翼，对不起……我做不到。在我心里，你们所有人都欠了我的，尤其是林暖，是她偷了属于我的一切，变成了我本该变成的模样！她偷了我的人生！”

林苒几乎喊得歇斯底里。

其他病房的病人家属拉开病房门，原本要出来呵斥，却在看到气场逼人的林琛时，选择停留在门口看热闹，不敢上前。

“奶奶不是说我没有女孩子的娴静，说我强硬得像个野小子吗？我告诉你这是怎么来的！因为我从小就被人欺负，被那些同龄的孩子用石头追着砸得满头是血浑身是伤。他们说我有一个疯子妈妈，说我是小疯子！如果我个性不强硬就会被更多的人欺负！你们没有了解过我童年的经历……凭什么对我指手画脚？！

“我去顾家找顾邵庭说喜欢他怎么了？！本来和顾邵庭订婚的就应该是我，你妈凭什么就说我不自爱了？！我从小到大的经历告诉我，我喜欢的东西就要尽全力去追求，哪怕得不到，至少我曾经尽了我最大的努力！什么淑女教条，什么女孩子的矜持，对我来说全然没有幸福来得重要！我只不过是尽全力去追求我喜欢的人，有什么不对？！要是你们上流社会所谓的淑女就是该眼睁睁地看着幸福从面前溜走，那我只能说……抱歉，我大概这辈子都成不了你们所期待的淑女！林家的小姐……就留给林暖去做！从今天开始我和林家再没有任何关系！”

林苒胸口剧烈起伏着，这些话她压在心底很久了。

哪怕就是在一分钟之前，她都没有想到自己会对着林琛说出这些话来。

林苒的话让林琛轻微一怔。

看到林苒瞪着自己的眼睛，林暖没吭声，把暖水瓶放在走廊椅子上，悄然转身离开了。

林暖站在医院大门口的台阶边缘，垂眸盯着自己湿了半截的牛仔裤与脚下那双满是泥点儿的白色运动鞋，心中一片茫然。

刚才走得着急，她一路冒雨跑到了医院门口才想起她的包落在了梁暮澜的病房里，手机和钱包都在包里，便迟疑着要不要上去。

大雨逐渐变小，直至天空细雨飘落，不过四点半天已经阴沉沉地黑了下来。

医院门口暖橘色的顶灯光线，薄纱似的笼罩在林暖周遭。

宽阔的马路上车来车往，车灯和霓虹交错，她泛红的鼻头发酸。

林暖刚抬脚走下台阶没几步，纤细的手背就被人用力一扯，整个人向后踉跄了两步，撞入了一堵坚实的温墙，鼻息间是清冽干净的烟草味。

轿车急驰而过飞溅起的积水瞬间溅湿了林暖没来得及收回来的半条裤腿，右腿膝盖以下一片冰凉。

她抬头看去，傅怀安轮廓分明的脸出现在她眼前，他眉头微蹙，深邃的双眸看着她，一手拽着她的胳膊，一手撑着黑色的大伞，嘴边叼着一根香烟。

医院门口灯光明亮的冷色光线被黑色大伞隔开了一半，少许落在他线条立体刚毅的下颌和西装下轮廓完美的肩膀上。

傅怀安的西裤裤腿也湿了一半，他的西装敞开着，整个人的气势显得沉稳逼人。

看到林暖错愕愣神的样子，傅怀安眉心皱得更紧，他松开林暖的手臂，移开唇边的香烟，开口道："好好走路，愣什么神？想变落汤鸡？！"

傅怀安的嗓音因为吸了烟略微沙哑，带着几分愠怒，像是训下属，威慑感极强。

"你怎么还在这里？"林暖话不经过大脑，下意识地问了出来。

"在医院遇到个朋友，聊了几句……"

对傅怀安的说辞，林暖不信。不是林暖自我感觉良好，只是傅怀安出现的时间太过巧合，巧合得让林暖不自觉地认为傅怀安是在这里等着自己。

"老傅！"

闻声，傅怀安把伞举高，朝着医院门诊大楼方向看去。

只见一个穿着白大褂的男医生，在蒙蒙细雨中朝着这个方向小跑过来，手里拎着一个装着药品的塑料袋。

"趁我去给你取药，跑过来泡妹子，不像你的作风啊！"

话音一落，人已经站定在傅怀安和林暖面前。那人胸前挂着神经外科主治医师的胸牌，叫白瑾瑜。

瞅见傅怀安伞下站着的是林暖，白瑾瑜笑开来："我说呢，原来是林暖，怪不得老傅不等我拿药回来就跑出来了。"

林暖是海城电视台《早间新闻》的女主播，又是傅怀安的心头好，白瑾瑜认出林暖并不奇怪。

“你好，我是老傅的朋友白瑾瑜，也是这个医院的医生。”

白瑾瑜的自我介绍让林暖内心不自觉地尴尬起来，她抬眸就看到了傅怀安嘴角别有深意的浅笑。

很浅，但她无法忽视。

刚才她还自以为是地认为傅怀安是在这里等自己，这会儿就被打了脸。林暖耳根红了一片，却尽量摆出正经的模样，不想让别人看出自己的异常。

“你好。”林暖的语气十分礼貌。

和林暖打完招呼，白瑾瑜把药递给傅怀安，叮嘱：“这药能少吃还是少吃，你这样总靠药物睡眠不是个办法……”

“知道了。”傅怀安颔首，夹着香烟的手接过装着药物的塑料袋。

白瑾瑜抬手看了眼腕表道：“那我就先走了，一会儿还有一台手术。”

说完，白瑾瑜浅笑着对林暖点头后离开。

白瑾瑜走后，伞下的两人就陷入了古怪尴尬的沉默中。

林暖垂眸，只觉得湿漉漉的裤子紧贴着小腿肚风过时冷得人直打战。

她伸手把鬓边碎发别在耳后缓解自己内心的尴尬后，才开口：“不好意思，刚才……那么凑巧地在这里碰到你，我还以为你是在等我。”

在汽车鸣笛和车轮碾过积水的声音中，林暖听到傅怀安低沉的声音响起，觉得格外好听。

“如果我说是在等你……你上我的车吗？”傅怀安问。语气里尽是上位者的气魄，沉静从容。

林暖攥紧了手，心脏漏跳了一拍，克制着不让自己内心悸动的波澜外露。

她别开头，视线无处安放，落在傅怀安那只夹着香烟的细长大手上。他指尖白雾袅袅，让她的心跳不自觉地加速。

眉目间染上羞红的林暖，让傅怀安不自觉地动情，他喉头轻微上下滑动着。

“林暖。”傅怀安唤了一声林暖的名字，稍显郑重地说，“回答我。”

傅怀安语气有些咄咄逼人，好像林暖回答是与否是个十分重要的决定一般。

林暖心慌意乱，鼻息都是傅怀安身上强势的男性气息，还有烟草和淡淡的薄荷味。

雨又大了起来，雨点急促地敲击着伞面儿，就像鼓点儿催促着林暖回答。

霓虹交错间，行人咒骂着这变化多端的天气，狼狈地逃窜躲雨，脚下溅起一片片水花。

林暖被傅怀安手中的大伞完好地护住，低着头，看着身旁不远处把灯红酒绿揉碎在其中的水洼，手指绞着衣角。

傅怀安把伞压低了些，靠近林暖，手捏住她的下颌。两人四目相对，在这人来人往的雨街，这样的姿势暧昧得不像话。

林暖心跳如擂鼓，下意识地想要后退：“你别这样。”

她移开眼，去拉傅怀安的手腕，掌心下是傅怀安手腕处从袖口露出一半的昂贵表盘，有些冰凉。

“哪样？”

傅怀安背后是璀璨的灯光，他捏着林暖下颌的手轻微收紧，强迫她看着自己，嗓音刻意压低。明明是轻佻的用词，可这两个字在湿气沉沉的阴雨天里显得格外撩人，让林暖的耳朵不由自主地红了一大片。

林暖攥着傅怀安手腕的小手汗津津的，她被迫抬头，眼角眉梢的羞涩越发清晰，连瞳仁都染上了水汽。

“大庭广众之下，你这人怎么能这样！”她的声音带着几乎不可察觉的颤抖。

“你的意思，只要不是在大庭广众之下，我想怎么样都可以？”

傅怀安开口反问。

一句话，让林暖羞愤交加。她用力拨开傅怀安捏着自己下颌的手，还来不及开口，唇瓣就被傅怀安冰凉的薄唇封住。

林暖一瞬间大脑空白一片，耳边只剩下雨敲伞面儿的剧烈声响。

傅怀安把伞压得很低很低，将两个人严严实实地藏在其中。

男性的清冽气息夹杂着烟草味紧紧包裹着她，他胸膛的温度驱散了凉风带来的寒意，可是林暖的鸡皮疙瘩还是冒了出来，她甚至全身发颤。

雨越下越大，用包挡着头踩着高跟鞋往屋檐下跑去躲雨、一身职业装的小姑娘，没看清，一脚踩进水坑，身子一歪撞在了林暖的肩上，把林暖撞进了傅怀安的怀里。

“对不起，对不起……”

雨太大，小姑娘的眼镜被雨水弄花，她也没看清楚撞了谁，道了歉就急急地跑开躲雨。

吻因为这个意外而中断，林暖呼吸急促，面颊一片绯红，眉目间羞涩的意味更浓。

气氛尴尬，林暖侧身看了眼自己被撞的肩以掩饰尴尬。

她本以为这一吻就此结束，可谁知男人扳过她的脸，又吻了上来。

她攥着傅怀安的手腕，冰冷的表盘上都是林暖滑腻的汗渍。

短暂发蒙之后，她推拒着傅怀安，却被傅怀安略带薄茧的大手扣住手腕，引导着她的小手环住他结实的腰身，把林暖朝着他的方向拉近了些。

脚下步子踉跄，林暖几乎再次撞进了傅怀安怀里。

她的掌心和傅怀安线条清晰的脊背只隔着一层薄薄的衬衫。林暖想要抽手，傅怀安却把她攥得更紧。

她口腔里都是这个男人强势的味道，肺部的空气尽数被男人掠夺，舌根酸软。

林暖不能否认，她在傅怀安的吻里意乱情迷，傅怀安的老到，让她无力抵抗。

她抗拒的动作随着时间推移变得细微，逐渐消失，甚至腿软到没有骨气地抓紧傅怀安后腰的衬衫，才勉力支撑自己没有倒下去。

林琛就站在医院门口的台阶上，骨节分明的大手紧攥着对他的大手来说小得可怜的方包，双眸平静如一潭死水，幽远高深。

他看着那黑色的大伞下身体紧贴在一起的两个人，心里是说不上的复杂滋味。

黑伞把两人的容颜严严实实地遮在其中，可林琛还是认出了林暖的身影。

他明明没有抽烟，口腔里却都是尼古丁苦涩的味道。

不知道过了多久，在林暖已经开始阵阵发晕时，傅怀安松开林暖的唇舌，漆黑的眼眸望着她眼底因情欲染上的氤氲水汽："去我那儿，还是回你那儿？"

傅怀安低沉的嗓音带着几分沙哑，性感撩人。

脑子还迷迷糊糊的林暖陡然清醒，羞耻又恼怒地抽回自己紧拽着男人的衬衫的手，凝视着他，生气地道："你什么意思？"

看到林暖一副不可侵犯的姿态，傅怀安问："你对这个吻没感觉？"

成年男女，傅怀安说的感觉是什么，林暖懂。

正是因为懂，正是因为她的身体确实产生了这样的感觉和悸动，她才更加恼火。

林暖臆测傅怀安心里现在肯定在说"你自己不是也乐在其中"这句话，耳根不由自主地红了一片，羞愤又难堪。

这个男人先说和她领证，后来又让自己拿回户口簿，现在又在医院门口对自己说这么下流的话，到底是什么意思？

话没说清楚，两个人之间就有着说不清的暧昧不明，林暖也没法站在道德制高点上责怪傅怀安凭什么这么对自己。

"傅先生……"林暖紧攥拳头，调整好自己的情绪之后才开口，清亮的嗓音几乎要被大雨敲击伞面的声音淹没。

傅怀安凝着林暖，立体刚毅的五官就映在她的眼眸中，男人身上那种沉稳逼人的成熟气场扑面而来，林暖即将出口的话便哽在喉头，竟有些没胆量大义凛然地说出口。

她垂下眸子，拧着眉心：“我想我们得把话说清楚。”

“怎么个清楚法？”傅怀安嘴角带着一抹若有似无的笑意，单手插兜，好像已经轻而易举地从刚才被撩拨起情欲的状态中抽身，一副衣冠楚楚的模样。

反倒是林暖，呼吸还未调整过来，心跳的速度也丝毫没有减慢的意思。

“最开始是我找上你希望你不要和顾含烟结婚，也答应了和你领证替代顾含烟成为你的女人、团团的妈妈……”

傅怀安嘴角笑意未减，磁性的嗓音十分具有穿透力：“所以现在温墨深回来了，你打算让我娶了顾含烟正好成全你和温墨深？！”

傅怀安这话，是试探。

“我没有过和墨……温墨深在一起的打算。”林暖理直气壮地直视傅怀安，“我虽然不是什么君子，可也不是会耍赖的小人，合约精神我还是有的。要领证，我会和您领，如果您觉得我个性无趣不想和我领证，我也万分感谢。”

“个性无趣”这个定义是温墨深给的，林暖就这么顺嘴说了出来。

林暖的个性很闷，温墨深曾经在开玩笑时说过，林暖是个最闷、最无趣而且还带着刺的闷葫芦。

“‘个性无趣’这种定义，是谁给你下的？”傅怀安的语气像是质问。

话音刚落，口袋中的手机振动，他拿出手机低头看了眼来电显示，手机屏幕蓝色的光线映衬着他的五官，让他的眉目显得越发深沉。

傅怀安挂断电话，把手机放回裤兜里，依旧一副挺拔的模样站在林暖面前。

在傅怀安眼里，林暖哪里无趣了？！她眼角眉梢染上羞涩的样子，分明就撩人得很。

“温墨深”三个字卡在林暖的喉咙里，她抿着唇，没吭声。

沉默，悄无声息地在两人之间蔓延，林暖又听到傅怀安的手机振动的轻微声响。

傅怀安还是没有接，单手举着伞，从口袋里掏出烟盒，咬了一根香烟出来点燃。

就在林暖以为他们的谈话要以沉默告终时，她又听男人开口：“不和你领证。既然万分感谢，说说你要怎么感谢。”

林暖错愕不已，大概是没有想到傅怀安会问她怎么感谢这样的问题。

见林暖不回答，傅怀安说话间嘴角逸出白雾：“怎么，难不成……你以为一句万分感谢就够了？这年头，‘万分感谢’这四个字没有这么值钱……”

林暖紧抿着唇，傅怀安这话活像林暖占了他天大的便宜似的。

林暖脑子里所能想象到的感谢，无非物质补偿，可傅怀安并不缺物质。

他说了，他缺的是女人，是他儿子的妈妈。

那股子倔劲儿一上来，林暖看向傅怀安：“傅先生的意思，是想让我求着您去领证？”

良久，傅怀安开口，嘴角逸出白雾：“林暖，既然你不愿和我领证，那在此之前我们先彼此了解了解怎么样？”

林暖蒙了。

她自认理解能力不差，却愣了半晌才消化傅怀安话里的意思。

傅怀安是说，尽管林暖不情愿，可证还是要领的，但领证之前他可以先和林暖谈个恋爱互相了解一下。是这个意思吗？

怕自己又会错意自作多情，林暖便揣着明白多问了一句：“傅先生是什么意思？”

傅怀安半眯着眸子，眼神深沉地盯着她，语速缓慢，声音压得很低："领证前谈个恋爱，想试试吗？"

傅怀安说得不痛不痒，却让林暖心头集聚的怒火莫名一扫而光，并且让她多了几分心悸和莫名的慌张。

林暖没有回答，和矜持无关，是不知道该怎么回答……

谈恋爱，不是该和爱的人谈吗？

他们之间，从一开始就不是因为爱。

想到"谈恋爱"这三个字，林暖难免焦虑不安。

虽然从初中起追求林暖的男性就不少，可除了林暖暗恋温墨深之外，她没有任何一次恋爱的经验。恋爱应该怎么谈……对林暖来说是个特别棘手的问题。

明明是一场不论怎么样都会领证的恋爱，可林暖一想起便一副如临大敌的模样，这模样，哪里有恋爱时小女人满面春风的甜蜜样儿？

林暖刚洗完热水澡出来就听到门铃声，吸取上一次的教训，这次林暖没有直接开门，在睡衣外面套了一件卫衣外套，从猫眼往外看了一眼。

林琛高大的身影立在门外，西装笔挺，手里握着她今天落在医院的包。

隔壁加班回来的白领女邻居看到林暖这个独身女性家门口站着一位男士，不免朝着这个方向留意了一眼……

三十岁出头的林琛，除却儒雅，身上有着成功男士的内敛和沉稳。

哪怕此时林琛的西装穿得并不正式，西装衣襟敞开着，也没有系领带，挺括的衬衫领口，纽扣随意解开了几颗，但林暖的这位身为秘书的邻居，也能准确判断出林琛应该属于精英阶层。

又见林琛手里拿着一个女士方包，那位邻居不屑地撇了撇嘴，女主播和精英，还怪配的。

没有得到回应，他抬手再次按下门铃。

林暖这位邻居开门进去的瞬间，转头正眼看向林琛，只见他侧颜轮廓立体，带着几分冷意，她的心脏莫名地剧烈跳动了几下。

林琛，林氏集团的总裁，她曾经在杂志上见过林琛的照片。

见林琛侧眸望过来，她羞红了脸。自认为长相不俗的邻居正犹豫着要不要上前打招呼，林暖开了门。

“哥……”

在猫眼里看到林琛手中握着自己的小方包，林暖没有明知故问，简单唤了一声。

林琛看着林暖，见她湿漉漉的长发被拢在耳后，露出白皙小巧的耳朵和线条细腻流畅的下颌，气质清秀，透着几分温婉韵味。

“你的包今天落在医院了，妈让我给你送过来，我顺便有几句话对你说……”林琛声音略带几分沙哑，暗含着身居高位已久的威信。

林暖今天没拿包就走了，林琛和梁暮澜知道林暖肯定听到了林苒说的话。

她把门口让开，请林琛进去。

这是林琛第一次看到林暖的出租屋，不大，但是很干净很温馨，充满了林暖的味道。

见林琛随手把她的包放在鞋柜上，却没有着急进去，林暖说：“我这里没有合适的拖鞋，哥你就这么进吧……”

林暖一边朝厨房走，一边问：“哥，你喝妈上回拿来的大红袍，还是喝白水？”

“白水就好。”

林暖记得林琛爱喝西湖的雨前龙井，因为这里没有，才问了一句要不要喝大红袍。

见林暖在厨房烧水，林琛兀自站在客厅里打量着林暖的住所，目光不经意间扫过被搁在茶几上的户口簿，躬身拿了起来。

翻过一页，见是傅怀安的名字，林琛轻微地眯起了眼眸。

林暖端着水杯出来，见林琛正拿着户口簿看，说了一句：“哥，喝水……”

“准备什么时候办婚礼？”林琛语气平静波澜不惊，随手把户口簿放了回去。

“不知道，上一次没领成证……”

林琛侧眸看向正弯腰把水杯放在茶几上的林暖，一向如幽潭般平静的眼底有那么一丝波动。他脱下西装外套，随意搭在单人沙发位上，坐了下来：“怎么没领成？”

林琛拿出金属香烟盒，都已经打开却还是合上放在茶几边。

领证之前谈个恋爱这种话林暖没法照实和林琛说，只道：“领证前想要再多一些时间互相了解了解……”

灯光下，林琛赞同地点了点头，伸手端过还冒着热气的水杯，垂着眸子，徐徐往杯中吹了一口热气，雾气氤氲升腾，模糊了他的眉目。他轻抿一口水，道：“嗯，是该多了解了解。”

想到林琛进来前说有话对自己说，她把水杯放在茶几上，先开口：“妈是不是怪我不打招呼就走了？”

林琛瞧了她一眼，表情看不出喜怒：“你还知道？”

她攥紧手，低声开口：“哥，我是觉得我总出现在你们面前，对林苒不公平……”

林琛听到林暖这话，眉头微紧，下意识地伸手去拿烟盒，中途却收住拿烟的动作。

“你抽吧，没事儿……”林暖声音绵软，她起身去开窗，“我把窗户打开就行。”

她听梁暮澜说，林琛接手林氏这几年，挺累挺有压力的，只是和林暖一样——个性比较闷不愿意说出来，倒是烟瘾日渐增大，已经到了烟不离手的程度。

林暖看得出，从进门到现在，他在忍着。

外面大雨未歇，林暖一开窗，凉意便伴随着湿气迎面扑来。

林琛从西装口袋里掏出一个细长的宝蓝色天鹅绒盒子，放在林暖面前。

“这是什么？”林暖问。

“你离开家里那年本来准备送你的生日礼物。”林琛淡然。

他站起身，套上西装，躬身拿过茶几上的烟盒和打火机道：“明天要是有空，去医院陪陪妈，妈会高兴的……”

林暖攥着细长的盒子还没来得及打开，便跟着林琛一起起身，送他到门口。

林琛离开后，林暖打开盒子，里面躺着一条精致的锁骨链。她莫名地鼻头一酸，被拉进了回忆里。

几年前，那个阳光灿烂的午后，光线通过偌大的落地窗照射进来，把房间映得透亮。

吃过午饭，林暖和梁暮澜窝在沙发上翻看杂志讨论时装，林琛上楼收拾和爸爸去法国出差的行李。

林暖和梁暮澜正评价着模特身上的首饰，林琛悄声凑到两人背后，听林暖说模特脖子上的锁骨链很漂亮，出声道：“那买回来给你当生日礼物！”

当时，林暖和梁暮澜被吓了一跳。林家爸爸从楼上下来，一边整理领带一边责怪林琛太偷懒，哪有这样送妹妹礼物的。

那样幸福的画面，在林暖心底尘封多年，甚至蒙上了一层细尘。

可今天看到这条锁骨链，记忆又清晰无比地出现在林暖的脑海里，特别温暖，也特别刺人。

第六章 我挺喜欢你

早间新闻结束后，林暖被 Miss 夏叫到了办公室，Miss 夏把新节目《周日有约》的筹备文件递给林暖。

周日晚八点黄金档的节目是很多人争破头也抢不到手的，偏偏就落在了林暖头上。

林暖以为是 Miss 夏提携，却听 Miss 夏说："温氏大公子飞机失事四年之后回来，到目前为止，除了相关部门去调查回答了些问题之外，没有接受过任何媒体的采访。这一次台里有意为《周日有约》造势，想邀请温氏大公子来参加节目，温大公子答应了，但条件是必须由你来做主持人！"

Miss 夏不急不缓地解释之后，伸手拿过烟灰缸弹了弹烟灰："正好你就是这档节目的备选主持人，所以台里就决定让你上。《早间新闻》先让白晓年试试接手……”

不给林暖反应的时间，Miss 夏就催促林暖去一趟医院，让她和温墨深沟通一下节目的事情。

这些日子以来，林暖刻意忽略温墨深的消息，压抑着感情不愿意去看他，却还是没有躲过。

白晓年下午没事儿，陪着林暖一起去了医院。

林暖拿着已经看完的资料，坐在副驾驶座上，久久没有下车。

白晓年解开安全带，对林暖道：“我陪你上去……”

林暖摇头，拿过后排座椅上的包背好，整理了资料抱在怀里，一手去推车门：“我自己可以。”

温墨深的病房在哪儿林暖很清楚，从电梯里出来，她就朝着温墨深的病房走去，心里隐隐有些莫名的不安。

病房内，护士正在给温墨深的腿部换药，弄疼了温墨深，连连道歉。温墨深依旧一副温文儒雅的模样，浅笑着说没关系。

听到温墨深熟悉的嗓音，林暖红了眼，调整情绪，深吸了一口气推门进去。

四目相对，林暖握紧了手中的资料，鼻头发酸，一股热意冲上了眼眶。

她在温墨深看过来的那一刻停下了脚步，本想大大方方地说一句“墨深哥，你回来了”，喉咙却像是被棉花堵住，胀涩发疼，一个字都说不出来。

她梦到过无数次温墨深回来的场景，心头难以言喻的澎湃早就被磨得麻木，心头只剩下一片酸涩和沧海桑田感。

温墨深亦没有开腔，注视着林暖的眼神。

小护士见温墨深有来客，换好药收拾了东西往外走，礼貌地对林暖开口：“不好意思……让一让！”

林暖这才察觉自己挡在了门口，忙侧身把路让开。

小护士离开后，林暖装作淡定，随意地关了病房门。

病房内，安静得让人窒息。

“过来坐……”温墨深先开口，压低了略微嘶哑的嗓音，忍着内心的情绪。

林暖不得不过去坐在温墨深病床边的椅子上。

病房门再次被推开。

“蟹黄包买回来了，可不是你爱吃的那家，那家……”

顾含烟的声音一顿，看到林暖转过头，她眸色一晃，镇定地对林暖笑开：“暖暖来了？墨深这几天一直念叨说你怎么没来看他。”

对于顾含烟那样的新闻，温墨深都能选择原谅，大概是爱一个女人爱到了极致，才能不介意吧！

林暖愣神间，顾含烟已经走到病床另一边，把热乎乎的蟹黄包打开，询问林暖：“暖暖，你要不要尝尝？！”

林暖摇头，还没回答，温墨深便道：“她不喜欢吃蟹黄……”

攥着资料的手指一紧，林暖勾起嘴角，眼眶酸得更厉害。

“那你们先聊，我去给暖暖洗水果。”

洗手间的门开着，林暖坐在这里能听到洗手间里顾含烟洗水果时哗啦啦的流水声。

她打开资料夹，抽出几张资料递给温墨深：“你先看一下这些问题有没有什么不能问的，如果有，提前和我说，我们再沟通。”

温墨深扫了眼林暖递过来的资料，骨节分明的大手接过，随手将其搁在一旁，不打算看。

“没来看我，是因为特别忙？”他问。

话被温墨深挑明，林暖敷衍地点了点头：“刚上《早间新闻》，还没太适应，然后又要准备新节目……”

温墨深注视着林暖，没吭声，直到顾含烟端着水果出来，才拿起资料过目。

顾含烟就坐在病床的另一侧动作笨拙地给林暖削着苹果，一不小心就削到了手指，疼得倒吸一口凉气。

“怎么这么不小心？”温墨深语气不咸不淡地道。

顾含烟攥着手指站起身，尴尬地笑着道：“我去护士台包扎一下，你们先聊……”

被顾含烟削了一半的苹果就放在水果盘里。温墨深把资料搁在一旁，伸手拿过苹果和水果刀，眸色深沉地注视着苹果，继续刚才顾含烟没有完成的部分，将苹果削好后递给林暖。

“谢谢……”林暖接了过来，拿在手心里，没有吃。

他抽了张纸巾擦拭手指，擦得很认真，嗓音低沉地道：“暖暖，几年没见，你和我就这么生疏了？”

林暖没吭声，然后听到了温墨深几乎不可察觉的叹息。

“‘蘑菇’还好吗？”

提到“蘑菇”，热流再次冲击了林暖的眼眶，她几乎忍不住，头垂得更低：“‘蘑菇’已经不在了！”

温墨深擦拭手指的动作轻微一顿，擦完手后，他把纸巾攥在手心里：“什么时候的事？”

“你回来那天。”

“嗯……”

温墨深低沉地应了一声，声音让人听不出情绪。

“所以，你怕我难过，不敢来见我？”

温墨深给林暖找了一个这么久不来看他的理由。

只是林暖没法做到问心无愧地点头，所以沉默着。

“‘蘑菇’当年托付给你的时候年纪就已经很大了，生老病死这种常态我们谁都无法改变，所以我有心理准备。可暖暖，我回来这么久，连无关紧要的人都来看我了，你为什么没有来？！”

温墨深明明说得很平静也很平淡，却问得林暖哑口无言。

她听得出温墨深的话外之音。他没有做好林暖不来看他的准备，所以伤心了，是这个意思吧？

林暖不知道该怎么回答，或许是因为内心对温墨深有着不一样的情感，无法做到温墨深这么坦坦荡荡，总觉得不论怎么回答都会显得暧昧。

温墨深注视着林暖，眼睛一眨不眨。

所以，他没有错过林暖紧攥着衣服的细长手指，也没有错过林暖把头垂得更低的动作。

温墨深喉结轻微滚动，不再难为林暖，只是声音变得幽幽的："暖暖，我千辛万苦地回来之后，发现早年的很多东西都已经变了……"

他的话让林暖想到了几天前在咖啡厅门口，顾含烟曾说温墨深失踪这四年，属于他的一切被他弟弟温墨时得到了。顾含烟不想墨深回来了，却发现什么都没有了。

这话从顾含烟的嘴里说出来，她的心会疼，从温墨深的嘴里说出来，更疼。

林暖攥紧了拳头。

"所以暖暖，我不希望我们之间……也变了。"

林暖眼睛酸胀，难受得厉害，眼圈也红得特别清楚明显。

"嗯，我知道了。"林暖压抑着声音里的颤抖，嗓音低沉，带着浓重的鼻音。

他们之间，有些话只要林暖不说出口，她就还是温墨深好朋友的妹妹，永远都不会变。林暖会把那份感情埋葬在心底最深处的角落，永远不再提起。

从病房出来的时候，林暖手里还攥着刚才的苹果。

苹果表面已经被氧化了一层锈色，上半部分被顾含烟削得坑坑洼洼，下半部分，温墨深削得十分漂亮。

站在电梯口前等电梯时，林暖想要把苹果丢进垃圾桶，却又迟迟没动作。

"暖暖……"顾含烟唤了林暖一声。

听到顾含烟的声音，林暖没有回头，随手把苹果丢进垃圾桶里，一副毫不留恋的模样。

顾含烟咬了咬唇，上前道谢："谢谢你没有把那件事儿告诉墨深。"

林暖抬眸看着电梯上的数字，声音淡漠："你不必谢我，我不是为了帮你，占主要成分的原因是当时我也想要找一个借口来结束我这四年漫长的等待，你恰巧给了我这个借口。"

叮——

电梯一到，林暖走了进去，门关上，她始终没有抬眼看顾含烟一眼。

其实，这四年真正在原地等他的，大概只有林暖吧。

顾含烟攥紧拳头。以林暖的个性，她这一次没有告诉温墨深，以后也绝对不会再和温墨深提起之前的事情。顾含烟松了一口气。

林暖从住院部出来时，见一群人围着的中间，白晓年正和人吵得热火朝天。

白晓年那辆奥迪 A4 和一辆烧包的红色保时捷 911 撞在了一起。奥迪 A4 的车门被撞得飞出去老远。

"你知道我这车灯和车漆多贵吗？你一个开奥迪 A4 的赔得起吗？看你长得这么漂亮，想着你服软说句软话算了。你还敢和小爷叫板！我告诉你……我哥是律师，信不信小爷让你赔得倾家荡产？"

一个穿着铆钉皮马甲的高个子少年用食指指着比他低半个头的白晓年，十分嚣张地冲着白晓年嚷嚷，身边跟着的三个同伴也都看着白晓年发笑。

这辈子，白晓年最痛恨的就是有人用手指她，气恼地拍开少年，言辞犀利："开奥迪 A4 也是我自己赚钱买的，不像你，花着爹妈的钱开跑车，出了事儿，律师哥哥给处理。你说说你自己算个什么东西？！祖国的包袱，人民的'熬煎'！"

"什么什么？！熬煎？！"

"你文盲？不懂是吧……不懂百度去！"白晓年越说越气愤。

少年虽然不懂“熬煎”这个词儿，可觉得从白晓年嘴里说出来肯定不是什么好话，嚷嚷着举起拳头就要往白晓年的方向抡，却被同伴拉住。

“天赐！天赐！算了算了……你和一个女人计较什么？”

白晓年一听少年的名字就笑出了声，出言讽刺：“天赐？！你说你爸你妈都造了什么孽，你简直就是他们的天赐‘熬煎’！”

“你个臭女人！”

叫“天赐”的少年被挑起怒火，一个同伴拦腰抱住他才勉强拉住他，不让他动手：“你忘了你爸说再惹事儿就把你送国外去了？不能惹事儿了！”

林暖已经走到两辆车旁，见白晓年的车好端端地停在车位上，从包里拿出手机拍了照片，目光扫过那辆保时捷 911，见后排座椅上堆放着几件海城三中的校服。

“哎！你瞎拍什么呢？！”少年的同伴对着林暖嚷嚷。

林暖没有搭理，收了手机后走到白晓年身边问：“报警了吗？”

她承认，故意问白晓年这话，是因为听到少年的同伴说不能惹事儿了。

“还没……”白晓年气得胸膛剧烈起伏。

“报警吧！”林暖嗓音淡淡的，“让警察来解决。照片我已经拍了。”

被叫作“天赐”的少年原本就白皙的小脸更白。他连驾照都没有，警察来了事小，要是让他爸知道他偷偷开车出来，保不齐真的就把他送到国外了。

“那个，姐姐……这事儿是我们不对，您看怎么赔偿，我们赔偿就是了，没必要闹到警察那里去。今天天赐是着急来看他妈妈，他妈妈住院了，所以开得快了点儿。”

白皙少年的同伴见状出来解释卖好，倒是那位少年，偏过头，一副不愿向“恶势力”低头、又不得不委曲求全的倔强模样。

“就是！姐姐，我们知道错了，您二位就大人不计小人过。您说需要多少钱，我们赔就是了。”

“是呀，大事化小，没事儿老劳烦人家警察叔叔干什么，咱们自己解决就行了，您说呢，两位姐姐？”

少年身旁的三个同伴刚才还看热闹，这会儿就一口一个姐姐，又有礼貌又有涵养。

“给 4S 店打个电话，问一下更换车门、侧面整体喷漆这种情况维修需要多少钱。”林暖眸色波澜不惊。

白晓年打电话过去问了之后，4S 店说，她这款车型，更换原厂车门在八千左右，侧面整体喷漆费用在三千左右。

这辆车是白晓年按揭买的，贷款还都没有还完，她爱惜得和什么似的，被撞成这样也心疼。

挂了电话，白晓年怕要低了修理费用，费用不足，故意往高了说：“一共一万五。”

“你抢钱呢？！”少年又嚷嚷。

这次车祸对白晓年来说本就是场无妄之灾，让她买单她肯定不乐意。她本想着留少年一个电话，要多了可以退回给他，毕竟费用要少了再要就显得计较。

白晓年拔高了嗓门：“就这，我只是要了修理费，还没有要精神损失费呢！我从车上下来你就直接开车撞过来，要不是我收得快，我的腿得和那车门一起飞出去。觉得高是吧？那咱们再算算精神损失费！也是一万五。三万块，少一分都不行！”

“报警吧，费用太高了。我看这几个还都是孩子，怕是拿不出那么多钱，还得通知他们的父母。”林暖说得不急不缓。

这话一说，果然，少年的同伴着急了。

“天赐……你又不是没有，给她们算了！”

“算了算了，”少年的同伴拉着少年，压低了声音道，“就当破财免灾了！找阿姨签字重要！”

“就是就是，你爸本来就不同意你去比赛了，要是真闹到警察局去，就算是阿姨签了字你爸也有借口不让你参加。忍忍忍忍！”

三个人轮番开口才算是把少年给劝下来。

林暖和白晓年守在车旁，少年在同伴的陪同下去对面 ATM 机取了钱，钱由少年的同伴交到了白晓年手中。

看出少年是不想用转账的方式留下彼此的信息，免得日后麻烦，白晓年也就没有向少年要电话号码。

少年和他的同伴离开之后，白晓年给 4S 店打了电话。

拖车到的时候，已经快中午十二点了，天空下起了蒙蒙细雨，林暖和白晓年撑着一把伞，目送那辆没了车门的奥迪 A4 被拖走。

离节目的时间还早，白晓年道：“还有时间，一会儿我们去元气家吃个拉面？”

林暖还没回答，余光看到一辆车的影子，她忙拉了一把背对着停车场行车道的白晓年。黑色迈巴赫的反光镜擦着白晓年的腰部驶过，林暖手上几页资料掉了一地，沾上了泥水。

白晓年心有余悸，看了眼那辆正在停放的迈巴赫，单手按着心口，道：“我今天这是怎么了？和好车八字不合？”

林暖把伞递给白晓年，躬身捡 Miss 夏给她的资料：“算了，来医院的大多着急……”

白晓年捡起一张被印上车辙印的资料纸：“我看这资料是没法要了，找 Miss 夏再要一份儿吧。”

林暖刚接过纸张，还没来得及看就被白晓年用手肘撞了撞胳膊：“暖暖，你看那不是傅怀安吗，他怎么和刚才那个富二代在一起？”

林暖抬头，果然看到不远处傅怀安侧身站在住院部的台阶上。

他穿着一身藏蓝色的定制西装，身姿挺拔，上衣敞开着，露出里面白色挺括的衬衫，双手插兜，西裤笔挺，身高腿长，在人群中格外显眼，气场强大。

少年已经脱掉了那件带铆钉的皮马甲，一身白色 T 恤和牛仔裤，乖巧地站在傅怀安面前，仰头正拘谨地说着什么。

傅怀安眉头微皱，裤兜中的手机振动，他拿出来看了眼，接通后没说两句竟然直接朝着林暖的方向看去。

毫无预兆地四目相对，让林暖意外，也让她紧张，她忙移开目光。

她不知道是不是巧合，觉得这阵子她总是和傅怀安巧遇。

想到那天在伞下傅怀安问她要不要试试谈个恋爱，林暖的手心就莫名起了一层黏腻的汗。

“那个富二代说他哥哥是律师，该不会说的就是傅怀安吧？”白晓年一脸意外之后，挑唇道，“他哥是傅怀安的话，那还真像他说的，他哥真能让我赔得倾家荡产！”

林暖倒是没有听说过傅怀安还有一个弟弟。

上衣口袋中的手机一响，林暖把资料换只手拿，拿出手机。来电显示是傅怀安。

她自知躲不过去，硬着头皮接通：“喂……”

“下了班没回去补觉怎么在医院？”

傅怀安的嗓音从听筒里传来。林暖不得不承认，傅怀安这种成熟男性的沉稳声音即便不刻意撩拨人，也让人耳根发热。

“有个新节目台里让我主持，过来和嘉宾沟通一下，这就准备回去了……”

林暖不知道为什么，隐去了温墨深的名字，用“嘉宾”二字代替。

“一起吃个饭，一会儿我送你回去。”

傅怀安的话，带着常年身居高位习以为常的不容置疑。

拒绝的话林暖还没说出口，傅怀安接着道：“先过来……”

她刚挂了电话，就听到一道嗓音从背后传来。

“走吧……”

林暖回头，指间夹着一根香烟的陆津楠就站在她身后。

白晓年看到陆津楠的第一眼就觉得陆津楠很眼熟，眼前的男人和那个“渣男”陆津北长得特别像，只是陆津楠比陆津北更高也更俊朗。

看到林暖和白晓年由陆津楠陪着过来，傅天赐瞪大了眼，一脸错愕。

陆津楠往台阶上走了几步，双手插兜，嘴里叼着香烟，对傅天赐开口：“你和她们说……你哥是律师，要告得她们倾家荡产？”

陆津楠刚才听到了白晓年对林暖说的话。

傅天赐见傅怀安半眯着深邃的眸子看向他，耳根一红，眉头微皱。

见傅天赐不回答，陆津楠笑着把嘴角的香烟拿开，问：“你说的这个哥，该不会是老傅吧？”

傅天赐心情烦躁：“难不成我要说我外甥是律师，可以把她们告得倾家荡产？”

白晓年没忍住，笑了一声，刚才傅天赐要是说这话，白晓年肯定会被逗乐。

对外，傅天赐一直用那种骄傲的神色告诉别人傅怀安是他的哥哥。

在傅天赐心里，傅怀安不是继承权的竞争者，而是非常值得依赖和信任的长者。

傅天赐瞪了白晓年一眼：“我就是和这俩女人撞了车，也是这俩女人讹了我一万五。老傅……你不是要管吗？”

“说话要讲证据讲道理！”白晓年虽然怵傅怀安，可对于这个小孩子是一点儿都不怵，说话声音都高了起来，“事情到底怎么回事儿，咱们调监控看看。是不是我的车在停车位上停得好好的，你开着车就撞过来……”

“老傅！”傅天赐说不过白晓年，转头看向傅怀安，“我要告她俩！”

不是对富二代有偏见，但此时傅天赐在林暖眼里，就是一个被家里宠坏了的熊孩子，以为不管什么事儿都有人替他兜着。对于这样的孩子，林暖喜欢不起来，但也不至于太反感。

正低头点烟的傅怀安听到傅天赐这话，慢条斯理地抬起头，把香烟从嘴角拿开，道：“可以，给你父亲说……”

言下之意：傅怀安不打算帮傅天赐告林暖和白晓年。

傅天赐突然紧抿住唇，眼神幽怨，带着些责备地看着傅怀安，可对上傅怀安的眉目，他又心慌地垂下眸子，声音含混：“我才不找他……”

傅怀安弹了弹烟灰，深邃的视线从傅天赐身上移到林暖那张白净的小脸上：“没受伤？”

见傅怀安问林暖是否受伤，可从刚才到现在对自己只有训斥没有关心，傅天赐心里不高兴，连带着看林暖的眼神都不善。他脸上藏不住心事儿，表现得特别明显。

林暖摇头，琢磨着怎么拒绝傅怀安的午餐邀约。

“傅先生，我还得回一趟台里重新拿资料，午饭就不和您一起吃了……”

见林暖文件夹上面的确放着几张被弄脏的资料，傅怀安也不嫌脏，骨节分明的大手伸过来拿起一张印着车辙印的资料纸，隐约能看到几个提问，从问题上不难看出林暖这节目的嘉宾是谁。

傅怀安没把那张资料放回林暖的文件夹上，而是一副递给林暖的架势。

林暖伸手去拿，捏着资料的另一端，却没抽动。

心脏突然剧烈跳动起来，林暖都不敢抬头直视傅怀安，耳根发烫。

大庭广众之下，这人怎么这样？！

林暖松手也不是，不松手也不是……

怕被人看出异常，林暖稳住心神，故作镇定地抬起头来。

傅怀安目光凝在她脸上，手没有松开，他淡淡地开腔：“吃过饭再工作。”

林暖耳根更烫，虽然傅怀安的话里都是好意，可联想到他们的关系，林暖就觉得很暧昧，心中不安。

资料纸在两人手指之间绷得直直的，林暖不敢用力拉扯。资料纸本来就已经湿了容易烂，要是扯开了，傻子都能看出他们之间的不同寻常。

听到傅怀安和林暖的话，傅天赐眼眶一热。从刚才到现在傅怀安都没有问过自己吃没吃饭，倒是对别人嘘寒问暖的，不是傅怀安不会关心人，是压根儿就不想关心自己，一天只会说把他送回他老子那里！想到这里，傅天赐气冲冲地转身往医院里面走去。

陆津楠扫了眼傅天赐的背影，心生不悦……

老头子一个电话就非让刚开完会的傅怀安过来处理他儿子被讹诈的事情。他的儿子他能不知道多能耐，还能被人讹诈？

一万五，还没傅天赐身上那一件T恤贵。谁不能来处理这件事儿？老头子也好意思让忙得连饭都吃不到嘴的傅怀安过来。

傅怀安的助理已经把车开到了医院门口，陆津楠瞧见，和傅怀安说了一声。

“走吧……”傅怀安松开薄薄的资料纸，示意林暖上车。

林暖才要拒绝，就听陆津楠开口：“走吧林小姐，顺便谈谈……关于那一万五的事情。”

林暖即将出口的话咽了回去。

白晓年其实心里还有点儿怵傅怀安，想到傅怀安和林暖关系特殊，也抱着成人之美的心态，开口：“那我就先回台里了！”

“那不是白小姐的车？”陆津楠转而看向白晓年。

白晓年：“……”

“看来林小姐交友得谨慎啊。”陆津楠声音含笑，目光清洌地扫视白晓年。这话暗指白晓年不够意思了，像是在谴责白晓年惹出的事儿，却要林暖来填窟窿。

傅怀安和林暖的关系，白晓年不相信傅怀安的这个朋友不清楚，觉得傅怀安才是交友不慎。这朋友一点儿眼力见儿都没有，这个时候还不知道闪人，当两千瓦的大电灯泡还要拉上她。难为她，有意思吗？

想到傅怀安这位朋友和“渣男”陆津北相似的长相，白晓年在心底暗骂：“渣男”就是“渣男”，面相都是相似的。

傅天赐气呼呼地走到电梯口，回头朝着住院部大门口看去，那里哪还有傅怀安他们一行人的身影。

傅天赐一瞬间委屈到不行，眼泪都要掉出来了。

他用手背揉了揉泛红的眼睛。不就是一顿午饭嘛，傅怀安不说让他一起吃饭，他还能把自己饿死是怎么的？

回到病房，不见他的妈妈，傅天赐问了一下护士，说是去做检查了。

他拿了自己的铆钉皮马甲穿上，一边给自己的狐朋狗友打电话约饭，一边往外走。

前往约定地点的半路上，傅天赐接到妈妈的电话，说是傅怀安的助理派人送饭过来，问傅天赐在哪儿。

傅天赐刚才还绷着的白净小脸儿一下就阳光灿烂，他说了句“马上就来”，挂了电话立刻吩咐出租车司机掉转车头回医院，心情大好。

餐桌上，傅怀安十分自然地坐在林暖身边，让她很不自在。

林暖以为自己从温墨深那里出来会大哭一场，可意外遇到了傅怀安，一顿饭吃得平静，偶尔会因为傅怀安给她夹菜的动作而不安，情绪却不是因为“温墨深”这三个字。

由林家父母和林琛以外的人给自己夹菜，林暖确实不自在，因为这一次傅怀安用的是他自己的筷子，并不是公筷。

林暖心不在焉，夹了一筷子菜送进嘴里，被酸得眉毛皱在了一起。

“会养猫吗？”饭桌上，傅怀安明知故问。

提到猫，林暖握着筷子的手一紧，她想到了相处多年的“蘑菇”。

回答的话如鲠在喉。林暖张了张嘴，没发出声音，点了点头，强撑着把嘴里的菜咽下去，酸胀的情绪塞满了整个胸膛。

白晓年知道傅怀安这话无疑是在往林暖的伤口上撒盐。

不待傅怀安再开口，和打火机、香烟搁在一起的手机就响了起来。

大概是公司的事情，傅怀安顺便拿着香烟和打火机走出了餐厅门接电话。

此时，外面雨已经下得很大了。

林暖放下筷子端起果汁喝了一口，冰凉的果汁入喉并没能够掩饰住她的情绪变化。包里的手机响了起来。陆津楠抬眉轻笑：“手机铃声都是一样的，看来林小姐和老傅的喜好是一样的。”

林暖皱着眉头，很不喜欢陆津楠的别有深意。她拿过手机，也跟着走出去接电话。

是梁暮澜打来的电话。

“妈……”林暖唤了一声。

从餐厅门口出来，傅怀安就站在餐厅门口的垃圾桶旁，手指间夹着一根香烟，语调冷淡地和电话那头的人说着公事，唇瓣张合间有白雾逸出，那张轮廓分明的面庞上略有怒意。他对着垃圾桶弹了弹烟灰，随后朝着林暖看来。

林暖错开傅怀安的目光，故作镇定地和梁暮澜通着话，垂着眸子站在餐厅另一端背对着傅怀安的方向，局促地把碎发别在了耳后。

“嗯，已经在吃饭了……和朋友一起。”

梁暮澜在电话那头叮嘱林暖少吃辣——林暖的胃不好。

“我知道，辣的我已经很少沾了……”

她想说明天过去看梁暮澜，可一想到林苒，就把话咽了回去。

直到梁暮澜说她准备回家休养，林暖才敷衍着说了一句：“那我有时间去看您。”

即便是敷衍，梁暮澜听到这话还是很高兴，叮嘱林暖去前打电话，她让厨房准备林暖爱吃的菜。

挂了电话，林暖转身，看到傅怀安早已经挂了电话，不知道是在抽烟还是在等她。

林暖攥紧手机，说了一句：“我先进去了……”

傅怀安把香烟按灭，迈腿朝着林暖走去。

他高大的身影逼来，令林暖浑身肌肉紧绷。她下意识地向后退了一步，却又觉得这个动作显得特别怕他似的。她攥着拳头站在原地不动，耳边是哗啦啦的雨声。

她整个人被傅怀安的阴影笼罩其中，鼻息隐约有傅怀安身上淡淡的烟草味和男士的气息。

林暖目光所及，是傅怀安敞开的挺括衬衫领口和他的喉结。

傅怀安双手插兜，注视着林暖。

“林暖，上次说的……想试试吗？”傅怀安低沉的嗓音传来。

说话间，傅怀安性感的喉头上下滑动，正好入了林暖的眼。她耳根一烫，垂下眸子。

“我的哪个字，让你脸红成这样了？”傅怀安低声询问。

这话让林暖羞愤不已，抬头本想直视傅怀安，却在碰到他那双似笑非笑的眸子时，又没骨气地垂下头，紧握手中的手机。

“我没谈过恋爱，不知道傅先生所谓的谈恋爱都包括哪些内容？”林暖问。

林暖觉得自己怎么回答都不对：说试试，那就谈过之后领证；说不试，那就现在领证。她根本就没的选。

现在温墨深已经回来，她也可以耍赖不认账，毕竟在林暖心里，她也是被傅怀安骗了的。

傅怀安早就知道顾含烟是个什么样的人，并且没打算让顾含烟当他的女人，而她就像个傻子一样送货上门了！

傅怀安被林暖“没谈过恋爱”这几个字取悦，察觉林暖有些气，眼底笑意更浓：“先吃饭，吃完饭再说……”

餐厅离海城广电大楼很近，十几米的距离，中午吃完饭正好碰到了同事，白晓年跟同事一起走了。陆津楠中途接到电话，电话说他那个不成器的弟弟陆津北被逮了，让他过去处理。

车被陆津楠开走了，傅怀安让公司下属开了另外一辆车过来。下属递上车钥匙，留意了一下傅怀安身边的林暖，就十分识趣地离开了。

傅怀安开车，林暖也没问去哪儿，本以为傅怀安要送自己回家，在十字路口傅怀安却打了左转向灯。

“该右转……”林暖下意识地脱口而出。

转过弯，傅怀安的手机振动起来，他单手扶着方向盘，借空看了林暖一眼，没有理会放在储物盒里的手机：“去我那儿。”

林暖心里瞬间警铃大作：“去你那儿干什么？”

傅怀安瞥了林暖一眼，把车停在了路边：“林暖，我们谈谈……”

林暖也正有此意。

傅怀安的手机还在振动，他解开安全带，从储物盒里拿出手机，挂断电话，关机，放回手机的同时拿过了烟盒和打火机，抽出一根烟咬在嘴里，点燃深吸了一口，把车窗放下了些。

前方挡风玻璃上的雨刮器还在急促地来回摆动，傅怀安夹着香烟的手拨动开关，雨刮器一停止，瓢泼大雨很快就模糊了前方的景物。

说要谈谈的是他，半天不开口的还是他。

林暖看着傅怀安咬着香烟，慢条斯理地脱掉了西装外套，单手扶着方向盘，侧身把西装往后排放去……

她紧攥着胸前的安全带，身体向副驾驶车门靠近，竭力避着傅怀安因为放衣服而靠过来的身体。

傅怀安半眯着眸子，深邃的眼神让林暖的心脏跳漏了一拍。

对傅怀安的眼神，林暖一向没有什么抵抗力。刚才自己心虚地一躲，这会儿又被他黝黑的眸子这么一看，林暖刚才还聚积在胸口的理直气壮竟有悄悄遁走的趋势。

傅怀安眼底有笑，他把嘴里的香烟拿开：“刚才在餐厅门口，你有话说……”

被傅怀安这么一提，林暖才整理情绪缓缓开口，明显已没有刚才在餐厅门口那么生气了：“傅先生，我想知道是不是那天就算我没有去找您，您也不会和顾含烟结婚？”

虽然不知道傅怀安这一类的男人是不是有洁癖，但他总不至于喜欢滥交的女人。

傅怀安观察着林暖，没有隐瞒："是没这个打算……"

林暖攥着安全带的手汗津津的，心里酸胀得难受："你那晚为什么不说？！"

"我告诉过你我要让顾含烟成为我的妻子？"傅怀安反问。

林暖语塞，那晚傅怀安说的是那个女人是谁他不在意。

胸口越发堵得慌，她几乎没过脑子就道："那既然你没打算娶顾含烟，我就算不和你结婚也不算是说话不算数，对吧？"

傅怀安点头："自然……"

"那非常好！"

林暖红着眼眶解开安全带去推车门。

咔嗒一声，林暖推门时，车门出其不意地被锁住。她用力扳了扳门把手，车门没打开，转过头怒视着傅怀安。

"林暖，好好说话，耍脾气走人是团团那个年纪的孩子才会做的事情……"傅怀安声音里听不出恼意。

"谈完了不走，孤男寡女在一辆车上合适？"林暖问。

"谈话是两个人的事情，你说完了就走，不给别人开口的机会，这叫发泄，不叫谈话……"

林暖很不喜欢傅怀安说话的语气，平静从容，尽管声音很好听很迷人也很有魅力，可一对比，真的就把林暖衬托成了不懂事只会耍脾气的小姑娘。

"林暖，我挺喜欢你的……"

一根香烟抽完，傅怀安又点了一根，把窗户开大了些，带着凉意的空气卷了进来，傅怀安衬衫左侧肩膀处瞬间沾染上潮气。

"傅先生知道什么叫喜欢？！"

傅怀安把玩打火机的手一顿，然后他随手把打火机丢在中控台上，呼出一口薄雾，白烟之后，那双深邃的眸子中似有暗暗燃烧的烈火。

他关上车窗，雨声一下就被隔绝在外。

林暖还没来得及朝傅怀安看去，便觉副驾驶座椅突然向后一倒，随即傅怀安高大的身体就压了过来。

她瞪大了眼看着突然压在自己身上的男人，被惊得没缓过神来。

傅怀安观察着林暖面泛红晕的小脸：“你的回答呢？想不想试试？”

林暖脑子卡壳：“试什么？”

“和我谈恋爱。”

她偏过头去，回答得心不在焉：“我不知道……”

林暖白嫩的颈部的曲线和通红的耳朵暴露在傅怀安眼前，他唇瓣干涩，视线灼热。

只是接吻，傅怀安怎么能满足？他平复着情绪，淡淡地道：“林暖，回答问题，别逃避！”

“你先放开我。”林暖强迫自己冷静下来。

大概是想要听林暖会说些什么，傅怀安到底还是松开了她。

两个人身上的衣服都皱了，尤其是林暖……

她坐直身子，一边整理自己的衣服一边整理着自己的情绪。从性别上来讲，他是男人她是女人，力量悬殊，他要用强，林暖没那个信心可以逃过。

“傅先生说喜欢我，我信。可在我们相识时间不长，彼此并不了解的情况下，傅先生就让我和你领证结婚，虽然没有领成，我还是觉得傅先生对待感情很草率、很随便。你说过你缺一个女人，团团缺一个妈妈，这个女人是谁你并不在意，那么今天可以是林暖，明天也可以是李暖、王暖……我不是指你不负责任，是觉得你这个人根本就不懂什么是喜欢！喜欢至少要给别人尊重！可能第一次是我主动，所以傅先生就理所当然地认为你最近对我做的事都属于正常范畴，不需要征求被侵犯者的意愿！”

傅怀安想到自己和一个小丫头在这里争论什么是喜欢，觉得挺好笑的。能和林暖这么有耐心地谈论这件事，傅怀安承认，很大程度上是因为他喜欢她。

循序渐进的方法对林暖这种心里住着一个人、又慢热又轴的姑娘来说不管用，这一点傅怀安很清楚。

林暖抿着唇，没吭声。她曾幻想过在傅怀安靠近想要侵犯她的时候，就一个耳光过去，可真到了四目相对，他的气息靠近的时候，林暖就抵抗不住，只能软绵绵地让他予取予求了。

口袋里，傅怀安的另一部手机开始振动，这是傅怀安的私人号码，他拿起手机看了一眼，接通："嗯……"

车厢内很安静，林暖隐约能听到电话那头是一个女人的声音，是那种吴侬软语的调子。

林暖搁在膝盖上的手收紧，她移开眼看向车窗外，大雨已经渐小，有逐渐停歇之势。

挂了电话，傅怀安夹着香烟的手搁在方向盘上，盯着林暖曲线优美的侧颈，对她道："我的话你回去可以好好想想，如果你愿意和我在一起，有什么要求尽量提，我可以配合你。一会儿我要出差，三天后回来，你给我答案，嗯？"

傅怀安接着说："林暖，有些事情是情到浓处的水到渠成，我说过，我从不勉强女人。"

傅怀安的车停在林暖家单元楼门口，林暖连招呼都没有打，抱着资料下车，摔上车门就头也不回地上楼了。

林暖进了电梯，刚按下楼层键就发现自己光拿了资料，包落在傅怀安的车上了。

虽然十分不情愿，林暖还是从电梯里出来，换了另外一部电梯下楼……

单元楼门前的台阶下，傅怀安那辆黑色轿车还停在原地没有走。

林暖走过去，心中尴尬，刚才摔上车门走得利落，这会儿又不得不回来对傅怀安折腰，想想还真是难堪。

驾驶座的车门打开，嘴角咬着香烟的傅怀安从车内出来，修长的大手里攥着林暖的单肩包。他合上车门，从容地迈着步子朝林暖走来，一副涵养极佳成熟稳重的模样。

傅怀安没有为难林暖，把包递给了林暖。

林暖伸手，捏着包的一角要把包拿过来，并且十分识好歹地说了一句："谢谢……"

傅怀安没有松手，林暖俊俏的眉头一皱，想到今天中午在医院他捏着自己的资料的情景，她便较劲儿似的想要抽回自己的包。可她刚使力，整个人就被傅怀安拽得向前一步，心脏怦怦直跳。

"我的话，回去好好想想，嗯？"

距离有些近，但还算安全，傅怀安没有再做什么出格的事情。

林暖忍着心悸，敷衍着点头："嗯……"

得到回答，傅怀安松开握着包的大手，单手插兜，弹了弹烟灰，道："上去吧。"

一向神龙见首不见尾的宋窈突然上门，林暖很意外，忙把白晓年也叫了过来。

大学时期，白晓年、宋窈和林暖是十分要好的朋友。

她们三人一起毕业，怀揣着对未来的向往。只是宋窈扛不住初入电台所遭受的打压，又不懂得收敛自己的锋芒，硬是被逼得离开了电台。

可谁都没想到事情峰回路转：她意外地闯进了演艺圈，因为一部仙侠戏而走红。

如今的宋窈已经是国内当红的小花旦，片约和广告源源不断。

她如今坐在林暖和白晓年面前，左手红酒右手香烟，举手投足间风情无限，早已经不是当年那个宋窈。听她哽咽着说现在的不容易，白晓年没吭声，林暖也没说话。

二十六七岁的焦虑，林暖和白晓年不是没有。

但凡是二十六七岁的年纪的人，谁不想做出一番事业？

林暖莫名想到了傅怀安。

她是不是应该答应傅怀安和他在一起试试？说不定会把温墨深的影子从自己的心底驱离，让自己心灵重生。

林暖想到这里，心脏漏跳了一拍。

以前白晓年不是没有这么劝过林暖，说愈合情伤最好的良药就是另外一段感情，可林暖从来没有动过这个心思，觉得很卑鄙。

但对象换成傅怀安，她却觉得好像不那么难以接受。

林暖那天滴酒未沾，清醒着却像醉了，脑子里乱成一团。

吃完饭，白晓年让刚下节目的林暖去补觉。她在厨房收拾碗筷，宋窈插不上手，靠立在厨房门口和白晓年说话："你说我该怎么办，要不要做出一些牺牲？"

白晓年没吭声，关了水龙头后才开口："我和暖之前聊过，盘算着我们有什么资本。我们没有背景和后台，只有还勉强可以算作年轻的身体和可以算作漂亮的一张脸，可就这两样，都会随时光流逝。所以我还是要劝你不忘初心，守住底线……

白晓年和宋窈的对话还在继续，林暖却已经迷迷糊糊地在半梦半醒中睡着了。

她梦到自己从新闻直播间出来，看到傅怀安就站在门口的垃圾桶旁抽烟，一只手插在西裤裤兜里，另一只手对着垃圾桶上方的烟灰收纳盒弹烟灰，行动间，西装将他轮廓完美的肩背勾勒出来，露出精致的衬衫袖口和与他的西装格外搭配的腕表，整个人精致夺目，十分有型抢眼。

林暖上半身穿着直播时的白色小西装，下半身是舒适的运动裤和拖鞋。很多主持人都是这副模样，毕竟直播只拍上半身！

可这副模样遇到傅怀安就尴尬了，林暖忙转身想要回到直播间，却被傅怀安的深邃视线逮个正着。低沉磁性的嗓音把她唤住，她局促地转身，看着傅怀安，笑容尴尬。

林暖分不清楚现实和梦境，忍不住红了脸。

傅怀安又问林暖考虑得怎么样了，愿不愿意和他谈恋爱，姿态强势霸道，逼得林暖一直往后退。回答不出来，她整个人就被傅怀安按在墙上……

耳边是白晓年焦急的声音，白晓年站在走廊尽头对林暖喊说老师来了，要被发现早恋就完蛋了。林暖明知道不对劲儿，却还是心慌得不行，用力推着傅怀安的胸膛，却在推开傅怀安的一瞬间，看到了温墨深的脸……林暖一下被惊醒了。

白晓年一手扶着门把手，一手扶着门框，对林暖道："快起来！台里台长和几个副台长突然被撤职，空降了一位台长和几个副台长，让我们都赶紧回去开会。"

林暖心有余悸，心脏跳得很快，点了点头。

林暖住的地方离海城电台比较近，她们到的时候很多人还没赶过来。

台里人心惶惶，没有上节目的工作人员和主持人都三五成群地，讨论着台长和几个副台长突然被撤职的事情。

Miss 夏的助理杨雨泽算是百事通了，可这件事儿愣是一点儿风声都没有打听出来。见林暖和白晓年赶了过来，坐在格子间里的杨雨泽对她们招手。

白晓年一过去就问什么情况。

杨雨泽摇头说不知道："Miss 夏正在录影棚里盯着直播呢，就被一个电话叫走了，没过一会儿我就接到 Miss 夏的电话，让把她手下几个节目的所有人叫到这里，包括正在跑外线的记者，全部在这里等待她回来开会。具体情况大概得等 Miss 夏回来才知道。"

杨雨泽正说着，其他几个节目的主持人陆续都来了。

就连海城电视台元老级主持《国家知识库》的薛智仁薛老先生都亲自来了，这位老先生平时在电视台都是行踪难寻的人物。

杨雨泽立刻恭敬地迎了上去。其他小有名气的主持人和节目编辑也都凑到薛老面前打招呼，有的是出于对老前辈的尊重，有的是想要混个脸熟。

林暖和白晓年远远地和老人家打了招呼，便站在人少的地方等着Miss夏的消息。

这次的事情太大，消息捂得又严实，让所有人都措手不及。眼下人心惶惶，谁不希望得到第一手消息？

《早间新闻》部第一次这么热闹，有人焦虑地和别人交换着自己掌握的信息，想要摸清楚更多情况，却还是一头雾水。

杨雨泽被刚到《早间新闻》部的同事团团围住，他们七嘴八舌，问得杨雨泽焦头烂额，一个劲儿地耐心解释他是真的什么都不知道。

采集外景的记者和背着摄像机的摄像师原本在等新闻发布会，得到消息后也赶了回来，手中东西都来不及放下就扎进人堆里。

“你觉得他们这么热情地讨论，真能把真相讨论出来吗？”

白晓年靠立在格子间内，双手撑着办公桌的边缘，手指不小心碰到了桌上的鼠标，已经黑了的电脑屏幕一亮。

林暖目光扫过亮起的电脑屏幕，视线定住，不经心地回答了一句：“不知道……”

电脑屏幕上是最新的明星八卦。

而真正吸引林暖的，是屏幕上那张配图照片。

照片上，一家夜店门口的黑色轿车前，身材火辣的女明星抱着一位男士的腰身。

林暖看到照片的第一眼就认出那是傅怀安。

傅怀安嘴角叼了一根香烟，西装衬衫，衣襟敞开着，双手插在裤兜里，就站在那里任由女明星抱着。即便只是一个侧影，可身上那种矜贵沉稳的强大气场除傅怀安之外绝无二人。

她不受控制地多看了两眼那张照片，伸手握住鼠标滑动，看到上面的标题是：苏曼曼夜店醉酒，神秘男友现身，共赴爱巢。

林暖心头一紧，想起那天在车里傅怀安接电话时，电话那头传来的女声。

林暖听宋窈说过苏曼曼，演技一般，这些年虽然没有拿过奖，作品也不多，可挡不住人家漂亮人家火，火到国外那种。

文字，林暖只是大概扫了一眼；网页上的几张图片，林暖倒是一张一张认真地看了……

第一张是苏曼曼被人从夜店里扶出来，傅怀安就保持着双手插在裤兜里的动作不动，苏曼曼对着傅怀安笑得灿烂。

第二张就是苏曼曼抱住傅怀安的照片。

第三张是傅怀安拉开副驾驶座的车门，扶着苏曼曼上车的照片。

第四张是傅怀安把车停在一栋高级公寓楼下，扶苏曼曼从车里出来的照片。

第五张是天亮后那辆轿车从高级公寓楼下开走的照片。

“你也喜欢苏曼曼吗？”

格子间的主人回来，看到林暖在看她一个多小时前点开的新闻，笑着说了一句。

林暖笑了笑：“不好意思，没经过你的同意就用了你的电脑。”

“没事儿没事儿……不用太在意。”那位女编辑对林暖笑得友善，“我特别喜欢苏曼曼也特别喜欢你。你能给我一个签名吗？”

林暖点头：“好的……”

女编辑连忙拿出抽屉里的本子和笔递给林暖，见林暖认真签好名之后，又看向了白晓年……

白晓年一副“我懂你”的模样，接过笔和本子给签了名。女编辑特别高兴，和林暖、白晓年说起了自己知道的一些八卦。

“苏曼曼这些年在娱乐圈顺风顺水，我朋友之前给苏曼曼当过助理，听说苏曼曼是圈子里为数不多别人不敢打主意的女明星。刚出道她就说自己有男朋友，但是谁都没见过，狗仔也都没有拍到过，大家当时还猜测说要么这个男友不存在，要么就是苏曼曼的男友强大到别人不敢爆！”

旁边格子间里的编辑也探出脑袋，插话：“我看苏曼曼的男朋友应该属于后者，你看那气场，特别不一样。”

又有人插话：“大明星和大老板是标配。越大的腕儿背后的男人就越强大，可这强大的男人背后有没有其他女人就两说了！”

原本还沉重的气氛，因为他们讨论起明星八卦而变得轻松了些。

白晓年和傅怀安吃过两次饭，隐约也能认出照片上的男人是傅怀安，加上林暖对八卦新闻一向不感兴趣，这次却这么认真地看了好久，她不免留了心。

背过别人，白晓年在茶水间里问：“照片里那个和苏曼曼在一起的男人是傅怀安？”

“你说刚才的照片？”林暖冲了一杯咖啡，往里放了两颗方糖，用勺子搅拌着，像煞有介事地看向白晓年。

白晓年点头。

“应该吧……我不知道，我和傅怀安不熟，照片又没露正脸。”林暖喝了一口咖啡。

说得好像是那么回事儿。可白晓年这个只和傅怀安见过几次的人都能认出是傅怀安，林暖这个都差点儿和傅怀安领证结婚的人会认不出来？

白晓年脸上突然露出一抹玩味的笑意，她用手肘撞了撞林暖的胳膊：“吃醋了？”

“瞎说什么呢！”

林暖刻意忽略自己心中的尴尬，搁下手中的咖啡杯，又往里面加了一块方糖。

“心里苦加再多方糖都没用！”白晓年揶揄林暖，“不过是狗仔捕风捉影，不用在意……”

白晓年这话安慰的味道十足，说得不怎么有底气，毕竟……苏曼曼抱着傅怀安的照片作不得假，傅怀安没把人推开而是扶上了车也是真。

加了颗糖，咖啡的味道不再那么苦。林暖攥着杯子，垂眸，鼻息全是咖啡浓郁的香气。见周围没人，她才徐徐开口，嗓音平淡。

“傅怀安的事情，我没那个立场在意。”

白晓年抿唇不语，只看着垂眸喝咖啡的林暖，猜测林暖这么说，是不是心里还放不下温墨深。

正在出神的林暖听到一阵脚步声，侧头看到白晓年小跑回来。她对林暖道：“新台长的助理，带着送盒饭的工作人员来了！”

所有人在这里一等就等了一下午，台里刚才让人过来统计等待的人数，给大家叫了盒饭。

走在送盒饭工作人员最前面的，据说就是这一次空降来的台长的助理。他正挨个安抚人心，亲自派送盒饭，通知新台长和高层还在开会，但不知道什么时候结束，劳烦大家在这里再等等，因为随后会有特别重要的通知。语气礼貌客气极了。

有人猜测，这算是新官上任的第一把火。

盒饭内容很丰富，没过一会儿，还有人送来了点心和咖啡奶茶，这让所有人对这位新台长的好奇心达到了顶点。

这一次换掉了台长和几位副台长，折腾出这么大的动静，应该不是小事儿，所有人都屏息等待着。

下午六点十五分，Miss 夏回来，她简明扼要地传达了台里高层变动的事情。六点半，广电大楼所有的电视屏幕上都是新任台长致辞的画面。

意料之外的是，新上任的台长是位十分年轻的女士，叫楚荨。

屏幕中，楚荨穿着一身黑色小西装、白色的 V 领丝质衬衫，飘带在领口处系了一个利落漂亮的蝴蝶结，一头乌黑的长发中分，束在脑后，露出饱满光洁的额头和精致立体的五官，衬得她优雅高贵又精致干练。

“这是咱们台长？！这么年轻？！这颜值简直不输咱们台里的女主播啊！不会是助理或者秘书吧？！”

最先激动起来的并不是男同事，而是广电大楼的女人们，她们交头接耳地在讨论着楚荨的容貌和年纪。

好事者在网上查了楚荨的资料，不查不知道……查到之后吓了一大跳。很快，关于这位楚台长的传奇故事就传得整个广电大楼都是。

三十三岁的楚荨，竟然获得过代表着新闻界的最高奖项——普利策新闻奖，还有罗纳德·里根新闻奖。

她曾经做过伊拉克战争和阿富汗战争最前线的战地记者，揭露过大兵对平民惨无人道的杀害和战争给民众带来的巨大伤痛；曾只身潜入金三角，和毒贩斗智斗勇，搜集资料，半条命差点儿都丢在金三角，可她带回来的资料，成了破获犯罪集团的关键。更让人惊讶的是，他们这位新台长楚荨竟然为了追一条贩卖人口的新闻线索，潜入恐怖组织。网上都称楚荨为“新闻界的铁娘子”。

楚荨的发言很简洁，结束之后，Miss 夏给大家开了一个简短的会议，让大家往后安心工作别的没有多说便散会了。

会后，白晓年拉着林暖说留在台里打听打听消息再走，林暖还没来得及拒绝就接到宋窈的电话，电话说团团一个人去了家里找她，她连忙往回赶。

路上，林暖攥着手机挣扎了很久，在快要走进小区时给傅怀安打了电话，傅怀安说十点过来接团团。

第七章 好事被扰

沙发上，团团已经困得闭上了眼，身上盖着一条小毛毯，头枕在林暖的腿上，睡得香甜，粉粉的小脸被电视屏幕映照得忽明忽暗。

宋窈和白晓年也已经先睡了。

林暖还没有洗漱，坐在沙发上用遥控器把电视台换了一个又一个，心不在焉。

十点五十，林暖终于接到了傅怀安的电话，他说他已经到楼下了。

不忍心叫醒团团，林暖用毛毯裹住孩子，抱着他起身。小不点儿轻轻扇动了几下睫毛，又在林暖怀里睡了过去。

单元楼门口，黑色的轿车停在路灯下。傅怀安就立在副驾驶车门的位置，嘴上叼着一根香烟，单手插兜，指节修长的大手翻看手机邮件。

他穿着藏蓝色的西装、白衬衫，没有系领带，挺括的衬衫领口敞开着，手机屏幕的光线映照在他轮廓深邃的五官和喉结上，让他整个人显得更加沉稳。

林暖抱着孩子从电梯里出来，看到傅怀安就站在车旁，脚下步子轻微一顿，深吸了一口气，调整好情绪才朝着他走去。

似乎有所感应，傅怀安抬头，目光深邃地朝着林暖看来。

见她抱着睡着的团团，傅怀安锁了手机屏幕，将手机装进裤兜里，迈上台阶，把没抽完的半支烟按灭丢进垃圾桶里，替林暖拉开了单元楼的楼门。

林暖看得清楚，傅怀安的眉目间带着些许疲惫，却并不影响他身上逼人的气势。

林暖垂眸，视线落在傅怀安敞开的西装上。这件和八卦新闻照片上的西装，应该是同一件。

她一直觉得傅怀安是一个对生活要求极高、极精致的男人，至少林暖所见过的傅怀安从来没有一件衣服穿过两天。

“你抱着团团坐后排。”

不给林暖开口的机会，傅怀安语气不容置疑地道。

见林暖不吭声，傅怀安又道：“一会儿太晚，我让司机送你回来。”

傅怀安为林暖拉开后排座车门，林暖点头，抱着团团小心翼翼地坐了进去。

车内充满了傅怀安的气息，气息夹杂着淡淡的烟味萦绕在林暖周围，她突然感觉局促不安。

男人单手撑着车顶，看林暖调整好抱孩子的坐姿，才道：“就穿身上的 T 恤下楼，不冷？”

林暖抬头望向傅怀安深深凹陷的眼窝，说了一句：“关上车门就不冷了。”

这话听着，情绪不那么平和，有脾气……

没有和傅怀安对视，林暖移开视线，注视着熟睡的团团，抱着团团的手装模作样地在孩子身上拍了拍，像是怕吵醒孩子一般，不愿意再和傅怀安多说什么。

昏黄的路灯下，林暖五官精致。傅怀安看着她垂眸正一脸专注地看着团团，卷翘的睫毛垂下，遮住了那双干净明澈的眼。

傅怀安替林暖关上车门，坐进了驾驶座，脱下西装丢在副驾驶座上，这才打火启动。

夜里路上车少，车好开，车子到傅怀安家门口时，已经十一点半了。

李阿姨听到汽车的声音从屋内出来，见林暖抱着团团下车，连忙用围裙擦了擦手，小跑两步到林暖面前看了眼团团，压低了声音道："睡着了？"

林暖点头。

进门后，林暖抱着孩子，是李阿姨帮着她换的鞋。

上楼把团团安放在床上，小不点儿乍一离了怀抱，哼唧着就要哭，林暖忙又把团团抱起，哄了好一会儿。

她给团团盖好被子，余光看到一团黑影跳上床，吓了一跳。

借着幽暗的床头灯，林暖看到一只英国短毛猫蹲坐在团团的被子上，卷着尾巴，一脸傲娇地看了林暖一眼。它迈着优雅从容的步子走到团团身边，转了个圈，盘着尾巴紧挨着团团趴下，懒洋洋地微眯起眸子。

看到这只猫，林暖想到了"蘑菇"，想到每一次回家"蘑菇"都会钻到她怀里来回转圈，用尾巴蹭她的下巴……

她不记得傅怀安这里有猫，觉得以傅怀安的个性也不像是会养猫的人。

楼下李阿姨准备了夜宵，招呼林暖吃一点儿，说："傅先生说司机十几分钟后就到。"

傅怀安已经冲完澡换了一身衣服，指间夹了根香烟，坐在餐厅里用餐。

林暖不愿和他同桌吃饭，收回视线，拒绝了李阿姨的好意。

“不用了，李阿姨，我不习惯晚上吃太多……”

林暖坐在客厅等司机，百无聊赖地翻看着已经积攒了无数条信息的微信群，里面是《早间新闻》的同事热烈讨论新台长楚荨的对话，其中不乏女同事的自我揶揄，说几辈子也比不上楚荨这样有才有胆又有颜的女性。

“我现在去吃几斤狗胆，你们说我会不会也有新台长那样的胆量？毕竟狗胆包天……”

林暖忍不住轻笑一声。

傅怀安滑着手机屏幕的手停下，幽深的视线朝着林暖的方向看去。

客厅里，林暖坐在暖色灯光下，头发梳着低低的马尾，松松散散，十分慵懒，有居家的味道，白皙稚嫩的侧颜轮廓精致。她眉宇间带着几分笑意，她抬起细细的胳膊，手指把碎发别在耳后，右侧胳膊肘子撑在沙发扶手上拿着手机，垂眸浅笑，整个人的状态给人感觉很舒服。

同事不知道谁又发了什么消息，她还没来得及细看，掌心里的手机一振，显示 Miss 夏的来电。

林暖以为是明天节目有什么变动，接通就听到 Miss 夏舌头发直的声音：“我和朋友开了家工作室，今天出来和别人签合约，甲方没看我们的合同，在我们喝多后直接甩给我们一份儿，让我们签。三十分钟后他们就要走，能成就签字。但是我们两个人都喝大了，我怕合同里有什么猫腻，我发给你……你帮我看看，可我开工作室的事，你别告诉任何人，包括白晓年……”

林暖拧眉：“可是，Miss 夏……我不太懂合同之类的东西。”

“电影院的装修合同。你不要挂电话，只要着重看我给你说的内容就好，出了问题不怪你！”

电话那头，已经喝蒙的 Miss 夏说她把合同拍了照片发到林暖的邮箱，再给林暖打电话。

Miss 夏提携她的事情林暖没忘，她不是一个忘恩负义的人，既然 Miss 夏把电话打到她这里，又把话说到这一步，再推辞就是林暖的不是。

没带手提电脑，林暖起身，手里攥着电话走到餐厅门口，问傅怀安：“傅先生，我能用一下您的电脑吗？急用。”

傅怀安抬眼看着站在餐厅门口的林暖，把手中的烟按灭：“卧室沙发上。”

“好的，谢谢您。”

手中电话振动，Miss 夏的电话过来，说是已经把内容发到了林暖的邮箱里，林暖忙急急地上楼。

她推开傅怀安卧室的门，拿起沙发上的手提电脑，搁在腿上打开，却显示需要登录密码。

“Miss 夏，你稍……”

林暖话还没说完，傅怀安已经进来，他走至林暖身后，单手扶着沙发靠背，俯下身，修长有力的手指在键盘上敲出了一串数字。

她余光能看到傅怀安充满男人味儿的侧颜，两个人靠得太近，林暖下意识地向一旁移了移。

沐浴过后的傅怀安，沐浴露的香气混着淡淡的烟草味，一起窜入林暖的鼻腔，让她心跳极快，如坐针毡。

傅怀安刚输完密码，手机就响了，他接通电话朝着阳台走去。

林暖压抑着过快的心跳，登录了自己的邮箱。

“还没睡……”傅怀安的声音没有了平时的冷硬，带着几分暖意，林暖不自觉地用余光注意着傅怀安的背影，猜测电话那头的人是不是苏曼曼。

“Miss 夏，我已经看到了，你说看哪里？”

林暖在 Miss 夏的指导下一条一条认真地看着合约内容，有的会念给 Miss 夏听，半个小时的时间在那里卡着，所以林暖十分专注，连傅怀安进来都没有察觉。

挂了电话，林暖揉了揉僵硬的脖颈。

“忙完了？”

傅怀安低沉的嗓音传来，林暖缩回伸展向上的手，回头朝着傅怀安的方向看去。

他靠立在阳台推拉门门框上，拿着烟灰缸，骨节分明的手指间夹着一根香烟，白雾袅袅，灯光下，傅怀安的双眸显得越发深邃。

注意到已经十二点四十，林暖忙站起身："嗯。不好意思，司机已经等了很长时间了吗？"

傅怀安往烟灰缸里弹了弹烟灰，声线低沉："看你忙，我让司机先回去休息了。"

十二点四十已经是凌晨，她总不能不让别人去休息。

这个点儿一个女孩儿打车比较危险，而且傅怀安住的地方离可以打车的主干道还有段距离。

她也不好意思开口让傅怀安送她去能打车的地方，毕竟别人刚出差回来，也是一脸疲惫。

看出林暖眉目间的纠结，傅怀安直起身往沙发的方向走来："现在马上一点，你折腾回去还有时间休息吗？"

她向后退了一步，和傅怀安保持距离。

傅怀安睐了眼林暖，不咸不淡地说了一句："今晚就留下。"

林暖心中警铃大作，一双眸子戒备地看向傅怀安，向后又退了一步，猜测着傅怀安这话的意思。

傅怀安半眯起眼眸，直起身，双手插兜，一副沉稳的模样，平静的眼神看得林暖心中不由得发慌。

身形高大的傅怀安立在那里，并没有穿家居服，上身是衣领挺括的浅蓝色衬衫，领口几颗纽扣未系，下摆被扎进笔挺的西裤里，皮带扣精致，双腿笔直。

傅怀安今晚本就不在别墅留宿，还得出去，本打算让林暖先好好休息，等到了点儿再让司机送林暖去电台。

可看到林暖这副如临大敌的模样，傅怀安心头莫名一动，想起刚才在楼下沙发上，林暖眉目含笑的模样，朝着林暖迈近一步。

林暖退了一步，心脏跳得要从口腔里跳出来一般。

傅怀安再靠近，林暖再退，手心里一层细汗，心里慌得简直无法直视傅怀安的双眼。

她垂下睫毛，目光所及是傅怀安漂亮的皮带扣，林暖面颊更烫地移开眼，不等傅怀安再有动作，自己先方寸大乱地向后退着。

小腿撞在单人沙发位上，随后她整个人狼狈地陷入一片柔软中。不等林暖起身，傅怀安已经朝着林暖逼来。他双手撑着单人沙发位双侧的扶手，把林暖圈了起来。

像是陷入绝境，林暖脊背紧贴着沙发靠背，目光正好看到傅怀安鼻梁之下的薄唇。林暖面颊发烫，视线下移，不敢看傅怀安凸起的性感喉结，偏偏目光又落在傅怀安的西裤皮带扣上，面颊更烫，她只能心慌意乱地别过头，却又觉得这个动作太过露怯。

听到傅怀安喉头发出的轻笑声，呼吸的热气拂过她的刘海，林暖咬了咬唇，故作正经坦然的模样抬起头和傅怀安对视。

“傅先生，您大半夜这样对别的女人……不怕您女朋友伤心吗？”

林暖尽量控制着自己的声音，不让颤抖，心脏怦怦怦跳个不停。

听到林暖一本正经的清亮嗓音，傅怀安靠近了林暖一些……林暖被吓得别开头，手心抵住了傅怀安健硕的胸膛。

傅怀安喉结滚动，嗓音低沉：“你不同意，我哪儿来的女朋友？”

“苏曼曼不是您的女朋友？”林暖反问。嗓音带着恼怒。

她最讨厌这种背着女朋友对外面的人说自己没有女朋友的男人，十分可恶。

就像当初白晓年的男朋友陆津北，总是装作单身的模样背着白晓年在外面勾搭小姑娘，这种男人，比明知对方有男朋友还要强行介入的小三更可恶！

听到傅怀安的低笑声，林暖连脖颈都跟着一起红了：“傅先生，您让一让。”

她推拒着傅怀安，却反被傅怀安扣住了纤细的手腕。

“放开……”林暖挣扎。

那天在车内，双手被按在头顶的画面林暖还历历在目。即便知道和傅怀安力量悬殊，林暖还是本能地不想和傅怀安这么亲近。

林暖方寸大乱的样子，在傅怀安面前显露无遗，他问：“吃醋？”

林暖要挣脱，傅怀安却握得更紧。

他略带薄茧的拇指摩挲着林暖纤细漂亮的手腕，低沉暗哑的嗓音在林暖耳边响起：“做我女朋友的话，我就解释……”

傅怀安的薄唇几乎擦着林暖的耳朵，说话时的热气和嗓音一起灌入她耳郭。有一瞬间，她感觉脑子一片空白，力气仿佛都被抽空，鸡皮疙瘩冒了起来。她恼火又羞耻地瞪着身旁的男人。

他总能轻易找到她的薄弱点。

红得能滴血的耳朵，颜色十分漂亮。红色顺着耳根向下，染红了林暖白皙的肌肤，让傅怀安爱不释手。

裤兜里的手机突然振动，傅怀安拿出手机看了眼，眉头微蹙地接通……

林暖趁机想要逃走，却被傅怀安按了回去，气不过，一口咬在了傅怀安的手腕处。

傅怀安眸色变深，随后他对着电话那头的人说了一句：“嗯，我不过去了。”

说完，傅怀安挂了电话。林暖也松开了口，漂亮的眸子瞪着他。

傅怀安眯起眼眸，手腕处……牙齿印清晰。

“林暖，我对你的心思你很清楚，上次大晚上的放我进你家，发生的事情你应该还没忘，如果你不是对我有感觉的话，应该对我有所防备。这一次怎么会又大半夜的跟着我来我这里？”傅怀安说得不紧不慢。

他平静地望着林暖，又靠近了些，刻意把本就低沉的嗓音压得更低：“你告诉我，是因为什么？”

“因为团团睡着了……”林暖回答得特别没有底气，双手把傅怀安和自己的距离推大了几分，“而且，你说会让司机送我回去的。”

“这个理由，你信就好……”

男人的嗓音让人心跳失控，尤其是在这凌晨，孤男寡女共处一室，更显撩人。

林暖心虚得浑身燥热，不知道该怎么接傅怀安的话，喉头堵得发胀。她故作坦然地望着傅怀安，不知是想让自己相信自己所言非虚，还是让傅怀安相信。

四目相对，傅怀安低头缓缓靠近，林暖指关节收紧，睫毛忍不住轻微颤动。她无意识地向后缩，却躲不过傅怀安烫人的呼吸……

傅怀安眼神深沉地凝视着林暖白净的小脸，两人鼻尖轻轻相触，呼吸交缠在一起。林暖受不了这样的撩拨，心里阵阵发虚。

男人喉结轻微滑动，薄唇试探地吻上林暖的唇瓣，没给林暖反抗的机会，轻啄之后就松开。

林暖心脏激烈跳动得让她不能负荷，大脑一片空白，耳边只能听到自己心脏扑通扑通跳动的声音。她以为这一吻就是结束，可刚垂下眸子，下颌就被男人的大手捏起了。他的唇瓣再次压下。

林暖紧张得全身紧绷，又要推拒，带着男性气息的薄唇却又离开，反复折磨着她。

她拉扯傅怀安捏着自己下颌的手的手腕，想要傅怀安松开，傅怀安却得寸进尺，略带薄茧的大手捧住林暖的小脸，再次吻了下来……

以为傅怀安这一次还是浅吻之后就松开她，林暖便没有推开他，可这一吻，傅怀安好像不打算松开林暖的唇瓣，唇舌撬开了林暖的齿关。

林暖不知道为什么自己会一次次对傅怀安就范，大概她对傅怀安并不反感，甚至在一次次的接触中生出了别样的悸动和情愫，尽管林暖不愿意承认。

这和她暗地里喜欢温墨深不同，温墨深总是那么温文尔雅，而傅怀安或许是律师的缘故，浑身带着让人发怵的逼人气势。

初次因为团团见到傅怀安，林暖心里对傅怀安就有些惧怕，因为他年纪本身就比她大很多，身上的气场比她在林家的父亲还要强些，让林暖不自觉地对傅怀安的态度如同对长辈一般恭敬。

林暖从不认为自己以后会和温墨深在一起，但更没有想过自己会和傅怀安这样的男人在一起。

她一直觉得，像傅怀安这样身上带有传奇色彩的男性，应该和那种身上有传奇色彩的女性在一起，比如……他们的新任台长楚荨。

平凡如自己，林暖不知道傅怀安到底喜欢自己什么。

独属于傅怀安的强烈气息再次侵袭林暖的心肺。他单手撑着沙发靠背，把身体发软、思绪紊乱的林暖带了起来。

傅怀安强而有力的手臂圈紧林暖的腰，让两个人的身体贴得严丝合缝。

察觉到傅怀安身体的变化，林暖吓了一跳，双手推着傅怀安的胸膛，身体向后躲，却让两人的腰身贴合得更紧。

已经度过女孩时期变成女人的林暖，在初尝过情爱的滋味后，身体对傅怀安也是渴望的。

理智早已经被傅怀安的吻弄得没了，此刻她脑子里全是糨糊，被吻得大脑发蒙失去思考能力，只剩下本能的反应，她再回神时整个人已经被傅怀安带往大床的方向。

房间内暧昧的气息仿佛达到了顶峰，林暖脚下步子凌乱，不断地向后退，傅怀安则不断前进。

天旋地转间，林暖跌到了柔软的大床上。

这里，属于傅怀安的气息更浓，林暖紧张得全身都在打战，甚至比第一次和傅怀安做时还要紧张。

傅怀安的大手探入林暖的休闲 T 恤里，揉捏着林暖柔软稚嫩的腰间肌肤，不见林暖反抗，他又贪心地将手下移，解开林暖的牛仔裤纽扣。

两人厮磨间，林暖已经热出了汗，残留的一丝理智让她想要喊停，但两人此刻都是箭在弦上的状态。

怀中的女人已经软成了一摊水，傅怀安松开林暖的唇，亲吻着她的面颊、耳朵……

“老傅！”

林暖魂都要被吓飞了，整个人直往傅怀安怀里躲。

傅怀安一把扯过被子把他和身下的女人盖住，眼神含怒地看向门口的方向：“滚！”

那低沉有力的声音震得林暖头皮发麻。

唐峥不明情况，刚踏入卧室就被傅怀安吼了一嗓子，他忙以极快的速度退出去关上门。

站在门口，唐峥回想到刚才“惊鸿一瞥”的一幕，好像看到床上傅怀安俯着身，床边还有一双半挂着牛仔裤的细腿……

唐峥低声咒骂：“我这是正好撞上老傅的好事吗？”

唐峥以极快的速度跑下楼，叫着陆津楠的名字：“老陆……”

陆津楠单手插兜，正站在楼下傅怀安收藏的一幅画前抽烟，听到唐峥慌慌张张的叫声，抬头朝着楼上看去：“怎么了？”

今天陆津楠请了凯德集团一个爱打麻将的股东，组了一个麻将局，准备等傅怀安过去一起套一套消息。傅怀安原本说好了要过去，可是突然一个电话就说不去了。

担心傅怀安是身体不舒服，陆津楠陪着打了两局，输了点儿钱，就找了借口请其他人过来陪那位股东打牌，他们则来看看傅怀安。

“咱们快走！”

唐峥下来就扯着陆津楠的胳膊往外走。陆津楠眉头一皱，拽住唐峥：“怎么了？”

“老傅和一个女人在楼上！别搅了老傅的好事儿，快走快走！”

唐峥声音里不乏激动，毕竟傅怀安这些年过得实在是太过清心寡欲，好不容易开个荤，他们做兄弟的帮不上忙也不能捣乱啊。

陆津楠睁大眸子，难免八卦地道：“你看见了？！看到是谁了吗？！”

“老傅把人护得紧，我刚进去就被吼了一声滚。人在被子下，我什么都还没看清就赶紧滚出来了。”唐峥摊了摊手。

两人临走时，唐峥见李阿姨还在厨房收拾碗筷，好奇心泛滥，站在厨房门口问了一句：“李阿姨，今天谁来了？要留宿吗？”

“是林小姐。林小姐原本要走的，后来先生就让司机回去休息了，应该是要留宿吧……”

“林暖？”陆津楠插话问道。

李阿姨笑呵呵地点头：“是呢！”

团团喜欢林暖，李阿姨也喜欢林暖，甚至在心里已经认定李暖是团团的亲生母亲。肯定是当初傅先生和林小姐闹别扭，所以分开了，现在两个人能和好，对团团这个孩子来说简直是再好不过了。

是林暖啊，唐峥的笑容越发灿烂。

临走时，唐峥不放心地对李阿姨说了一句：“李阿姨，一会儿你收拾完就去休息，老傅和林小姐在楼上谈事儿，没事儿就不要上去打扰了！”

唐峥对李阿姨挤眉弄眼，暗示得十分直白。

李阿姨怔了怔，随后一副了然于心的样子，点头道：“行！我知道了……”

傅怀安脸色阴沉，撑在林暖身侧的大手青筋暴起。

林暖被吓得不轻，理智终于回来。

这种事情被人撞破，令林暖感觉羞耻极了，她手忙脚乱地拉下被傅怀安推高的 T 恤，双臂用力推着压在自己身上的傅怀安，想让他下去。

傅怀安拧着眉不动。明明万事俱备只差临门一脚，生生被搅了好事儿，谁心里能舒坦？

她声音焦急：“你……你快起来！”

都已经被人撞见了，她和傅怀安还不快点儿下去，别人该怎么想？

傅怀安紧抿薄唇，显然在犹豫，眸底是浓郁的不快之色。

“傅怀安！”林暖用手掌抵着傅怀安滚烫的胸膛，紧张得心跳加速，声音带着颤抖，“你说过你不勉强女人的！”

傅怀安可以不要脸，可她林暖还要脸！

“你就在主卧休息，我今晚不在家里……”傅怀安沉着一张脸，一边从容地扣皮带扣一边道。语气倒是听不出喜怒。

“不用了，我要回去。”

整理好衣服后林暖快速冲到了沙发前，拿起自己的手机夺门而出，不敢和傅怀安对视。

李阿姨收拾完厨房，把明天早上的早餐配料准备好，刚关了灯要去休息就见林暖红着一张脸快步从楼上向下跑来。

“林小姐，您还没休息？”李阿姨有些意外。

“嗯！”林暖不敢抬起羞得通红的小脸，低着头说了一句，“我先走了。”

“林小姐，这么晚了，司机都回去了，您怎么走？”

李阿姨心里狐疑：难道是小两口吵架了？

她追了林暖两步就听到楼上传来脚步声，于是抬头朝着傅怀安看去：“先生……林小姐要走！”

傅怀安不紧不慢地走下楼来，颔首表示知道。

林暖从傅怀安的别墅里出来时，唐峥和陆津楠还没走，两个人正站在小院子里抽烟。

唐峥刚点上烟把打火机递给陆津楠，就看到林暖跑了出来。

林暖有种偷鸡摸狗被逮着的心虚感，面颊更烫，尴尬得无以复加。

她低下头，招呼都不打就往小院子外走去。

瞧见林暖要走，唐峥睁大了眼，忙把嘴里的香烟拿下，很诧异地道：“这么快？！”

唐峥这三个字声音不大，但暗指之意让林暖的脸瞬间变得滚烫。

"不该啊……老傅这么弱？！"

当着林暖的面儿，唐峥毫无顾忌地说着这种话，简直让林暖狼狈得快要站不住。

明明夜风寒凉，林暖却全身燥热。

唐峥后来才反应过来不对味：林暖这种面皮薄又自爱的女孩子，大概他撞破了她和傅怀安的好事儿，她就没办法继续了。这姑娘是要抛下老傅逃！

"哎……林暖！你去哪儿？"

唐峥喊了一嗓子，惊动了隔壁别墅院子里的大型贵宾犬，夜深人静，那狗冲出狗窝就对着人多的这边汪汪汪直叫。

林暖紧咬着下唇，羞得没办法抬头，垂着脑袋只想快点儿逃离这个地方。

心想自己闯了大祸，唐峥忙追到门口，张开双手，用身体堵住林暖："别走啊！我什么都没看见，真的！我和陆津楠这就滚蛋，你要是走了老傅得卸我一条腿。我可打不过老傅！"

林暖哪里会管唐峥的腿，低着头只想离开。

她往左唐峥也往左，她往右唐峥也往右，唐峥就是不让林暖走……

"林小姐，林大姐……林奶奶，给条活路行不行？！"唐峥一边倒退着拦人，一边求饶。

退到小院装饰的栅栏门处，唐峥干脆心一横，双手拉着两侧的栅栏："留不下你，我就得留下我的命，真是迫不得已……"

说话间，傅怀安已经从门内出来。

"老傅！"陆津楠把嘴上还没来得及点燃的香烟拿开，夹在指间唤了一声。

听到傅怀安已经出来，林暖恼羞成怒，也顾不上唐峥是投资商的事情，气急败坏地伸手去推唐峥的胸膛："让开！"

唐峥将注意力都转到了傅怀安那里，一个没留神就被林暖推开了。

她手忙脚乱地逃跑，脚趾撞在了围栏上，险些被绊倒。唐峥忙扶了一把：“没事儿吧？”

“谢谢。”林暖脸红得能滴血，匆匆说了一句，抽回自己的胳膊就跑。

长这么大，她还是第一次陷入这种狼狈又尴尬的境地。

就连以前被别的男生亲了脸颊，全班起哄时林暖都没觉得这么尴尬……

眼看着他拦的人跑了，唐峥伸手要拽林暖的胳膊，没拽住，有些慌了。

“车钥匙。”

傅怀安从门口的台阶上下来，不咸不淡地说了一句，但唐峥和陆津楠都听出了他声音中暗含的怒意。

陆津楠忙从裤兜里掏出钥匙丢给傅怀安。

“你要送林暖回去？”唐峥把门让开，明知故问。

傅怀安幽深的目光落在唐峥身上，薄唇抿着，身上低沉的气场让人发怵。他走到车门前，拉开驾驶座车门坐了进去。

目送着车子离开，唐峥问陆津楠：“刚才老傅那眼神挺吓人的，你说我要不要出国躲一躲？”

陆津楠点了一根烟，半眯起眼眸，咬住香烟含混不清地说了一句：“我看我和你一起躲吧……”

突然想到了什么，唐峥笑得不怀好意：“你说老傅这是已经完事儿了，还是没成？我刚才进去瞅着像是刚开始的样子……”

陆津楠侧眸看向唐峥，也笑开来：“姓林的那妞难搞，估计老傅快搞定了却被你搅了好事儿，你要是不怕死可以问问……”

唐峥忙摆手：“算了吧，打不过，不敢问。”

隔壁的巨型贵宾犬前爪扒着围栏，还在对着唐峥和陆津楠的方向狂吠。

两人看过去，那贵宾犬突然收声，放下前爪，看着两人不吭声了。

林暖脚下生风，只想快点儿逃离傅怀安那里，低着头一路快走。想到刚才唐峥突然进卧室的事情，林暖就浑身不自在。

心绪稍微平静后，林暖走在路灯昏暗的无人街道上多少有些后怕。

昨天林暖还在《早间新闻》播报了一位白领晚上独自夜跑，结果被人拖到公园偏僻处奸杀的新闻。警方还在悬赏征集线索。

她抬头看向前方十字路口，不知道走到十字路口能不能打到车。

一辆黑色奔驰紧贴着人行道，在林暖身边降下了速度。

林暖的心一下子提到了嗓子眼儿，她紧攥着拳头和手中的手机，想着自己要不要先拨 110。

可是警察也是远水救不了近火，光是 110 转接就很耗时间。

心脏跳得很快，她故意停下脚步，奔驰也停了下来。

林暖攥着手机，转过头去……

副驾驶座的车窗放下，傅怀安单手扶着方向盘，眼神深邃地看向林暖："上车。"

林暖咬唇，不得不承认，当车窗放下来看到是傅怀安时，她心里松了一口气。

明明一个人心里很害怕，可林暖不愿意上傅怀安的车，不仅仅是因为刚才的事情心里尴尬，更因为她本身就对傅怀安这个男人没有抵抗力，稍微被撩拨就就范！

林暖讨厌这样的自己，怕上车后会和傅怀安发生不该发生的事情。她从来没有觉得自己的自制能力这么差过。

林暖闷声低着头往前走，奔驰也以极慢的速度往前挪，林暖停下，奔驰也停下。

林暖瞪向车内的傅怀安，却见男人根本就没看她，他神色淡漠地从烟盒里抽出一根香烟咬在嘴上，单手护着打火机火苗，低头点烟。

火光摇曳，车内傅怀安的五官被映衬得更加阳刚。稳重仿佛镌刻在他的眉宇之间，他举止间带着久经磨砺之后让人望而生畏的成熟魅力。

林暖像是一拳打在棉花上，心中更加憋闷，瞪着傅怀安。

傅怀安不为所动，单手扶着方向盘，夹着香烟的手搭在车窗上，目光直视前方，余光锁定在人行道上的女人身上，表情冷肃。

两人沉默着。

想到那个女白领被杀的新闻，林暖权衡轻重，觉得赌气不重要，小命比较重要。

最终林暖妥协，抬脚走到车旁，伸手要拉后排座椅的车门。

“我是你的司机？”傅怀安把嘴上的香烟拿开，朝车窗外弹了弹烟灰，明明语气平淡，却像是在训人。

察觉林暖不高兴，他说了一句：“坐副驾驶座来！”

林暖耳根发烫，走到副驾驶的位置，拉开车门坐了进去。

“安全带！”

傅怀安说完把抽了半截的香烟按灭在烟灰缸里，升起车窗玻璃，启动车子……

把林暖送到楼下时已经是凌晨两点半了，傅怀安把车停稳，林暖解开安全带就伸手去推车门。

咔嗒一声，车门被锁住。

林暖戒备地看向傅怀安。

察觉到林暖焦躁不安的情绪，傅怀安问：“你紧张什么？”

林暖心虚地僵着身体，偏头看向车窗外，否认：“我没有！”

嘴上否认得坚决，可林暖脸上的温度越来越高。

傅怀安没开窗，林暖觉得车内憋闷，忍不住发脾气：“开门，我要下车！”

“折腾了一晚上，你不累？”傅怀安抽出一根香烟咬住，随手把烟盒丢在中控台上，将车窗放下来了些。

带着凉意的空气窜入林暖的心肺间，她烦燥的情绪却并没有得到缓和，她有些冲地道："累，所以我要上楼休息，麻烦你开一下车门！"

傅怀安手里攥着打火机，迟迟没有点燃香烟，瞧了林暖片刻，他把香烟从嘴上拿开，开口道："我要说借一下你家的洗手间，你会不会因为今晚的事儿难为情，不给借？"

话都由傅怀安说了，要是林暖真的不给借，好像显得多矫情似的。

她想回答"就是不给借"，可转头和傅怀安似笑非笑的眼睛对上，硬是把强硬的话给咽了回去。

好歹不是两个人独处一车了，上楼上完厕所他也该走了，更何况楼上还有白晓年和宋窈在。她就不相信，傅怀安再怎么着还能在她家把她怎么了。

"我的两个朋友就在楼上，如果你不介意的话，可以上去用洗手间……"

林暖心里那点儿小九九傅怀安清楚，他把未点燃的香烟和打火机搁在仪表盘上，开了车门。

傅怀安跟在林暖身后进了电梯。

两人并肩而立，他双手插在裤兜里，修身衬衫的下摆扎在西裤里，显得身材越发修长。

林暖假装看电梯间电视里的广告，一脸心不在焉的样子。

"喜欢这个牌子？"男人低沉的嗓音从林暖身后传来。

"嗯？"林暖透过镜子看向傅怀安，然后顺着男人的视线看向电视屏幕，上面播放的是杜蕾斯的广告……

林暖耳朵通红，呼吸错乱。

真是人生处处是尴尬。

叮——电梯一到，她清了清嗓子，说了句"到了"就逃出了电梯间。

傅怀安不紧不慢地从电梯里出来。

林暖拿钥匙开门的手有些颤抖，钥匙总是塞不进钥匙孔……

男人从容的脚步声逼近，林暖眉头紧皱，越想快点儿开门，钥匙越是不配合。

下一刻，男人身上的热度逼近林暖的后脊背，她攥着钥匙的手被傅怀安干燥有力的大手握住。他准确无误地把钥匙送进锁眼，向右一拧，含笑的低沉嗓音在林暖耳边响起："慌什么？"

他说话时热气拂过林暖的耳尖，她咬着下唇，强忍着心悸把门推开。

客厅的灯还亮着，林暖下楼时是想着把孩子交给傅怀安就上来，没想到会耽误到第二天凌晨。

家里没适合傅怀安的拖鞋，林暖便让傅怀安直接进。

她把钥匙放在鞋柜上，压低了声音对傅怀安道："洗手间在那……"

傅怀安顺着林暖所示的方向看过去："哪儿？"

她把人带到洗手间门口，开了灯，顺手帮傅怀安推开门，嘴里不忘催促："我得洗漱准备去电视台了，我朋友也快起来了，你快点儿用。"

傅怀安低头看着站在门口的林暖，抬脚走进洗手间。

林暖就站在门外没动，傅怀安扶着洗手间门把手："打算在门口听我解手？"

林暖的脸瞬间红透了。谁要在这里听他解手了？流氓!

她转身要走，手腕却突然被人攥住往里一扯，她整个人就被拽进了洗手间。

傅怀安反手把门关上，将其反锁，把人按在冰凉的墙壁上。脊背抵着冰凉的瓷砖，林暖却觉得血流直冲头顶，吓得她头发都要竖起来，心脏激烈跳动的程度已快超出负荷范围。

"你干什么？"

林暖恼火地伸手推着把她圈在手臂中间的傅怀安，偏偏还不敢大声，那愤怒又不能发作的模样透着几分娇憨意味。

傅怀安身形高大，宽厚结实的肩膀挡住了光线，属于他的阴影把林暖笼罩其中。尤其是在洗手间这密闭的环境里，两个人离得这么近，傅怀安身上刚才让她意乱情迷差点儿没守住自己的男性气息再次窜入她的鼻腔，带给她极强的紧张感和压迫感。

“你站在门口不走，与其让你在外面听，不如让你进来看。”

傅怀安不急不徐的语言更显暧昧，明明是这么轻佻的话，偏偏他说出来就让人厌恶不起来。

看着傅怀安深邃的五官，林暖耳朵滚烫：“谁要听了？”

“那就是要看？”傅怀安单手撑住瓷砖墙面，抓住林暖的小手移向自己的皮带扣，“想看自己来……”

林暖要抽回手，手却被傅怀安骨节分明的大手紧紧攥住，抽不动。

“放手！”

林暖只觉既羞耻又难堪。她真的是记吃不记打，明明知道傅怀安的可怕，居然还放傅怀安进了她的家门。

到底是她真的以为傅怀安会顾忌自己的两个朋友的缘故，还是因为她对傅怀安没有她所表现出来的这么排斥？

指腹下隔着一层衬衫布料就是傅怀安下腹部紧实的肌肉，男人滚烫的体温传来，烫得林暖浑身战栗。

她还想要抽回手，傅怀安却拽着她的手臂环住他紧致的腰身。

林暖却不愿意。

见林暖眉目间尽是羞涩，白皙透粉的颈部暴露在眼前，他眸色愈深。

傅怀安略带薄茧的大手捧住林暖的小脸，拇指若有似无地在她的唇瓣上摩擦着。

耳边是傅怀安粗重的呼吸，林暖身子一软，咬住唇，小手拽着傅怀安戴着钢链手表的手腕。

“别咬唇，不然总觉得你在故意勾引人……”傅怀安薄唇张合，说话间热气扫过林暖的眼睫，令她觉得有些痒。

他抬起林暖的下颌，低头靠近，两人呼吸纠缠在一起。还没接吻，林暖的呼吸就已经不自觉地乱了，脑子里又是一团糨糊。

拒绝傅怀安的话被狂跳的心脏堵在了嗓子眼儿里，林暖紧张得喉头发颤，攥着傅怀安的手心出了一层黏腻的细汗……

明知道不应该在这里和傅怀安接吻，她却无法抗拒傅怀安的魅力。

唇瓣相触的瞬间，林暖只觉一股电流沿着脊柱从尾骨蹿上大脑，然后炸开，炸得她的理智七零八碎。

安静的深夜里，林暖只能听到自己狂乱的心跳声。

傅怀安单手撑着墙壁，带着林暖的手臂搂上自己的脖颈，手又从林暖曲线优美的后背滑下，把她用力按向自己。

傅怀安炽热的唇一瞬间就点燃了林暖的情绪。

但他还没来得及撬开林暖的齿关，门外的响动就把林暖给惊醒了。

林暖忙躲开傅怀安，偏过头，心脏差点儿跳出来。

她在干什么？在傅怀安家也就罢了，现在还是在洗手间，自己的两个朋友还在卧室休息，她怎么就是不长记性，和傅怀安的唇瓣一接触，瞬间就天雷勾动地火！

咚咚咚，洗手间的门被人敲了敲。

这一晚上，林暖受了太多惊吓。

闹钟一响白晓年就迷迷糊糊地起来走出房间，见洗手间的灯亮着问了一句：“暖暖……你起来了？”

隔着一道门，白晓年的声音让林暖紧张得无法呼吸，耳边全是扑通扑通的心跳声。

她没法平复自己的情绪，怕一开口颤抖的声音引起白晓年的怀疑，无意识地又咬住了唇。

“暖？”

白晓年没得到回答伸手去拧门把手，林暖吓得环着傅怀安脖颈的手都僵硬了。

“嗯……我醒来了，准备洗漱。”林暖努力压着心跳，可声音还是有一丝颤抖。

“那我再睡一会儿，你洗漱完叫我。”

“好。”林暖回答得一本正经。

听到洗手间对面的卧室关上门，林暖才松了一口气，尴尬不已地收回自己环着傅怀安脖颈的手，赶人道：“你快用洗手间，用完了快走！我朋友起来了……”

“刚吻完就赶人？”

暧昧的语调令林暖脸红得无法直视傅怀安。

傅怀安不再逗弄她，身体退开，从裤兜里掏出一条手链，攥住林暖纤细白皙的手腕，漆黑的眸子凝着她的右手，一只手并不熟练地给林暖戴着手链。

出差时，傅怀安无意间看到这条细细的手链，莫名想到林暖纤细皓白的手腕，就买了下来。

纤细的白金链条上面零散地装点着细碎的红宝石，款式简单，却格外精致好看。

林暖想要抽回自己的手，却抽不回。

“这是什么？”

“出差时顺便买的。”

傅怀安单手给林暖戴手链有些困难，眉头一皱：“别动……”

林暖的心跳突然又加快了。

她不是没有收到过来自男性的礼物，追求林暖的人也不在少数，可是这么蛮横地送礼，还吼人让人别动的，林暖真是第一次见到。

不待林暖再有反应，傅怀安已经把手链戴在林暖的手腕上，然后松开手：“出去吧，我要用洗手间了。”

“我不要！”林暖要把手链摘下来。

但手链扣锁复杂，不太好摘……

傅怀安微合着眼眸，看着正低头折腾手链的女人，慢条斯理地按住皮带扣开始解皮带：“真想留下看我解手？”

皮带扣的声响让林暖的脸更红，她嗔了一句“流氓”就伸手拉洗手间的门。

“你不要就扔了，送出去的东西我不回收！”

林暖出去要关门之前，洗手间里背对着她的男人说了这么一句，不像在开玩笑。

关了门，林暖的心跳仍久久不能平复，她站在洗手间门口，隔着一道门，里面传来的声响让她再次脸红心跳。她迈步走进厨房，从冰箱里拿出一瓶冰水，拧开喝了几口，平复着心情。

林暖靠在流理台上，手中攥着水瓶，垂下视线，手腕上纤细的手链在暖色灯光下熠熠生辉，细碎的红宝石把林暖的皮肤衬得更加细腻。

这条手链是很符合林暖的审美的。

林暖直起身把水瓶搁在流理台上，再次动手想要摘下手链。

正在这时，马桶抽水的声音响起，林暖又紧张兮兮地跑回洗手间门口，生怕白晓年听见动静出来。

第八章 喜欢傅怀安

一夜未睡，精神又一直高度紧张，到了电视台开完会，在还没开始化妆前，林暖靠在沙发上小眯了一会儿。

今天是林暖最后一天在《早间新闻》播报，她不想留给观众没精神的印象。

林暖睁开眼时，白晓年正坐在椅子上似笑非笑地望着她，指了指她的脖子，问："主动坦白，还是我刑讯逼供？"

衬衫领口下，是昨晚傅怀安留下的吻痕。

林暖尴尬地坐直身子，把衬衫纽扣扣好。

心跳的速度再次加快，她低下头，拿起搭在膝盖上的新闻稿件抖了抖手，假装准备背资料："别没正形了，好好背稿件。"

“傅怀安？”白晓年一下就猜中，“昨晚你们俩……”

林暖倒也没有藏着掖着：“差一点儿。”

“差哪一点儿？被团团搅和了？”白晓年眼底有笑意。

想到昨天晚上被唐峥撞破的事情，林暖又有些坐不住了。她大致把昨天晚上的事情和白晓年说了一遍，隐去了凌晨时在她们家洗手间里发生的那个吻，只说傅怀安上楼借了洗手间，走的时候还送了她手链。

“那你对傅怀安呢，是什么感觉？”白晓年追问。

多年铁打的闺密，既然开口了，林暖也没隐瞒自己的感受：“我不知道，心里乱得很。”

“暖……”白晓年把林暖的椅子转过来，让林暖面对自己，“我得先恭喜你，你大概因为傅怀安跳出了温墨深那个大深坑，喜欢上傅怀安了。”

林暖攥紧腿上的新闻稿件，没有否认，也没有承认。

都说在爱情里，若是心里迷茫了，身体的感觉会告诉你答案。对傅怀安，她不仅不排斥，接吻时心头会悸动，见到他时会心跳加速，哪怕是和温墨深站在一起，林暖也从没有过这样强烈的感觉。可是想到傅怀安，她就耳根发烫。

“傅怀安已经走到了你的心里！”白晓年握住了林暖的手，“我见过傅怀安，你们站在一起很相配，比你和温墨深在一起更相配。”

林暖眼睫颤动，声音轻幽：“你不是还劝我向温墨深告白？”

白晓年把林暖压在手下的稿件抽出，随手搁在化妆镜前，开口道：“那是我以为温墨深还在你心里，可是你移情别恋了。我脑子有病才会鼓励你去和一个爱过的人告白！”

“傅怀安那样的男人，给不了我安全感！”林暖烦躁地皱紧眉头。

“林暖，你干什么这么前怕狼后怕虎的？”白晓年轻笑了一声，抬头认真地看着林暖满目的烦躁，“你对感情这种事情就是太较真了！

傅怀安这么优秀的男人，海城想要嫁给他的女人多了去了！你和他谈恋爱，如果发现他是‘渣男’甩了就成，但你如果连和他尝试着开始的勇气都没有，就不怕万一就此错过了一个好男人？还是你打算为一段连初恋都不算的暗恋守一辈子？”

林暖偏过头去，声音低沉地道：“我是个拿不起放不下的人，心中揣着温墨深的这些年是什么滋味我心里清楚。我怕让傅怀安走进心里后，才发现我们俩不会有结果。”

“还不承认你喜欢傅怀安！”白晓年语气肯定。

林暖被白晓年的话噎住，停顿了片刻才道：“就像宋窈说的，我们都不年轻了。截至温墨深回来，我喜欢了温墨深八年，我没有下一个八年可以拿来耗费。在被顾含烟求着去找傅怀安的时候，我做好了准备，可我以为就是那种一锤子买卖，一次之后各不相欠。然后我找一个普通的男人结婚，那个男人不需要太帅，看着舒服就行；不需要太有钱，我们俩的工资加起来够生活，一年可以出国旅游两次，彼此忠诚互相尊重地过完这一辈子就够了。”

“普通人就会彼此忠诚了？我见过‘丑穷矬’娶了‘白富美’，还暗暗在外面拈花惹草包养二奶的！你不能一棍子打翻一船人！”白晓年低声劝着林暖。

“就拿圈里的薛智仁薛老来说，年轻时候是标准的‘高富帅’，可是和太太结婚之后连孩子都没有，还不是相守相爱了这么多年？我这个被‘渣男’伤过的人都没有你这么悲观！”

“感情上，我不仅悲观，而且胆小，不然我也不会连对温墨深告白的勇气都没有，让顾含烟捷足先登！”林暖说到这里，眼底泛起雾气。

她强忍着没让自己掉眼泪：“我喜欢温墨深的第二年，他和顾含烟在一起了，从那个时候开始，我的心口就像悬着一排细针，只要心脏跳动，就被扎得鲜血淋漓。他失踪的这四年，我的心跟着他一起失踪了一大半，漏着风，一直都是凉飕飕的。我没那个勇气去赌傅怀安是个好男人。”

“你宁愿和一个不喜欢的普通人结婚过一辈子，也不愿意和傅怀安尝试着谈恋爱，不就是因为对傅怀安动了心，所以怕他伤你的心？”白晓年叹了口气，“承认你喜欢傅怀安有这么难？”

“有了温墨深的前例，你还要在傅怀安身上重蹈覆辙？”白晓年试图说服林暖，“明明喜欢上了却忍着不说，等到别人身边有了别的女人，自己黯然神伤？”

林暖心里乱得很，又拿起新闻稿件看了起来:“等回去再说吧……”

林暖的最后一次《早间新闻》录制得很顺利。

节目结束后，杨雨泽和《早间新闻》的工作人员推了一个大蛋糕过来，说是欢迎白晓年、欢送林暖，也预祝林暖的新节目开播大吉。

从直播室出来林暖就接到了梁暮澜的电话，梁暮澜约林暖中午在枫林园吃顿饭。

“暖暖，今天中午我和你爸要在枫林园吃饭，正好离你住的地方很近，咱们一起吃顿午饭……”梁暮澜说完不等林暖拒绝，又道，“妈都想你了。”

那天在医院里不告而别，这个时候梁暮澜软话都说了，林暖不能不答应。

她猜测，大概梁暮澜夫妇俩把她约到外面，是为了避免她和林苒碰面尴尬。

挂了电话，林暖见自己手上沾上了奶油，皱眉去洗手间清理。她刚进洗手间就听到洗手间隔间里有人在打电话，声音带着笑意。

“我怎么就不能回海城了？今天晚上一起吃个饭？”

这声音有点儿耳熟。

林暖按了几泵洗手液，抬头看向镜子。

从隔间里出来的是他们的新台长楚荨。看到洗手台那里有人，楚荨的目光看了过来，在镜子中和林暖四目相对。

见到台长林暖不好不打招呼，对着楚荨浅笑着点了点头，楚荨亦颔首示意。

楚荨比在电视屏幕中看到的更瘦，整整齐齐地穿着一身白色西装和包臀裙，西装左侧口袋上夹着工作证，依旧是中分长发扎着低马尾，不在电视屏幕上以台长的身份讲话，眉目含笑的模样女人味十足。

她把电话夹在脸和肩膀之间，站在林暖身边洗手，流水冲过的细长指尖绘着裸色的指甲油，身上有淡淡的香气。

“今晚有约，那就明晚，明晚你总不至于还有约吧！还是说……你有女朋友了？”

楚荨以玩笑的语气说完，不知道得到了什么回答，林暖以余光看到对方的笑容明显一僵。

随即，楚荨勾唇，漫不经心地用湿漉漉的手对镜子整理着头发：“这样啊，那改天介绍我认识认识啊，让我看看是什么样的姑娘抢了我救命恩人的心。”

无意留在这里听别人的八卦，林暖洗完手，抽了两张擦手纸擦了手就往外走，出了门才把擦手纸丢进垃圾桶里。

回去补觉醒来，已经中午十二点半，林暖急急忙忙地起床去洗手间洗漱。

宋窈手里端着个杯子，靠在洗手间的门框上，看着正在刷牙的林暖。

林暖抿了抿嘴角的泡沫，从镜子里看过去，问：“怎么了？”

“刚才你睡着的时候，晓年都和我说了。你和那个傅怀安……”宋窈把水杯换了一只手拿着，调整了一下站姿。

去枫林园的路上林暖一直想着宋窈刚才和她说的话。

宋窈说，当两个男人真的站在一起对比时，人还是会本能地对那个样貌气质俱佳、气场强大的男人动心，人性慕强是本能！

林暖明白，一个人的样貌无法改变，可气质和气场，尤其是类似有傅怀安那种气场的男人……他身上没有金钱带给他的纨绔和浮夸，反倒永远一副一切尽在掌握、稳如泰山的低调模样，不管是待人处事还是对个人情绪的处理，都慢条斯理不骄不躁。

他这个年纪，却有如此厚重又沉稳的气场，这背后不仅仅需要有强大的能力、雄厚的财力做铺垫和后盾，他的人生还有林暖想象不到的故事。

一阵急促的汽车喇叭声让林暖回神，出租车急刹，就在离林暖一米的位置停下，她这才发现自己走神，闯了红灯。林暖对司机道了歉，退回去，攥着肩包带子，手心里都是汗，心有余悸地告诉自己走路的时候不要再想那些乱七八糟的事情。

枫林园里，林暖在穿着旗袍身材高挑的服务员的引领下，上楼朝着包间走去。

服务员敲了敲门，然后推开门……

人还没进去，林暖隔着服务员就看到了身上缠着纱布的梁暮澜正坐在圆桌旁和人说笑。

梁暮澜身边坐着一位气质娴雅的女士，一头乌黑的长发盘起，梳得整整齐齐，肩膀上搭着披肩，身材纤细，眉目里隐约透着精明干练的气质。

林景全双腿交叠，右手肘搭在椅子扶手上，侧身正和坐在他右侧的中年男士说着什么，两人一副相谈甚欢的模样。

大概没想到今天吃饭还会有别人在，林暖有些错愕。

梁暮澜看到服务员背后的林暖，笑着起身对林暖招手：“傻站在外面干什么？进来啊，就等你了！”

林暖笑着对服务员道谢之后，走了进去，这才发现包间内还有一位和她年纪差不多大的男士。

不用问，林暖已经猜出这是怎么回事儿。

她乖巧地叫了声爸妈，就听梁暮澜介绍："这位是天昊制药的董事长，你柳伯伯，这位是柳伯母。不知道你还有没有印象，你小时候……柳伯伯、柳伯母来家里做客，爸妈没在……是你招待的。那位是你柳家的哥哥，比你大两个月，刚从国外回来。"

被点名，那位年轻男士站起身扣好自己西装的单颗纽扣，朝林暖走来。

"柳伯伯，柳伯母。"林暖打招呼。

"暖暖应该还记得明晨，明晨小时候可是小哭包，路上被他爸训了，一直哭鼻子，到了你们家……还是暖暖拿着波板糖给哄好的。"柳太太浅笑，眉目间全是和蔼之色。

"这段黑历史您是打算说一辈子吗？"柳明晨被自己母亲揭短揭得不好意思，目光含笑地望着林暖，伸出手，自我调侃，"柳明晨，就是我妈口中被你用波板糖哄过的小哭包，还记得吗？"

林暖礼貌性地伸出手握了握："你好……"

落座后，都是大人在谈话，林暖坐在梁暮澜身边照顾受伤的梁暮澜，给她夹菜剥虾，十分安静。

柳明晨在林景全和他父亲聊起工作上的事情时会插上几句，话说得中肯不浮夸又有见地，深得林景全的喜欢，林景全夸赞的话不断。

梁暮澜给林暖安排这种明着吃饭暗地相亲的饭局，不过是因为听林琛说起林暖和傅怀安没有领成证的事情，心里担心林暖。

虽然林暖不是梁暮澜生的，却是梁暮澜精心养大的，她深知林暖闷葫芦的个性，就算出了什么事也不会和家里人说。

本来梁暮澜没有给林暖介绍对象的打算，准备等什么时候问问林暖现在和傅怀安是什么状况再说。

可后来无意间在电视上看到苏曼曼的花边新闻，认出照片里被苏曼曼抱着的男人是傅怀安，梁暮澜这才和林景全商量，给林暖介绍一

傅律师有点甜

个知根知底的对象，免得林暖遇人不淑再受伤。

梁暮澜和林景全刚有这个打算，准备好好给林暖留意，故交柳太太就亲自找上门，说起当年他们一家三口上门林暖接待他们的事情，又问起林暖有没有男朋友。

两家人都有撮合两个孩子的意思，一拍即合，就有了今天的饭局。

来之前被蒙在鼓里的只有林暖一个。

吃完饭临走时，柳太太拉着林暖的手一脸艳羡地看着梁暮澜："有个贴心小棉袄真好，吃饭的时候我瞧着小暖就挨着你坐，自己都没怎么好好吃，一直在给你夹菜剥虾的。我要是有这么个女儿该多好！"

"等将来你们家明晨有了媳妇儿，你不也有女儿了？"梁暮澜笑着打趣道。

"那希望我有这个福气，我们家明晨可以娶个像小暖这样的媳妇儿。"柳太太说完，看着自己的儿子，"你以后没事儿别总把自己关在实验室里，多出来约小暖吃吃饭，让小暖教教你怎么讨女孩子欢心，早日给我讨个小暖这样的媳妇儿回来！"

林暖头一次遇到这样的场合，还以为自己会心虚会脸红，可听着柳太太这样直白的话，林暖竟也能做到勾唇笑笑，内心无太大波澜。

送走了柳家人，梁暮澜拉着林暖的手坐在包间的沙发上，询问林暖和傅怀安没领成证的事情。

林景全坐在林暖右侧的单人沙发上，点了一根香烟，眸色深邃地看着林暖，不知道在想些什么。

"要不是你哥说起，我和你爸还不知道你和傅怀安没领成证。这么大的事儿，你怎么就不和家里说一声？"

林暖不知道说什么，坐在那里对着梁暮澜直笑。

"还笑！"梁暮澜狠狠地在林暖的手背上拍了一下。

"你哥说，这些年你不回家，是因为不想伤了小苒的心。那你就不怕伤了爸妈的心？”林景全语气沉着，“领证这么大的事，我还是出差回来听你妈说才知道。在你心里我和你妈还有分量吗？”

从小把林暖养大，林景全和梁暮澜在她身上倾注的感情总不是假的。

怕林景全话说得重林暖接受不了，梁暮澜瞪着丈夫道：“好好说话，你训她做什么？”

要说这些年林景全心里没气，是不可能的。

当年林暖负气离开家，林景全没办法，又担心林暖照顾不好自己，请了保姆，却被赶了出来。给学校里打招呼让学校领导照顾着点儿她，她却主意特别正地转到了播音专业。给的生活费分文不动地转回梁暮澜的卡里，跟故意和他作对似的。

以至于后来林暖在广播电台工作，林景全几次三番想要给上面打招呼让照顾照顾林暖，硬是给忍住了，怕招呼一打林暖连工作都不要了。

林景全眉头紧皱地弹了弹烟灰，半晌才开口：“不喜欢柳明晨？”

林暖攥着拳头不说话。

“暖暖，都是自家人，爸和你说话也就不绕弯子了。既然不喜欢柳明晨，那你有没有考虑过你哥？”

林景全说着起身，从服务员还没收拾的餐桌上拿过茶壶，坐下后动作随意从容地给自己倒了一杯茶水，目光平静地望着林暖，仿佛这话一点儿都不吓人。

林暖只能听到自己心脏扑通扑通的跳动声，伸手端过水杯，低头小口喝着茶水来掩饰自己的惶恐和尴尬。

他们先是给她介绍了一个柳明晨，现在又提到林琛，这让林暖措手不及。

梁暮澜也没想到林景全会在今天突然提起把林琛和林暖凑一对儿的事，吃惊之余，倒是期待起林暖的回答来。

见她不说话，林景全吸了一口香烟才皱眉开腔：“起初你妈和我说这件事儿，我觉得荒唐。今天你妈安排你和这个柳明晨相亲，我心底却不大是滋味，想起你妈之前的提议才觉得很不错。我们是一家人，生活在一起更自然，你也能在爸妈的眼皮子底下。更不怕你遇人不淑被欺负了，我这个当爸的却连个为你出头的立场都没有。”

林景全说着，弹了弹烟灰。

平心而论，在林暖不知道自己并非林家亲生女儿之前，林景全或许算不上是一个好丈夫，但的确是一个好父亲。

林暖于他来说，也是自家女儿，从小便被他捧在手心里。

“你和你哥没有男女方面的感情不要紧，可以培养。你哥以前就宠你，你们结了婚他对你还会和以前一样。你和你哥年纪都不小了，这种事宜早不宜晚，你点头，我就把你哥也叫过来，咱们今天就坐在一起把这件事儿给合计合计。”

“爸，感情上我没法和我哥在一起……”

林暖还没说完，林景全就抬手阻止她继续说下去：“感情培养就好。你暂时没办法接受没关系，我们一家人还和以前一样。你的房间你妈一直给你留着，你和你哥的事情一办，可以暂时住你的房间。”

林暖还要开口，林景全抢先一步，声音里全是恼火之意，话也难听起来：“为人父母的，哪有不替自己孩子打算的？哪怕你不是你妈和我的骨肉，这二十多年的感情付出去也收不回来！我把你养大，我就是你爸！你小时候我是少了你父爱吗，你要找比你大那么多的男人结婚？那是个什么男人，明着说和你结婚，才几天扭头暗地里就和女明星纠缠在一起！你还上赶着去找他干什么？从小到大都说你聪明，婚姻这件大事儿上，你的脑子呢？你要是从今天起都不打算认我这个爸爸，你就继续和我作对！”

林景全很少有这么激动的时候，眼睛发红，手激动地在茶几上用力地点着，憋了几年的火，一下子都吼了出来。

林暖这孩子从小在他身边长大，他太了解，打落牙齿和血吞，从来都不是爱哭的孩子，表面上一副风轻云淡，背地里还不知道怎么抹眼泪呢。

尤其是听梁暮澜说那个有了孩子年纪比林暖还大的男人居然和女明星搂抱在一起，林景全就像是心里被人扎了一把刀子一样难受。

他从小宠到大的女儿，凭什么让别人来欺负作践？

林暖鼻头酸得厉害，她明明第一次被这样疾言厉色的林景全骂了，心底却冒出一股涓涓暖流。

这一刻她没法骗自己说可以做到和林家毫不相干。

“爸……”林暖声音微哑。

林景全按灭香烟，长长呼出一口白雾，到底心软了：“选吧，要么你哥，要么柳明晨，总得让你身边有一个人我才能放心。”

生意场上，林景全没有和傅怀安交过锋，可有关傅怀安的传言不少，不管是真是假，傅怀安这样的男人城府太深，背后的故事太多。

林暖这种一根筋又死心眼的姑娘，真和傅怀安那种男人在一起，若爱上了，只要傅怀安有心，林暖能被吃得连骨头渣子都不剩。

咚咚咚——

敲门声响起，林景全抬头朝着门口的方向看去，梁暮澜抹了把眼泪，转身道：“请进。”

只见柳明晨从门外进来，嘴角带着明朗的笑容，两只手攥着车钥匙，用笑容掩饰轻微的紧张：“我下午要去实验室，想着可以顺路送暖暖回去……”

从枫林园出来，柳明晨把车停在了路边对林暖道：“能帮我把后备厢里的资料拿到前面吗？我去买瓶水。”

打开后备厢后，林暖愣住。后备厢里哪里有什么资料？只有一大束玫瑰花，玫瑰花中心是色彩绚烂的波板糖。

柳明晨已经从驾驶座上下来，双颊有些红，这种追女孩子的事情，他有生以来第一次做，很紧张。

他偷偷观察着林暖的反应，弯腰从后备厢里把那一大束鲜花抱了出来："花店的小姑娘说，送 365 朵鲜花，是表示 365 天……天天都想你。"

见林暖眼神干净清澈地看向他，并没有花店小姑娘说的面泛红晕，他有些尴尬起来。

"其实……我是想送你一大束波板糖的，因为你送给我的第一个礼物就是波板糖。我没有追过女孩子，来吃饭前特别紧张，去请教了朋友，他说求爱的话女孩子都喜欢玫瑰。"柳明晨把怀里的鲜花递给林暖，"不知道你喜不喜欢。"

刚在枫林园应酬完的唐峥，一开车出来就看到了林暖被表白的画面，眼睛睁得老大，一个急刹车，后面的车险些追尾，一时间喇叭声不断。

阳光下，身材颀长纤细的林暖站在一辆银色奔驰的车尾，仰头看着那个面泛红晕的白净公子哥。林暖扎着马尾，五官清秀，脸上未施粉黛，穿着裸粉色的蝙蝠袖大 V 衬衫和黑色小脚裤，踩着一双小白鞋，素净到不能再素净的模样，看着竟让人心脏漏跳一拍。

唐峥忙抓起手机对着林暖和柳明晨拍了一张照片，风风火火地给傅怀安发了过去，紧接着就是一条语音消息："老傅，有小白脸儿要挖你墙脚！我去给你把人抢回来，算是将功补过了！"

说完，唐峥也不管自己的车是不是堵在人家停车场的出口处，攥着手机下车关上车门，朝林暖的方向走去。

林暖见柳明晨英俊的容貌带着几分不好意思和担忧，她犹豫着在大庭广众之下拒绝他，是不是会让对方下不来台。

犹豫片刻，林暖还是伸出了手，想着一会儿在车上再和柳明晨说清楚。

见林暖接过鲜花，柳明晨松了一口气，眼底染上喜色。

唐峥心里暗叫：不好，老傅危险了！他笑吟吟地上前唤了一声："林暖！"

柳明晨转头，只见一位身穿衬衫西裤的男士朝他们这边走来，一双狭长漆黑如幽潭的桃花眼，表情似笑非笑，带着几分风流和不羁的意味，和他明显不是同一类人。

一看到唐峥，昨晚她和傅怀安差点儿擦枪走火的画面就毫无预兆地出现在脑子里，林暖没忍住，瞬间羞得面红耳赤。

柳明晨把林暖的反应看在眼里，有些疑惑眼前的这个男人是不是林暖喜欢的人。

唐峥有着被女人喜欢的资本，光是那一张俊朗的容颜，就足以让女人心动。

"怎么在这里？"视线扫过柳明晨，最终落在林暖身上，唐峥双手插兜一副含笑的模样。

林暖没回答唐峥的问题，故作镇定地问："唐先生有事？"

停车场出口处已经堵了一堆车子，喇叭声震天，唐峥却像是没有听到一样。保安跑出来看是怎么回事儿，见是一辆价值不菲的豪车堵在停车场出口处，一时间也不知道该怎么办，急得到处大声问："这是谁的车？"

"咱们之间用不着这么客套，唐先生这个称呼太生分了。叫我唐峥就行，或者和老傅一样叫我老唐。"唐峥故意提起傅怀安。

林暖收紧抱着鲜花的手，越发觉得唐峥不怀好意。

"我的车坏了，这会儿急着去凯德集团，挺着急的事情，能不能让你朋友送我过去？车坏得不是时候……"唐峥说完还十分诚恳地伸手指了指自己停在停车场出口处的车，"把人家停车场的出口都堵住了。"

柳明晨倒是一口答应下来，说是没问题，可以送唐峥过去。

林暖一百个不愿意，可车是柳明晨的，柳明晨都答应了她没道理替柳明晨拒绝。

别的倒没什么，只是傅怀安的这两个朋友——一个唐峥一个陆津楠，嘴里一天到晚没个正形。唐峥一会儿在车上要是说起她昨晚和傅怀安的事情，尴不尴尬?

唐峥乐颠颠地走过去对保安说自己的车坏了，只能暂时堵在门口，拖车最晚二十分钟之后就到。

保安没办法，指挥着所有车辆倒出出口，从东南门出。

傅怀安开完会，回到办公室才看到唐峥给他发的微信。

穿着衬衫西裤的傅怀安斜靠在大班桌上，嘴里咬着烟卷儿，抽出领带搁在桌子上，抬起棱角分明的下颌，把衬衫纽扣解开了三颗，眉宇间难掩烦躁之色。

陆津楠坐在沙发上，点了根香烟："老头子这是什么意思？先是催着让铂金生活城这个项目开盘，逼得我和唐峥没办法硬是求爷爷告奶奶地把预售证拿到手了，他转脸却硬压着不让开盘是什么道理？预售证拿到手十天内必须开盘的规定他不知道？"

傅怀安收回在陆津楠身上的视线，点开唐峥发来的照片，入目的是一个男人给林暖送玫瑰的画面。傅怀安半眯起眼眸，喉结滑动，把嘴上的香烟拿开，夹着香烟的手放大了照片。

"今天早上我来的时候，听说设计部的单一鸣被换了。"陆津楠突然和傅怀安说起这件事儿，"老头子这是已经开始动手准备逐步架空你了！不知道唐峥那边和人谈得怎么样，能不能把股份卖给咱们。还剩下半年不到的时间，咱们现在必须分秒必争，不然董事会上几个大股东和老头子一个鼻孔出气，换下你，一句话的事情。"

傅怀安把桌上的烟灰缸拉到身边，弹了弹烟灰，退出照片界面："这不是着急的事。"

他正说着唐峥风风火火地推门进来："老傅，不得了了！那个小白脸来头不简单，你们家林暖也太会招人了，招来的男人都不是省油的灯！”

唐峥也不看陆津楠这会儿被气成了什么脸色，往沙发上一坐就道：“路上我一打听，不得了，给林暖送花的那个人居然和你们家林暖还是青梅竹马的关系，听说还是什么科研人员……”

“什么小白脸儿？”陆津楠被唐峥说得莫名其妙。

“老傅没和你说？我给老傅发了照片，有人要追林暖！”

说着唐峥拿出手机，点开相册，把手机递给陆津楠看。

陆津楠夹着香烟的手接过手机，看了眼，把照片放大，却着重看了看柳明晨。他咬着香烟不屑地撇了撇嘴，用挑剔的目光评价柳明晨道：“这种搞科研的榆木脑袋还知道泡妞的时候送花？长得倒是白白净净的。”

“中午和那边谈得怎么样？”傅怀安问。

说起正经事情，唐峥把手机收了起来。

“没问题。对方不知道我和你的关系，眼下……他就算是把手中的股份卖了，他儿子挪用公司公款捅出的窟窿他也填不上。还不如早早卖了，一家移民呢！”唐峥说完自己那边的情况，又问，“会开得怎么样？”

“老头子先是用预售证难为人，现在预售证到手，不让开盘，摆明了是销售部那边他的人插不进去，逼着老傅给他的人腾位置。老傅要是不认栽……回头出了事情还得老傅担着。”

提起傅怀安的外公，陆津楠就一肚子火。

傅怀安把烟按灭，拨通秘书室的电话，让人去订午餐。

开个会折腾到这个点儿，陆津楠早已经饿得前胸贴后背，看了眼腕表：“我没时间吃饭了，陆津北那个浑小子打人的事情还没处理完，我得去一趟医院，和那家人商量出最后的结果，看需要赔多少钱。”

“你这个弟弟都已经二十六七了吧，还干这种打架斗殴的事情，可真是个能惹事儿的主！他是不是见到谁都说‘我有个哥哥，杀过人’？”唐峥眉头一皱说了一句。

陆津楠瞪了唐峥一眼，拿起香烟和打火机起身先走了。

林暖被柳明晨送回来后，洗了把脸忙着看明天节目的资料，中途收到了傅怀安的一条短信，他问她晚上想吃什么。

林暖攥着手机，突然莫名心慌地看不下去这些问题，只能把资料都放在茶几上，去厨房倒了杯冰水。

她喝了几口，手里攥着冰凉的杯子，情绪丝毫没有缓和。

白晓年把林暖带回来的鲜花分插在好几个玻璃瓶里，摆得满屋子都是，到处都能看到。鼻间全是玫瑰花淡淡的香气，林暖喉头发干，端起水杯又喝了几口水。

怎么莫名有种做贼心虚的感觉？她和傅怀安本身就不是男女朋友，就算收了别人的鲜花也没必要一看到傅怀安的短信就心虚啊。

“暖暖……”白晓年握着手机从房间里出来，见林暖在厨房，走了过去，“傅怀安那个舅舅撞了我的车门，所有修理的费用 4S 店已经报给我了，一共一万一千三百六十二元。上次我一共要了一万五，余下的钱我转给你，你帮我还给那个孩子。”

林暖一怔，因为白晓年的一番话，又想起晚上要和傅怀安吃饭的事情。

没听到林暖回答，白晓年伸手拿过林暖手中的水杯喝了一口水，被林暖的反应逗笑了：“怎么一脸痴呆的样子？你是以为我会贪那个孩子的钱还是怎么的？”

林暖还没来得及回答，手机又振了振，是柳明晨的来电。

刚才在枫林园吃饭长辈让交换了手机号码说是以后联系方便，出于礼貌林暖才和柳明晨交换了号码，没想到这么快柳明晨就会打来电话。

林暖接通，柳明晨大概没想到林暖会接得这么快，有些不好意思地清了清嗓子。特别有辨识度的柔和嗓音从听筒中传来：“暖暖，不知道你今天下午有没有时间，我想请你吃晚饭。”

“晚上……”林暖不自在地摸了摸自己的耳垂，“晚上我有约了。”

柳明晨有些失望。

“柳教授，你的实验台液体反应喷溅了！”听筒里突然传来小姑娘的尖叫声。

柳明晨今天做实验的确有些心不在焉。

“慌什么？”柳明晨冷静地喊了人来处理，自己从实验室里出来，和电话这头的林暖说了一句，“如果晚上有约的话，不如我们在你赴约前见面？”

柳明晨看了眼腕表：“四点半，可以吗？”

说出这句话，柳明晨心脏跳得厉害。

明明刚见过，柳明晨又开始想念林暖，甚至没有办法集中注意力做实验。

因为林暖的答案未明，柳明晨的一颗心悬在那里不能上不能下的。

问别人可不可以让他追这种事情，要是仅仅在电话里说就实在是太敷衍了。

对林暖，柳明晨看得比较重要。

听出柳明晨声音里的急切，还有强忍着的一丝颤抖，林暖收紧了握着电话的手回道：“虽然在电话里说……”

她拒绝的话还没完全说出口就被柳明晨打断。

“我想要见你，当面说可以吗？我去找你，耽误不了你几分钟。”

柳明晨说着已经抬脚朝外面走去，边走边解开白大褂的纽扣，脚下步子急切。

四点半见面的话，为了防止意外状况最好现在就动身。柳明晨不是急性子的人，却第一次对一件事这么上头。

“好，那你到了楼下给我打电话。”

林暖接到柳明晨的电话时已经下午五点十五分。

周五下午，海城从三点就开始堵车，交通糟糕得一塌糊涂。

林暖下楼时，柳明晨站在车旁，难掩紧张，见穿着浅灰色卫衣外套的林暖从单元楼门里出来，手里拎着一个黑色的派克钢笔包装袋，他神色沉了沉。

林暖还没走到柳明晨面前，房东的电话就过来了。

电话里房东依旧是柔软的语调，对林暖说准备把房子出售。林暖以为房东是试探她对涨房租这件事的态度。

房东歉意地对林暖解释，哽咽着说孩子长期在学校遭遇校园暴力，现在对上学这件事儿很排斥，他们夫妻俩懊悔对孩子不够关心，已经心力交瘁，后来偶尔听朋友说起也有孩子和他们女儿的经历相似，送出国留学后，环境变了，孩子逐渐就放下过去，变得开朗了，他们夫妻俩也动了这个心思，眼下钱不凑手，这才想要卖房。

这事儿林暖理解，校园暴力这种事情，父母没有及时发现，后遗症真的能毁了一个孩子的未来，成为孩子一辈子的阴影。

林暖很痛快地答应了重新找房。

挂了电话，林暖对柳明晨说了声抱歉，把派克钢笔的包装袋递给柳明晨：“谢谢你送我的见面礼物，鲜花我很喜欢，已经插了起来，这算是我送你的回礼，希望你喜欢。”

林暖这话说得客气，意思柳明晨却听明白了，他被林暖很有水准地拒绝了。

她的意思很明确，她把他送的鲜花当成普通礼物，所以才会给他回礼。

礼貌地拒绝别人这种事情，林暖做起来好像驾轻就熟。柳明晨笑容苦涩，伸手拎着包装袋的细麻绳。

他在英国接受过良好的绅士教育，懂得被女性拒绝之后，应该尊重对方，死缠烂打降低自己的格调也是对自己喜欢的女士的一种亵渎。

虽然他喜欢了林暖很多很多年，可被拒绝之后，他必须尊重林暖。

“那……朋友呢？”柳明晨手攥着麻绳，嗓音难掩低沉。

“当然！”林暖勾唇笑着点头。

这支限量版的派克钢笔，原本是林暖收了林琛的生日礼物后，托朋友从国外寄回来准备送给快要过生日的林琛的。

正好，在柳明晨来之前林暖收到了快递，她就用上了。

当着林暖的面柳明晨打开了钢笔包装盒：“你的笔可要比我送的玫瑰花贵重多了。这支钢笔是限量版，这么短的时间你应该找不到这样的礼物，更不会未卜先知地提前备下礼物……”

柳明晨抬头：“这是你准备送给别人的对吗？”

被柳明晨戳穿后林暖没撒谎也不觉得尴尬，点了点头。

柳明晨合起包装盒：“那我就做一回小人，夺人所好了。”

“他不知道，不算夺人所好。”林暖笑容恬淡。

清风扫过林暖光洁的额头前的空气刘海。她明明没有化妆，却眉眼精致，挺秀的鼻梁下嘴角浅浅上扬，足以让人心动不已。

那画面美得就像油画，柳明晨喉结轻微滑动：“谢谢你的礼物，那我就先走了。”

林暖将双手插在卫衣口袋中目送柳明晨的车离开，刚转身准备上楼，傅怀安停在不远处的车就毫无预兆地进入了她的视线。

身材挺拔修长的男人倚着车门，深色西装衣襟敞开着，里面的白色衬衫领口挺括。他一手插兜，一手夹着根香烟正送往嘴边，眼神深邃地凝着林暖。

林暖突然就觉得呼吸不畅，心脏加快了跳动的频率。

她不知道傅怀安来了多久，想起今天一直没有给傅怀安回的那条信息，便有些犹豫着是不是该朝傅怀安走去。

对傅怀安，林暖有本能的畏惧。

就在林暖犹豫之际，傅怀安已经朝着林暖的方向走来。

她局促地把碎发往耳后拢了拢，走下台阶，象征性地朝着傅怀安走了几步。

林暖以为傅怀安会问一问柳明晨的事情，可傅怀安开口却问了这么一句："怎么没回信息？"

"还没想好吃什么……"林暖的答案明显很敷衍，她的视线也有些闪躲。

"现在想到了吗？"

"没有，明天要录制新节目，看了一下午资料……"

她插在口袋里的双手汗津津的，凉风从领口灌入脖子，林暖身上因局促而起的燥热才有所缓解。

傅怀安再次开腔："去添件厚衣服，我等你。"

正愁没有借口逃开的林暖听到傅怀安的话后点了点头，转身裹紧自己的外套朝着单元楼门里面走去。

傅怀安看着林暖颀长清瘦的身影进了门这才拿出手机，把嘴上的香烟拿开，接通电话："说……"

随后他把香烟按灭，朝着车的方向走去。

电话那头的人不知道说了什么，傅怀安眸色微沉，眉宇间尽是怒意："让人事部先把这件事儿压着，不做通知处理，就说我在和董事长沟通，一切等周一上班再说。要是真压不住你提前通知唐峥，暂时把人安排进他那里。"

林暖上楼换衣服时白晓年嚷嚷着林暖的腿漂亮，非让林暖穿牛仔短裙。

"晓年，你别闹了！楼下是傅怀安，你让我怎么在这种天气穿着裙子去见他？"

光是想想林暖就已经脸红了。

“你那么怕傅怀安，那么保守，干脆把自己打包成粽子再戴两层猪八戒的面具，傅怀安一定会对你刮目相看，以后再也不会见你了！”白晓年一把夺过林暖的牛仔裤，把牛仔裙塞到林暖怀里。

林暖心跳加速，伸手去抢牛仔裤，却被白晓年躲开。

“你都能穿着露背礼服出席咱们台里的周年庆了，怎么面对傅怀安时就这么保守，连牛仔裙都不敢穿了？林暖，你什么时候面对一个人时这么小心翼翼、这么胆小了？”

“把裤子给我！”林暖恼羞成怒地道。

“穿裙子，这条裙子又不暴露！这是你前年的裙子，你又不是没在这个季节穿过，别以为我忘了！”

宋窈倚着门框看着白晓年在卧室里和林暖胡闹，不自觉，笑出声来……

这幅场景让她觉得好像又回到了大学时期，她们无忧无虑地欢欢闹闹的日子。

林暖和白晓年在楼上纠缠了十几分钟，终于还是怕傅怀安在楼下等太久，一咬牙穿上那条裙子出了门。

站在电梯内，林暖紧攥着自己的单肩包借着电梯内的镜子察看自己的穿着。海城现在还不算特别冷，女孩子这样短裙配毛衫和小白鞋的装扮很平常，大街上比比皆是，普通到不能再普通。

正如白晓年说的，以前林暖不是没有在这个季节这么穿过。

林暖之所以心跳速度这么快，内心这么局促不安，大概是因为……要去见的人是傅怀安。

叮——电梯在九楼停下，林暖往里挪了挪，走进来两个正说笑讨论着前任的女孩儿。都看起来二十四五岁的样子，一个短发，一个长发，都是短裤配长款镂空卫衣，当下最流行的下衣失踪装扮，两条白花花的大白腿露在外面，脚上踩着夹板拖鞋……

心跳的速度逐渐放慢，和前面那两个女孩儿站在一起，林暖的打扮并不算“清凉”。她心里暗暗松了一口气。

林暖刚出电梯就觉冷风袭来双腿发凉。

下班的人都挤进了电梯，林暖刚转身想上楼换一条裤子，发现已经来不及了。

包里手机振动，是傅怀安的来电，大概是等久了。

时间对傅怀安那样的男人来说很宝贵，他这样耽误时间在楼下等人，大概是头一遭吧。

林暖接通电话，边道歉边抬脚朝着门口走去：“不好意思，刚才在楼上耽误了一会儿，我已经出电梯了。”

挂了电话，林暖攥了攥拳头，给自己做心理建设。

刚才单元楼门里进出的那些白领也都是包臀裙、高跟鞋。露腿怎么了？做好心理建设，林暖攥着包从单元门走了出去。

车内，傅怀安嘴角衔着一根香烟，拿过打火机刚按下还没来得及点燃，就像有所感应似的抬起头，看向单元楼门的方向。

傅怀安看着站在台阶上的林暖，转而眯起眼眸，视线落在林暖那双笔直的白腿上。打火机火苗摇曳，将傅怀安的五官勾勒得越发立体，显得眸色幽深。

外面温度很低，一阵风袭来，林暖下意识地合拢双腿抵挡寒意，抬手把被风吹乱的发丝别在耳后，抬眸朝着傅怀安的车子的方向看去。

隔着一道挡风玻璃，林暖见傅怀安嘴里叼着根香烟，一手搭在车窗上，一手举着打火机，一副从容又随性的模样。那一小簇火光足以让林暖看清楚傅怀安棱角分明的五官的线条和漆黑到让她心慌的眼眸。

她压下过快的心跳，走下台阶，一双笔直的长腿很漂亮。

喉结轻微滑动，傅怀安突然合上打火机咬着那根未点燃的烟松了松衬衫领口，眸色越发深沉。

见傅怀安启动车子缓慢地向这边行驶过来，林暖站在原地，等车停稳后拉开车门，单手捋着裙子坐下，关上车门。

明明内心觉得很尴尬，林暖却故作坦然地把自己的包放在左侧，挡住自己的腿。

驾驶座上，傅怀安单手扶着方向盘，嘴角还衔着那根香烟，侧颜线条冷硬，有种禁欲又风流的味道。

余光看到林暖的小动作，他侧头朝她看去，墨绿色的小方包紧贴着细白的长腿，衬得她的皮肤更加白皙细腻。

她拽了拽裙摆，先出声想要打破尴尬气氛："去哪儿？"

他扶着方向盘的大手把没点的香烟拿开："你要是没有特别想吃的东西，我带你去一个地方……"

不等林暖应声，傅怀安就用眼神示意林暖："安全带。"

林暖拉过安全带系好。

潜意识里林暖觉得傅怀安是一个很挑剔的人，能让他"屈尊"的地方至少食物应该不会难吃。

第九章 初见 2014 年

当傅怀安把车停在海城市堪称寸土寸金的顶级豪华公寓——云顶公寓前时，林暖攥着安全带的手骤然收紧。虽然她尽力保持镇定，眼神里仍充满如临大敌的戒备。

云顶公寓门口的保安已经过来，替傅怀安和林暖拉开车门，恭敬地唤了一声："傅先生。"

"不是说去吃饭？"林暖眼神清澈干净地看向傅怀安。

"对，楼上。"傅怀安解开安全带，拿过香烟盒和打火机，推门下车。

林暖猜测大概是什么私房菜，也跟着一起下了车。

进入装修得富丽堂皇的电梯，林暖并没有看到电梯楼层按键。傅怀安输入指纹之后，电梯开始平稳上升。

电梯内，狭窄的空间和能映出人影的金色电梯壁让林暖心跳如擂鼓。这里该不会是傅怀安的私人公寓吧？

其实刚才林暖就有这个想法，就这么和傅怀安站在一起，她总觉得自己好像又后知后觉地被傅怀安带入了坑里。

林暖忍不住问了一句："这里是有特别有名的厨师吗？"

傅怀安看向电梯壁里打扮清丽的林暖："有名谈不上，尝过他的手艺的人凤毛麟角。做的东西勉强可以入口。"

叮——电梯门一打开，便是顶层奢华的宽敞明亮的复式公寓内部。

傅怀安先出电梯，换了玄关处的拖鞋，一边从容地脱西装外套，一边对林暖道："鞋柜里有新拖鞋。"

"这不会是你的住处吧？你说的厨师是你自己？"

傅怀安注视着林暖清澈的眼眸，勾起嘴角，眉目间带着若有似无的笑意："这里不会有人打扰……"

傅怀安的一句话弄得林暖瞬间脸红。

想起在傅怀安别墅那里被唐峥打断的事情，林暖恼火地看向傅怀安，忍不住向后退了一步："你带我来这里吃饭？"

"不是说不知道吃什么吗？"傅怀安随手把西装丢在沙发上，"我下厨，不满意？"

见林暖站在原地，神色尴尬，他点了根烟，取下衬衫的袖扣，解开手表随手搁在小角几上，挽起袖子往厨房的方向走去。

大概是觉得傅怀安把自己丢在这里不会管了，林暖转身想走，可看向电梯，没有下楼的按键，只有指纹识别系统，她想走也走不了。

傅怀安风轻云淡的模样倒是衬得林暖小题大做。

听到厨房传来关冰箱门的声音，她从鞋柜里拿出拖鞋换上，走了进去。

林暖朝着偌大的开放式厨房看了过去，傅怀安嘴里叼着根香烟，骨节分明的细长手指正在处理食材。

她放下肩包，觉得不好意思坐在这里等傅怀安把饭菜做好，便挽起袖子走过去道："我有什么能帮上忙的吗？"

傅怀安抬起头看了林暖一眼："会煮饭吗？"

林暖点头。

厨房内格外安静，林暖挽着袖子把米淘洗干净后添水放入了崭新的电饭煲。

虽然厨房里用品一应俱全，但都是崭新的。

林暖刚抽了厨房用纸擦干净手指就见傅怀安搁在流理台上的手机响了。

"我来吧，你去接电话……"

林暖伸手拿过傅怀安手里攥着的刀。

傅怀安垂眸睨着一副贤妻良母样子的林暖，嘴角似挑起一抹笑意。他抽了张纸巾擦了手，拿过电话走去阳台接听。

林暖看着食材，内心揣测着傅怀安准备做的菜，按照自己的习惯把所有蔬菜切好后再抬头，见傅怀安还在外面的阳台上，手里夹着香烟打电话。

她看了眼墙壁上的钟。想要吃到那位还在阳台打电话的男人动手做的晚饭，得等到十一二点了吧！想到这里，林暖脱下毛衫，开始准备晚餐。

傅怀安打完电话回来，林暖已经把热腾腾的饭菜端上桌，动作娴熟地收拾着流理台。

厨房里，林暖把衣袖挽高，单手撑着流理台面，拿着抹布擦拭流理台。眉目如画，暖色的光线勾勒着她姣好清丽的五官，她的皮肤白皙得如剥了壳的熟鸡蛋。

傅怀安看到这样的林暖，有些烦躁的心情逐渐平静下来，仿佛她身上有种抚慰人心的魔力。

林暖的身材本就高挑颀长，穿着牛仔裙，越发显得那双白花花的腿细长漂亮。

傅怀安双手插兜，视线不自觉地落在林暖那晃人眼的双腿上，眼眸半眯，紧抿着咬着香烟的唇。

耳畔的长发滑落，林暖还没来得及把碎发拢至耳后，察觉背后传来热度，一转身，男人修长的手指钩着她的发丝，动作温柔地帮她把碎发别到了耳后，指尖留恋地摩挲着她的耳朵。

林暖侧头躲开，攥紧手里的抹布说了一句："饭菜已经做好了，可能卖相不是特别好，但味道应该还可以。"

"贤妻良母。"低沉磁性的嗓音在林暖的头顶响起。

傅怀安这算是夸赞？

察觉林暖红透的耳朵，傅怀安将双手撑在林暖的身侧，轻笑道："躲什么，看着我的眼睛说话。"

林暖双手撑着背后的流理台，强迫自己镇定地抬眼和傅怀安对视，心脏却跳得更厉害了。

两人离得太近，气息纠缠在一起，莫名让林暖觉得过于暧昧，顿时羞得面红耳赤。尤其是傅怀安身上的男性气息袭来，让人大脑一阵阵犯晕，她不自觉地将身体向后倾，单手推着傅怀安的胸膛："你别……别离我太近。"

傅怀安握住林暖抵在他胸膛上的小手，强迫她环住自己的脖颈，身体挤进林暖的双膝之间，侧头在林暖耳边开口，声音压得很低："让你上楼添件衣服，你穿条短裙下来。是故意和我作对呢，还是存心试探我的定力？"

果然……她跳进黄河都洗不清了。

傅怀安凝视着林暖，见她强忍着已经错乱的呼吸，他便耐心极好地缓慢靠近。

两人鼻尖相碰时，他明显感觉到林暖的身体颤抖了一下。

她明明知道不应该，身体却忍不住想要和这个男人亲近。

喜欢吗?

对傅怀安，林暖无疑是喜欢的。

她推着傅怀安，一副故作镇定的样子："一会儿饭菜凉了！"

林暖自认为自己找了一个不算烂的借口，要是说别的，谁知道傅怀安这张嘴会说出什么让她无地自容的话来。

她想往后挪，傅怀安却把她拉得更近，林暖的心脏怦怦直跳起来。

傅怀安盯着林暖因为染上情欲而白里透红的双颊，眼神变得更加炙热。

她心里有害怕，也有期待。

喉结上下滑动，他慢条斯理地开口："饭菜……哪有你秀色可餐！"

热气和傅怀安撩人的话一起卷入耳朵，林暖几乎要撑不住，轻轻地呜咽了一声。

林暖还是失守了。

她清楚地认知到自己最害怕的状况还是发生了——身心都失守。

浴室里，林暖闭着眼，任由温暖的热水冲刷着自己的身体。

林暖关了淋浴，用浴巾裹住自己，站在满是水雾的镜子前。盥洗台上放着傅怀安干净的衬衫。

林暖穿好衣服出来，用毛巾擦拭着头发，听到厨房里的手机在响，忙小跑着过去。

傅怀安的手机放在流理台上，和自己同样的手机铃声响了又响，可傅怀安还在客房的洗浴室里没出来。

屏幕上是一连串数字，林暖怕有什么急事，拿起傅怀安的手机走到浴室门前："你在吗？"

林暖叫不出"傅怀安"三个字，叫"傅先生"又显得刻意疏远小家子气，斟酌了一下，便什么也没叫。

"嗯……"

听到傅怀安的回应，林暖才道："你的手机响了半天了，是一串号码，不知道是谁打的。"

"拿进来……"

林暖听到傅怀安这话，握住洗手间的门把手，推开了门……

迎面而来的水雾和潮气混着薄荷味沐浴露的清香。

林暖伸手把手机递给傅怀安："你的手机。"

傅怀安慢条斯理地刮掉侧脸上最后一点剃须泡沫，打开水龙头冲掉剃须刀上的泡沫，这才转身接过手机。

看着林暖男士衬衫和牛仔裙这样不伦不类的穿着，他觉得好笑，说道："饭菜已经热了，吃完饭再睡……"

林暖匆匆转身出去，关上了洗手间的门。

叮咚——

手机一振，林暖拿起来看了眼，是白晓年的短信："十一点半还不回来，你大概今天晚上不回来了。别忘了明天要录制新节目，悠着点儿。"

放下手机，林暖听到客房门打开的声音，拿起筷子装模作样地吃着饭，湿漉漉的长发下的耳朵红了一片。

傅怀安拉开林暖右侧的椅子坦然舒适地坐下，随手把香烟盒、打火机和手机放在桌上。

和刚才在洗手间里不同，傅怀安已经穿上藏蓝色格子家居裤，上身套着一件黑色 V 领的 T 恤。

一顿饭，林暖对着傅怀安一句话都没说，好像刚才在床上天雷地火、纠缠得连空气都带着电流的不是她和这个男人。

“喜欢玫瑰？”傅怀安突然出声问了一句。

林暖停下咀嚼的动作，抬眸就见傅怀安嘴角逸出白雾，眼神莫测地瞅着自己。

果然，唐峥还是给傅怀安说了柳明晨给自己送花的事情。

此时看着傅怀安的眼神，林暖不心慌了。

他可以被苏曼曼拥抱，她也可以接受别人的鲜花，男未婚女未嫁，说到底他们的关系还悬而未定，谁都没有立场去追究或是吃醋。

对傅怀安，身体的本能已克制不了，但喜欢一个人如何克制情绪，林暖早已经在温墨深那里学会，对她来说做起来不难，甚至轻而易举，要比她心中对傅怀安感觉未明时轻松得不止一点点。

“谈不上喜欢不喜欢，”林暖回答得一本正经。

傅怀安的手机不合时宜地响了起来，见是陆津楠，他接通了。

听傅怀安和电话那头的人说起公事，林暖识趣地自己吃东西，没有打扰他。

说完公事，陆津楠突然插了这么一句：“老傅，楚荨把电话打到了我这里，问我你喜欢的姑娘是谁，我没说，但我觉得以楚荨那股子聪明劲儿迟早会知道。你真的对楚荨没什么感觉？”

“没别的事情我就挂了。”傅怀安平静地道。

“老傅，你别怪我多嘴，楚荨和你同生共死过，比林暖更适合你，对你的心……这些年我们这些做朋友的在一旁看得清楚明白。楚家人也认定你就是他们家的准女婿，而且你们家老太太也特别喜欢楚荨，你忍心让老太太伤心吗？大家伙早就默认你们俩是一对儿！要是林暖也喜欢你，我肯定乐见其成，主要你对人家掏心掏肺不见得人家领情，那小姑娘心里被温墨深占着……”

房间内很安静，尽管傅怀安听筒的声音并不大，林暖还是隐约听到了“楚荨”这个名字。

联系到在洗手间里听到台长楚荨的那个电话，再联系陆津楠话里的同生共死，林暖有种预感：陆津楠口中的楚荨大概就是他们的台长楚荨。

林暖攥紧了手里的筷子。

和白晓年说起傅怀安时，林暖还在心底里觉得傅怀安这样的男性该和楚荨这样有传奇色彩的女性相配，没想到近乎一语成谶。

傅怀安家的老太太也喜欢楚荨，楚家认定了傅怀安是他们家的准女婿，那么为什么当初傅怀安要和顾含烟订婚？

林暖突然有些后怕，如果不是温墨深突然回来，现在的林暖大概已经是傅太太，而她却对自己的丈夫一无所知。

她早已失去勇气为一个男人和人争和人斗，她所寻求的是安稳和踏实的生活。

这些都是傅怀安这样的男人没法带给她的。

前有苏曼曼，后有楚荨，一个个都优秀得让林暖望尘莫及。

她不知道就算现在鼓起全部勇气和傅怀安在一起，以后会不会有李曼曼、张荨之类的姑娘出现。

傅怀安身边不缺女人。

逢场作戏，林暖不接受。

绯闻暧昧，林暖不接受。

这样的林暖，不适合当傅怀安这种男人的太太，因为她无法做到梁暮澜那样——丈夫背着自己在外面乱来时，还能做到优雅从容，睁一只眼闭一只眼。

对傅怀安动心就等于在他面前脱掉铠甲。她喜欢上了傅怀安，却不信任他，怕被她自己缝缝补补四年好不容易结痂的心，在她小心翼翼地揣着捧到傅怀安面前时，却会被摔得粉碎。她的心很小，承受不起。

傅怀安挂了电话后从烟盒里抽出一根香烟，夹在指间，问林暖：“我的花你收不收？”

大概没想到傅怀安会不按常理出牌，林暖一时间找不到合适的话回答，心口又像是被一团蘸着醋的棉花堵着，只好沉默着。

“别人的花你收，怎么到了我这儿回答收与不收还需要考虑这么长时间？”

傅怀安把烟点燃，咬着烟盯着林暖清秀的面庞。

不知道是傅怀安的话还是垂眸点烟的动作，或是眼神，林暖的心跳快了起来。

林暖老实地回答：“你问我，我大概会说不会收，但花真的送到我跟前我还是会收。我要是拒绝，那束花的归宿可能会是垃圾桶，多糟蹋。”

傅怀安把手中把玩的打火机搁在烟盒上，开口道：“所以，今天你收了那个叫柳明晨的人的花？”

傅怀安这是抛砖引玉，在这儿等着她呢。

在说话上，林暖占不到傅怀安的便宜。

林暖轻缓地将筷子搁在碗上，伸手去拿水杯喝水，才发现玻璃杯里的水已经见底。

傅怀安动作不紧不慢地拧开餐桌上的矿泉水瓶，为林暖把水杯添满。林暖攥着水杯，却没有端起喝下去的勇气。

“傅先生，对我来说你和柳明晨不一样……”斟酌之后，林暖说了这么一句。

听到林暖郑重地叫他傅先生，傅怀安半眯起眸子，夹着香烟的手拉过烟灰缸弹了弹烟灰：“洗耳恭听。”

他很期待从林暖嘴里说出他想要听到的那个答案，想知道他和柳明晨对她来说不一样在哪里。

“傅先生是一位很有魅力的男性，不得不说，作为女人很容易仰慕您这样的人，三十多岁，事业有成，成熟又有魅力……”

“你呢？”傅怀安反问。

林暖沉默片刻，懂傅怀安反问的是什么，眼神干净清澈地望着傅怀安，点了点头，语气诚恳："仰慕……"

她甚至很心动。

傅怀安嘴角的笑容很淡却很有味道，隔着袅袅白雾让人心头说不出地悸动。

她攥了攥拳头："一开始和傅先生认识，是因为团团，后来和傅先生接触原因始于顾含烟，究其根本是为了温墨深……"

傅怀安依旧淡然，听着林暖不紧不慢地道来。

"我不想揣着明白和傅先生装糊涂，索性今天就把话说开……"林暖直视傅怀安，脸上尽是坦然。

"我想过的是平凡到不能再平凡的生活：夫妻俩年纪相近，有共同话题，也避免老了以后，他先走或者我先走把另一个人独自留在这个世界上；他身边没有那么多姑娘前赴后继地往上扑，可以有那么一两个异性朋友，但我都熟悉；工作收入彼此差不多，没有谁高谁低，可以两个人一起供一套房子，每月工资除去还贷和生活之外，还有足够的结余让我们存款；会因为每个纪念日奢侈地吃了一顿大餐，为此兴奋好几天；我在厨房做饭的时候，他会陪在一旁给我打下手陪我聊天，不是每天都有接不完的电话，只让我一个人无聊地忙碌！

"我做好的饭菜他会吃完，并且赞不绝口，不是我一个人回到家做了一桌子菜，他却在外面应酬，而我只能用这些填满我自己的胃；结束一天的工作之后我们每晚都会依偎在沙发里看电视，说着今天在公司里发生的大情小事；早晨起来说早安，每晚都能说晚安，彼此成为对方的依靠和陪伴。"

林暖语速不快，本就是播音专业出身，能够让人听清楚她所说的每一个字，嗓音清亮圆润，动听但扎人。

"我想要的生活如此平凡，傅先生又是那么不凡的人。可能我说这些话很自不量力，您根本没打算和我有未来，也可能您一如上次一般是要和我领证结婚的，但不管您……是玩玩还是认真，我大概都不是合适的人选。”

餐厅内的人久久地沉默着，中央空调发出的轻微声响格外清晰。

林暖手心里攥着水杯，水杯里的凉水都要被她焐热了。

但凡男人走到傅怀安这一步，没有一个是不骄傲的，比较一个稍有喜欢感觉的女人和自己的骄傲来说，男人往往会选择维护自己的骄傲。

林暖敢在傅怀安面前说这些，无非仗着傅怀安人品还不错，不会对女人用强。

傅怀安半垂着眼帘，抽着烟，修长的手指把玩着金属打火机，好似在认真想着林暖的话。

沉默的时间越长，林暖越不安，此刻已经有了如坐针毡的感觉。

她把话说得周全，也说死了，没给傅怀安一点余地，也是为了不给自己留任何余地。

她需要安全感，傅怀安给不了，不仅仅是因为傅怀安的花边新闻，还有那些对傅怀安虎视眈眈的异性，林暖想想都觉得害怕。

和傅怀安有正式交集之前，林暖不是没有看过有关傅怀安的新闻。

一年前，影后章若敏孤注一掷地在颁奖典礼现场倾情告白，点了傅怀安的名字。章若敏是不婚主义者的事在娱乐圈尽人皆知，她却称愿意从此息影为傅怀安洗手做汤羹，如果傅怀安愿意接受她，就在颁奖典礼结束后去接她。

然而章若敏在媒体记者和影迷好友的陪伴下，在冷风中等到后半夜，接到一个电话之后哭着绝望地离开，从此消失在大众的视线中。

那时林暖觉得，如果傅怀安没有给章若敏丝毫希望，章若敏又怎么会有这么大的勇气？

就算是爱到穷途末路，也是有胜算她才会在颁奖典礼上破釜沉舟。

围绕在傅怀安身边的女性都太优秀，她胆小，宁愿粉丝银耳地将就，也不愿意怀抱着鲍参翅肚却整天担心各路小偷惦记，小偷还没来可能她就先把自己折腾得一病不起。

她更害怕的是，当她把一颗真心全交付给一个人到不能自拔的地步，看到他身边莺莺燕燕环绕忍不住发脾气，却换来一句“男人在外面应酬已经够累了，你怎么这么不懂事儿！”

林暖对自己个性上的缺陷有很清楚的认识，所以才敢笃定傅怀安这种身份和地位的男性不是她的良人。

一根香烟燃尽，傅怀安按灭烟，又从烟盒里抽出一根衔在嘴里。

林暖分辨不出傅怀安的情绪是生气或者释然，只觉得男人举止间透着高深莫测，心慌了。

打火机被傅怀安握在手中，他却迟迟没有点燃香烟，良久他才将香烟点燃……

“你一句自不量力堵死了我所有的路！”傅怀安朝烟灰缸里弹烟灰，“你嘴上的话说得好听，说你仰慕我，可你话里所设的条条框框每一条都十分有针对性，无比明确地把我排除在你的择偶条件外，你的每一句话都是在精准地拒绝我。”

傅怀安抬起眉目，眼神平静如水，却似能穿透人心。

“你曾经是林家的千金，过过锦衣玉食、衣食无忧的日子，也从林家出来一个人生活过，所以我没法指责你的想法天真……说你只是图新鲜。其实你想象中那样的日子过不长久。

“你不承认对我有感觉还好，我还有条让你承认对我有感觉的路可走，可你偏偏说你仰慕我，再摆出一堆为我所设的条条框框把我拒之门外。”

傅怀安还是那副神色自若的模样，语气也听不出任何情绪，但脸部线条绷得越发冷硬。

公寓内的气氛因为傅怀安的面色而变得冷肃。林暖端起水杯抿了一口，不知道该说些什么。傅怀安说得没错，她的每一句话都是针对傅怀安。

“我第一次见你的时候，是 2014 年 6 月，在伊拉克。”

傅怀安看着林暖，视线深邃。

林暖放下水杯的动作一顿，她看向傅怀安，心脏跳动的速度快了起来……

温墨深所乘坐的航班出事，就有说有可能是恐怖组织击毁了飞机，甚至网上有人上传了模糊的照片，说有幸存者被送往萨拉赫丁省首府提克里特市进行救治。

林暖怀揣着一线希望辗转前往提克里特市，可快到的时候才听说提克里特市已经被反政府武装组织占领。

政府军查验了林暖的护照后，不由分说就粗暴地把受伤的她强行送上前往萨迈拉的大巴。

政府军说，萨迈拉有一家国内姜氏开建的重型机械设备建筑公司，那里有大批国内派遣过来的超五百余名员工和家属等待直升机撤离，那里对林暖来说更安全。

林暖向他们打听关于 T-324 航班坠毁的事情，却无人知晓。

22 号凌晨，林暖一行人到达萨迈拉，是姜氏重型机械设备公司伊拉克分部负责人的妻子陆相思挺着大肚子接待了他们。听说林暖在打听关于 T-324 航班坠毁的事情，她知道那架飞机上一定有对林暖来说非常重要的人，很佩服小姑娘不放弃希望来这里寻人的勇气，对林暖这个小妹妹照顾有加。

22 号早晨，陆相思的丈夫姜明安带着十几个人，去指定地点等待接他们去安全营地的直升机。

晚上他回来，说是等了一天都没有等到直升机，却碰到几个前来避难的侨胞，他已经留下人在那里守着，直升机一到立刻通知厂里。

姜明安安慰大家说，他是姜氏独子，陆相思的预产期也临近，怎么说孩子的爷爷都不会让自己的孙子变成伊拉克人，肯定是要把陆相思接回去生的，所以让大家不要担心，直升机一定会来。

23 号他们仍没能等来直升机，陆相思提前发动，于 24 号凌晨四点诞下一名男婴。

姜明安觉得已经不能再等下去，决定转移员工还有来他们这里避难的同胞。

姜明安带着第一批人先出发去探路，如果安全，让陆相思带着孩子和第二批老弱妇孺出发，但出于姜氏员工情绪不稳的考虑，陆相思决定最后一批走，林暖犹豫之后选择留下照顾刚刚生产的陆相思。

可林暖他们刚离开工厂，就遭到了恐怖分子的袭击。

恐怖分子很有针对性地要找陆相思和孩子，说不交出人就随意开枪杀人。虽是性命攸关，但没有员工愿意先开口指认陆相思和孩子。

直到恐怖分子的带队头领随意揪起一个女人的领口要开枪，那人惊恐之下不经意地朝着陆相思的方向瞥了一眼。

知道自己躲不过去，陆相思在他们被围起来之前就把孩子和一把手枪交给了林暖。她笑容恬淡，什么都没说，可林暖都懂。

陆相思没有顾忌，挺身从人群中走了出去。林暖阿拉伯语并不好，磕磕绊绊地听那个带头的男人说姜明安杀了他的弟弟，他要姜明安的妻子和孩子陪葬。

林暖下意识地抱紧了孩子，枪声响起，紧闭上眼……孩子却像是对母亲的离去有所感应，放声大哭。

林暖不出意外地被揪了出来，她一口咬定那孩子是她的，后来不知道武装分子的带队人接了一个什么电话，决定将他们一行人全部带回恐怖组织临时关押人质的小镇。

路上，林暖从武装分子的对话中得知这些武装分子对他们这批人的打算：男性打算留下拍摄视频，威协政府和世界；女性和孩子全部送往黑市交易买卖。林暖紧张得心跳已超出负荷。

历经四个小时的车程，当他们到达目的地之后，武装分子开始追问那个孩子的下落。

那就是傅怀安初次见到林暖，在他的狙击枪瞄准镜里：

正午金色的阳光下，林暖一张小脸儿上混着鲜血和泥污，额头上白色的纱布绷带已经成了黑色，马尾辫有些凌乱，一身脏兮兮的衣服都是大大小小的口子，怀抱着一个刚出生没多久的婴儿，目光决然地直视抓住他们的反政府武装分子，和那群已经方寸大乱地抱头蹲在后面不敢抬头的男男女女形成鲜明对比。

她用极为生涩的阿拉伯语解释那是她的孩子，她不是姜氏的员工，只是来伊拉克寻人，孩子是她在路上救的，她已经用生命向孩子的母亲起誓，会把这个孩子当成自己的孩子照顾，真神阿拉在天上看着，她必须遵守诺言。

傅怀安讶异那个小姑娘的聪明。

耳机里传来其他七个队友报告所在位置的回复，高温下，已经占领制高点的傅怀安汗水顺着棱角分明的下颌不断向下滴，他用瞄准镜观察了广场武装分子的位置和人数之后，沉着开口："李冲解决广场以西，邢峰解决广场以东，王莽后侧突击，刘宏、石头转移人质，秦哲掩护，豆子等我命令引爆炸弹，冯阳和我断后，完毕！"

傅怀安的瞄准镜瞄准了那个已经用枪抵住林暖的额头的武装分子，那人拽着孩子的襁褓，嚷嚷着让林暖把孩子交出来。她恐惧地闭上眼，却弯腰死死抱着发出虚弱哭声的孩子，紧咬着牙没松手。

傅怀安眯起眼眸，扣下扳机……

狙击枪响起的一瞬间，犹如水入热油锅，四周枪声乍起。

傅怀安会出现在伊拉克，毫无疑问是因为陆相思和姜明安。

伊拉克内战一开始，国内姜明安的父亲姜程远便找到傅怀安，告知他姜氏高层董事会对派出飞机接伊拉克员工回来的事情还在争论不休，觉得代价太大，但姜明安、陆相思的生命安全已经岌岌可危，他想求傅怀安想想办法。

傅怀安不顾好友的阻拦，单枪匹马杀到伊拉克，打算到了之后再做打算救人，没想到会遇到以前特种部队的队友，知道他们目标一致，都是为了解救被困伊拉克的侨民。队友请示上级，让傅怀安也参与到救援小组之中。

曾经在特种兵大队，傅怀安所带领的水鬼小组总会低损失高效率地完成任务，傅怀安本人也被称作“鬼才指挥官”。当初傅怀安要离开部队，上级想尽一切办法都没能留住他。

尽管如此，因为傅怀安离开部队多年，怕傅怀安和此次执行任务的行动小组队员配合不默契，上面没有同意。

行动组的大队长曾经是傅怀安的副手，看出傅怀安要去战区的坚决态度，瞒着上级给傅怀安配备了一身装备，让他跟着他们的行动小组一起出发。

而这一路以来，傅怀安对战情的精准判断，以及他丰富的经验、让人敬服的指挥才能，加上他曾经在特种大队留下的种种传说，他们行动小队的队长秦哲曾经又是傅怀安的水鬼小队的成员，傅怀安顺理成章地成了队伍的核心。

九个人的小组，以极其迅猛的攻势结束了战斗，团灭这一小股反政府武装势力。

当傅怀安找到林暖和孩子的时候，林暖正躲在羊圈的杂草堆里，左手食指放在孩子的嘴里，右手颤抖着举着手枪，闭眼，疯狂地扣着扳机，枪却没响。

“枪的保险没开。”

那个太阳炫目的午后，林暖听到母语，得知一直站在自己面前的死神终于和自己擦肩，整个人差点儿瘫软下去。

她睁开眼，仰头看着那个手握突击步枪的男人。他逆光而立，高大的身影把缩在角落的她和孩子笼罩其中。

光线刺目，林暖看不清楚那人的脸，只能隐约看到那线条分明的面容上是迷彩色，五官冷硬。

男人黑色短发，上身穿着已经被汗水湿透的军队训练T恤，衣服紧贴在他结实的胸膛和腹肌上，T恤下摆被皮带扎进作战裤里，脚下作战靴满是血渍和泥土混成的泥浆。

“你叫林暖？”

男人说着母语，声音低沉厚重，在这死亡如影随形的地方，莫名让人觉得可靠又具有权威性。

林暖意外之余，忙点头。

“我来接你和这个孩子。”

他单手举着突击步枪，戴着露指手套的大手把拎着的作战服和防弹衣、头盔丢到林暖脚下，让她穿上。

虽然战斗已经结束，但是武装分子的人数没有清点出来，谁知道会不会突然从哪儿蹿出来一个要了林暖的命？

林暖半天没动，半晌才难堪地开口说：“腿软了，站不起来。”

劫后余生，林暖全身突然放松下来，肌肉酸痛，不停地颤抖。

傅怀安伸手攥住林暖汗津津的颤抖小手，把她拽起来。

他本以为林暖把手指放在孩子嘴里是害怕孩子哭出声来。

可当林暖把手指从孩子的嘴里拿出来的时候，他才发现林暖居然是弄破了自己的手指在喂孩子……

孩子离开母亲几个小时都没有吃东西，连哭声都虚弱无比，情急之下林暖只能想到这个办法。

当时那画面给傅怀安内心带来的波动，他到现在都还记得……

满身杂草的林暖，小脸上还是惊魂未定的神色，污渍下能看出脸色一片煞白。戴着对她来说过大的头盔，套上到她大腿的作战服，把孩子裹在怀里紧贴着她的胸口，却将防弹衣递还给傅怀安，目光里都是信任：“你比我更需要这个……”

傅怀安怔了片刻，接过防弹衣把林暖整个人连同她怀里的孩子一起套在了防弹衣里，只说了一句：“跟在我身后。”

林暖被安全带到广场时，政府军的人已经接管了这里。她从一个叫秦哲的特种兵战士那里听说陆相思还没有死，他们赶到姜氏工厂的时候，陆相思只剩下一口气，她求他们队长来找林暖和她的孩子，而他们队长之所以在伊拉克，就是为了来救陆相思。

和政府军的人交涉完毕之后，傅怀安从林暖那里把孩子要了过来，准备乘坐军方安排的直升机带着孩子去医院见陆相思时，林暖突然拽住了傅怀安的衣角。

“他们军方的人我搭不上话，你能帮我问问他们知不知道 T-324 航班的十几个幸存者，是不是被送往萨拉赫丁省首府提克里特市进行救治了？”

从踏进伊拉克国土起就没有掉过眼泪的林暖拽着傅怀安的衣角，莫名就湿了眼眶。

单手抱着孩子，满脸迷彩色的傅怀安双眸锐利，看着已经洗干净小脸儿、露出清秀五官的林暖，有片刻失神。那双干净澄澈的眸子，仿佛藏着天下所有的悲伤，里面……荒凉得寸草不生。

直升机螺旋桨卷起巨大的让人睁不开眼的风，她的长发被吹得四散飞扬，细碎的沙石刮在脸上生疼。

直到那男人说提克里特市从来没有过 T-324 航班的幸存者，林暖顿时像被人抽空了力气，无力地松开男人的衣角，目光无神地注视着他登上直升机。

随后，林暖也被秦哲带上了前往港口的大巴车。刚才的恶战中，几个武装分子趁乱逃走，政府军担心恼羞成怒的武装分子会不要命地用汽车炸弹杀个回马枪，催促所有人尽快离开。

陆相思被送往医院，人最终没有救过来。

姜明安见第二批到达安全地点的人里没有相思，就原路回去接人，路上遇到叛军和政府军交战，要不是谢靖秋请去救姜明安和陆相思的雇佣兵及时赶到，姜明安的命也得交待在那里。

受了伤又绕路，耽误了很久，等姜明安到达工厂时得知陆相思中枪被送往医院，他从工厂到医院的时候，陆相思已经剩下最后一口气。

傅怀安守在病房门口。

病房内，陆相思泪流满面地吻着姜明安，和他说着来生的誓言，叮嘱他照顾好团团。

24 号深夜，陆相思的身体在姜明安的怀里逐渐软了下去。

姜明安抱着陆相思疯了一样嘶吼痛哭之后，整个人就像是没有了灵魂的躯壳，眼底曾经的倨傲和不可一世，都随着陆相思的离去一起碎成了渣。

陆相思身亡傅怀安也痛，却远远不及姜明安的痛……

那时傅怀安才明白姜明安对陆相思的爱炙热到什么程度。姜明安把“陆相思”这三个字嵌入了灵魂，陆相思死，他的灵魂就生生地从身体里被撕扯出来，和陆相思一起离开了。

姜明安抱了陆相思整整一夜。

25 号清晨，伊拉克的天空如往常般缓缓放亮时姜明安独自从病房里出来，面色冷硬。

姜明安和那些原本只是打算护送他和陆相思回国的雇佣兵达成了新的协议——他要不惜一切代价手刃那个对陆相思开枪的男人。

傅怀安告诉姜明安对陆相思开枪的男人逃走时中了枪，活下来的可能性很小。

姜明安眸子里是毫无生气的一片死色，那是姜明安第一次叫傅怀安哥。

他说：“哥，我和相思……把孩子托付给你了！请你帮我们好好照顾孩子！一定不要把孩子交给我妈，是她把相思送到伊拉克的，她让我失去相思，我就让她永远失去儿子和孙子！”

姜明安的决然和以前那个玩世不恭的二世祖判若两人，傅怀安第一次扣住姜明安的手臂而不是为了揍他。

看着姜明安的眼神，阻止的话傅怀安说不出口，他最终松开了姜明安。

从头到尾，姜明安没看团团一眼，走得坚决，甚至团团虚弱的哭声都没能让他回头。

姜明安那声哥，让傅怀安原本就沉重的心情更乱。

军队的人已经撤侨结束返航，傅怀安只能冒着以前卧底身份被发现的危险联系雇佣兵组织。可作为律师的傅怀安就是把自己的全部财产押上，也不足以让雇佣兵冒险来伊拉克和 ISIL 武装分子正面交锋。

傅怀安凭借经验找到黑市，买了所需要的装备和消息之后，把团团安顿好，便去救那个急着送死的蠢弟弟。

27 号，当他找到姜明安时，姜明安的雇佣兵团已经全军覆没。傅怀安的瞄准镜里，姜明安一个人坐在尸体遍布、大火熊熊的泥土礼堂内，全身是血，手里攥着那个杀了陆相思的男人的头颅，一刀一刀剐着那男人身上的肉，根本不管有多少子弹会往他身上招呼。

傅怀安以令人想不到的速度解决了礼堂里对着姜明安举枪的几个武装分子。

看到傅怀安冒火地走进来的那一刻，筋疲力尽的姜明安对傅怀安露出了笑容……

“就这点儿出息？你是来复仇还是来送命的？”傅怀安居高临下地看着满脸鲜血的姜明安，声音沉稳，心里却是说不出的滋味。

傅怀安绷着脸要带姜明安走，姜明安却软弱无力地笑着道：“别白费力气了，我活不了了。哥……我想和你说说话。”

“出去说！”傅怀安架着姜明安往门口走去。

姜明安已经没有力气抬脚，受伤的右脚脚尖拖行在地上，留下一条骇人的长长血印。

“我要是死了，把我和相思葬在一起，买个大点儿的骨灰盒，把我俩一起装进去。”

姜明安话音刚落，他就听到背后那扇门外传来嘈杂的阿拉伯语声。

傅怀安眸色一沉，带着姜明安撤离，刚走到门口，姜明安一把扣住门框，把毫无防备的傅怀安推了出去。

大火中，姜明安那张满是鲜血的脸上笑容平和，他喊道：“哥！叫他团团，团团圆圆的团！别让他知道他有一个离开了老婆就活不下去的爸爸，他会嘲笑我的！”

说完，姜明安扯开了自己鲜血淋漓的外套。

见姜明安身上缠着炸弹，傅怀安喊着他的名字朝着礼堂内冲去，姜明安却笑着关上了礼堂的门。

“来啊！王八蛋们！小爷今天就送你们全部去见你们的真神阿拉！”

听到里面传来姜明安肆意嚣张的疯狂喊声，傅怀安想要从窗口冲进去阻止姜明安，可还没靠近，爆炸的冲击波袭来，傅怀安被甩出去老远。

30号，傅怀安带着团团、相思的骨灰和姜明安死去的那片废墟中的一捧焦土回国，安葬陆相思和姜明安。

细雨中，一身黑色西装的傅怀安独自双手插兜地站在陆相思和姜明安的墓碑前，黑色短发和结实宽厚的肩膀被细雨蒙上一层水雾，对钱权的欲望萌芽。

他想，如果他钱权在握，那么当姜明安的父亲姜程远来找他的时候，即便没有通往伊拉克的航班，他也不用浪费时间想尽办法联系谢靖秋才借到私人飞机，拿到航线许可证。

如果他可以第一时间安排这些，早点赶到伊拉克，陆相思就不会死！

如果他不只是未尝败绩的律师，而是有足够资产的人，那么就能够在姜明安那个蠢小子去送死的时候请到雇佣兵，姜明安也不会死！

傅怀安在姜明安和陆相思的墓碑前点了自己的律师资格证，半眯着眸子，用那在细雨中热烈燃烧的律师资格证产生的摇曳火苗点燃了嘴上的香烟，他的五官被火光映照得越发深邃，眼神有着让人说不出的意思。

2014 年 7 月 3 号，傅怀安接手了傅家乱成一团的凯德集团，以铁血手段镇住凯德集团董事会高层，带团团远赴美国。

沉寂一年，2015 年 8 月，傅怀安的名字再次出现。他已不是那个未尝败绩的金牌律师，而是华尔街的风云人物。

2018 年元旦，傅怀安带团团回国，海城下起小雪。

那天，海城广电大楼正在更换海城广播调频主持人的巨幅海报。

载着傅怀安的黑色轿车被红灯堵在广电大楼门口的主干道上。

坐在后排座椅上双腿交叠的傅怀安，深邃的视线隔着满天雪花落在海报上中间偏左的林暖身上。

海报上，她穿着白色西装，双臂抱在胸前，长发披肩，微鬈，化着淡妆，五官精致，笑容恬淡，美得不可方物，身旁火焰燃烧的字体写着：音乐调频，林暖。

和 2014 年那个对自己说“你比我更需要这个”的小姑娘不同，四年之后的林暖，清秀的眉目间已褪去稚嫩，初显轻熟女性的魅力。

见傅怀安一直盯着海报上唯一的女性看，没有察觉团团已经醒来，陆津楠笑着打趣了一句：“你一直盯着海报上那个姑娘看，怎么，喜欢？”

傅怀安嘴角似带着一抹若有似无的笑意，目光并未移开。

团团掀开傅怀安盖在他身上的西装，爬到傅怀安身上，小肉手抱住傅怀安的脖颈，顺着傅怀安的视线看过去，莫名的亲切感瞬间侵袭了团团的小心脏。

他奶声奶气地询问：“妈妈？”

自从团团学会说话，但凡傅怀安多看上两眼的女性，他都会这样问，每次无一例外地得到了否定的回答。

可这一次，傅怀安单手扶着小肉团子，望着林暖的海报迟迟没有开口……

妈妈吗？

傅怀安想，林暖应该算是团团的妈妈，给了他第二次生命的妈妈。

团团没有听到回答，小心脏扑通扑通直跳，整个人挪到了车窗边，肉嘟嘟的小肉手扶着车窗玻璃，圆圆的小脸几乎贴在上面，乌黑透亮的大眼里只映着林暖含笑的模样。

团团不知道为什么自己的小心脏里好像有一阵阵让人舒服的暖流，眸子变得湿漉漉的。

绿灯亮起，轿车启动。

当林暖的海报离团团越来越远，小不点儿迅速踩着后排座椅站起身，从后挡风玻璃向后看，直到那张海报消失在视线中。

第十章 对你很上瘾

这晚，林暖躺在床上辗转难眠。

明明身体已经疲惫困倦，可她一闭上眼，眼前就是 2014 年她怀里那个吮着她的手指、又软又白的小团子，顿时困意全无。

傅怀安说团团是他一对夫妻朋友临终前托付给他的，那应该是相思姐姐和她的丈夫。

她记得那个特种兵战士明明说陆相思没有死，被送往医院救治了。林暖没有问陆相思的结局，傅怀安也没有说，但结果已经显而易见。

她翻了个身，双眸微湿。现在再想起团团，她终于知道团团那秀气漂亮的模样像谁了，那孩子的眉眼像极了相思姐，鼻子和小嘴儿和姜明安如出一辙。

傅怀安说:“团团叫你妈妈没错,你是给了他第二次生命的妈妈。”

大床上全是傅怀安强烈的男性气息，林暖小心翼翼地盖着被子，避开自己的口鼻。

在今夜之前，林暖怎么都不会把如今看起来城府、深沉、老到的傅怀安，和当初那个站在她面前全身沸腾着超级英雄气概的战士联系在一起。

军人在林暖心里一直是正直、无私和奉献、血性的代名词，可商人怕是和这几个词都沾不上边。

但抛去傅怀安商人的身份，脑海里浮现出傅怀安穿着军装或作战服的模样，林暖只觉得心脏扑通扑通直跳，他的形象又变得凛然伟岸，毫无违和感，仿佛他天生就该是那样。难怪林暖总觉得傅怀安身上有种别人没有的男性阳刚魅力。

不知道过了多久，林暖意识迷迷糊糊地昏昏欲睡时，她眼前又浮现出伊拉克那个骄阳刺目的午后的场景。

身材高大修长的傅怀安一身作战服，居高临下地看着她，磁性的声音仿佛又在耳边响起：“枪的保险没开。”

林暖猛然睁开眼，心脏跳得极快，口干舌燥。

稍微平静了下心绪，她坐起身从枕头下拿出手机看了眼，凌晨三点二十三分。她把手机搁在床头柜上，起身去厨房找水喝。

深夜的公寓里格外安静。

落地窗外漾着淡蓝色波光的泳池把整个公寓都映得发亮，地板和天花板上全是水波粼粼的光。

林暖从卧室里一出来就听到公寓里隐约有男性节奏清晰的沉重喘息声从楼上传来。

关门的动作一顿，她屏住呼吸认真辨别，不是幻听，这是傅怀安的声音。

林暖只觉心脏突然剧烈地撞击着胸口，耳根红了一片。傅怀安大半夜不睡觉这是在干什么呢？

她快步走向厨房，从冰箱里拿出一瓶冰水，拧开喝了几口，情绪仍无法平静下来。

傅怀安有节奏的沉重喘息持续钻入林暖的耳朵，她耳根滚烫，攥紧了手中的水瓶准备回卧室。

路过餐厅时林暖瞄到餐桌一角的烟灰缸，缸里全是烟蒂。

脚下步子一顿，她仰头看向楼上，鬼使神差地扶着楼梯扶手朝楼上台阶抬脚，越往上，傅怀安的声音就越清晰。

林暖一颗心提到了嗓子眼儿，扑通扑通似要从嘴里跳出来。

楼上亮着灯的房间的门敞开了一条宽缝，林暖在踏上二楼最后一级台阶时停下脚步。

她的视线所及之处是健身器械和男人肩脊紧绷的肌肉线条。他指节修长的大手抓着单杠器械，手臂发力，随着引体向上的动作，肩胛和背部结实的肌肉形成的沟壑更深，凝成水珠的汗水顺着肩背滑下，没进他紧实的腰线里。

林暖攥着矿泉水瓶的手不由得收紧，心跳速度不受控制地再次加快。

傅怀安今晚毫无意外地无眠，从伊拉克回来之后，他就有了失眠的毛病，抽烟也是从那个时候开始变得无法控制的。

每每入夜，闭上眼，他脑子里就会立刻浮现陆相思和姜明安死去时的画面。尤其是想起姜明安死前那一声哥，想起他喊着要送那群武装分子去见真神阿拉的声音，都会让傅怀安从窒息般的疼痛中睁开眼。

时间久了，傅怀安便越来越少眠，只有把自己累到极致才能勉强睡一会儿。

傅怀安从器械上下来，呼吸粗重，大汗淋漓。

明亮的灯光下汗液顺着傅怀安立体分明的脸部轮廓滑向脖颈、胸膛，衬得他身体线条更加性感。

他拿过放在健身器械上的香烟盒和打火机，喘息着抽出一根烟咬在嘴里，单手护着打火机的火苗将烟点燃。

像是有所感应，傅怀安深邃的视线瞅向门口。

因为疲惫，他眼睑处褶皱更深，眸色越发深沉。

见林暖戳在那里，傅怀安有些意外，把嘴里的香烟拿开，往烟灰缸里弹了弹烟灰，声音带着几分沙哑："认床，睡不着？"

她摇头，举起自己手中的矿泉水瓶："我起来喝水，听到楼上有声音……"

眼见他结实性感的蜜色胸膛上的汗水顺着排列整齐的肌肉线条和诱人的人鱼线没进下身松紧适度地系在胯部的藏蓝色格子系带家居裤里，林暖慌忙地移开眼，心跳变得紊乱。

傅怀安健硕的完美体魄像是刻在了她的脑子里，她即便移开眼，也依旧清晰无比地出现在她的脑海里。

见林暖好好地说着话就红了脸，傅怀安半眯起眼眸，顺手拿过搭在健身器材上的黑色 V 领 T 恤套在脖子上，咬住香烟，把 T 恤穿好。

他拿开香烟，唇角逸出白雾，低哑的嗓音染上一层薄薄的笑意："好好说话，你这又是脸红什么？"

"我先……下楼了。"

"水给我。"

不等林暖转身傅怀安便阻止了她的脚步。

林暖本想说这水她喝过了，又觉得这话未免太过矫情，接吻时都没嫌弃，她喝过一口的水大概傅怀安也不会在意。她便没有扭捏，把水递向傅怀安。

男人站在原地未动，单手插兜，下颌凝着汗珠。

林暖抗不过傅怀安平静的眼神，向傅怀安走近几步，拧开水瓶盖把水举到傅怀安面前。她刚靠近，男人身上的热意就向她袭来，她的耳根越发烫了起来。

“水……”林暖低声开口。

话音一落，男人用带着薄茧的滚烫大手攥住林暖纤细的手腕，把人扯到他面前。

林暖仰头，正好看到傅怀安棱角分明的下颌和他带着汗水的性感喉结，还没来得及退开，男人带着烟草味的滚烫薄唇压下，林暖的心跳漏跳了一拍，全世界的声音仿佛都凝滞了。

林暖手中细汗滑腻，没握稳的玻璃瓶掉在地毯上，瓶子没碎，冰凉的水却溅了林暖和傅怀安一腿。

思绪被拉回来，林暖慌张地推拒着傅怀安的胸膛，脚下的玻璃瓶被两人节奏紊乱的脚步踢到一旁，她整个人被傅怀安按在了墙上。

对上那双半眯着的眼睛，她攥紧了傅怀安的被热汗弄湿的 T 恤，身体僵硬着。

傅怀安的吻极尽温柔，他动作轻缓地吮咬她的唇瓣，眸子里像是有无数深情，让人忍不住沉沦其中。

林暖收紧小手，隔着一层薄薄的布料，能感受到傅怀安清晰坚实的心跳和健康的体魄。

吻只是简单地进行了一下，傅怀安眸色幽暗，嗓音沙哑：“明天早上不是有节目？早点儿睡。”

林暖的掌心下是男人因为说话而震动的胸腔。

不知道是不是傅怀安刚才运动释放了太多热量，她觉得周围空气发烫，低着头应声：“嗯。”

她躺回柔软的大床上，大脑清醒得可怕，根本没有睡意，唇齿间全是傅怀安的味道和温度，闭上眼就是傅怀安做引体向上时肩脊紧绷的肌肉线条。

林暖辗转难眠，眼看着纱窗外的天空逐渐泛白，还没有丝毫睡意，硬是在床上挨到了天亮。

第二天一大早，林暖洗漱后穿好自己的衣服出来，犹豫着还是把傅怀安的衬衫叠好装进袋子里准备带走，打算赔给傅怀安一件新的。

从房间里出来，关上门，刚往外走了几步，林暖看到傅怀安已经坐在餐桌前看《财经时报》，早餐——鸡蛋培根和咖啡，就搁在傅怀安面前。

傅怀安穿着黑色衬衫、西裤，拿着《财经时报》的大手手腕上戴着钢链手表，笔直的双腿交叠，没有大汗淋漓，又是那副沉着又高深的成熟模样，有着成功人士的气场。

“穿衣显瘦，脱衣有肉”，大概说的就是傅怀安这种身材的男人吧。

厨房里穿着围裙的家政阿姨正在收拾流理台，耳朵很灵敏地听到关门声，立刻端着牛奶和早餐出来，放在餐桌上，笑着对林暖点了点头，什么都没有说。见林暖莞尔表示感谢，没有对早餐不满的样子，家政阿姨又回到厨房继续收拾。

林暖昨晚没睡好，双眼下有着明显的乌青。反观傅怀安，昨晚凌晨三点多还在运动，早上又起来得这么早，却一副神清气爽衣冠楚楚的模样，这个男人的精力简直好得令人发指。

餐桌上，傅怀安搁在烟盒上的手机振动起来，他拿起看了眼，接通。

傅怀安和电话那头的人聊着公司的事情，表情平淡，即便他并没有说什么严厉的话，低沉的声音也自然而然地充满着威严感。

不欲听别人公司内部的事情，林暖拿出手机翻看着今天推送的早间新闻。

点燃香烟，傅怀安把打火机搁在烟盒上，嗓音平静地道：“那边的事情你先处理，一会儿到公司再说。”

听出傅怀安准备挂电话，林暖锁了手机屏幕，把手机放在一旁，快速吃完早餐后对傅怀安道：“今天早上节目录制是八点，我得走了……”

网上说避孕药越早吃越好，林暖有些坐不住了，害怕出意外。

“我送你……”傅怀安起身，灭了香烟，拿起餐椅靠背上的西装套上。

见傅怀安早餐还没吃，林暖背好单肩包忙道：“不用了，我自己打车过去挺方便的。”

“我还有事和你说，走吧……”

傅怀安拿起餐桌上的手机、香烟和打火机，先向电梯方向走去。

林暖紧攥着自己的小方包，跟在傅怀安身后。

刚走了两步，林暖察觉自己没拿傅怀安的衬衫，折返回去，拎起袋子小跑跟上傅怀安的脚步。一进电梯，林暖就解释：“你的衬衫我先拿走了，昨晚不好意思把你的衬衫弄脏了，我重新还你一件。”

林暖原本想说“赔”，话到嘴边，改成了“还”。

傅怀安双手插兜，听到林暖的话没吭声，半晌才道：“换个颜色……”

林暖愣了愣才反应过来傅怀安说的是衬衫换个颜色。

“你喜欢什么颜色？”林暖问。

“你挑就好。”

叮——

电梯一到，傅怀安先出电梯，林暖看着傅怀安的背影不敢细细揣测他话里的意思。

林暖不傻，听出了傅怀安话里的暧昧。

赔的话她应该是赔一样的，可傅怀安这是明着让林暖替他挑衬衫……

衬衫这样贴身的衣服，大概只有妻子或者女朋友才能送的吧。

林暖耳根泛红，也走出了电梯。

林暖坐在副驾驶座上心不在焉地看着窗外，心里在想一件事。

她记得广电大楼斜对面五十多米的地方有一家药店，但离广电大楼太近，林暖怕被同事撞见。

她正出神，傅怀安突然打了左转向灯，把车停靠在路边。

林暖回头正好对上傅怀安平静似水的眸子。傅怀安从容地解开安全带，看了眼后视镜，伸手去推车门："在车上等我……"

林暖注视着傅怀安下车绕过车头，走进了便利店旁边的药店。

药店刚开门，太早还没有客人。早到的售药员小姑娘刚开始擦拭柜台，余光注意到门口有人进来，抬起头，看到一位西装革履、气质沉稳、气场强大的男士进来，心跳略快，有些扭捏地上前询问客人需要什么药品。

倒是年纪较大的一位大姐嗔了一句那个小姑娘愣头愣脑的，然后转而看向傅怀安，笑着询问："先生需要什么药品？"

身高腿长的傅怀安一身西装，视线扫过柜台，没有找到想要的药品，这才开口："紧急避孕药。"

"有！需要什么牌子？"年纪较大的售药员问。

傅怀安略微思索了一下开口："对人身体伤害小的。"

傅怀安拉开车门上车，随手把矿泉水拧开，和药店的塑料袋一起递给了林暖。

林暖接过后问了一句："这是什么？"

"你不是想买吗？"傅怀安关上车门，伸手拉过安全带。

林暖脸一红，有被窥破心中小秘密的尴尬，不知道该说些什么，半晌才憋出一句："谢谢。"

很快，迈巴赫就停在广电大楼门口。

广电大楼 A 座那栋楼上的巨大屏幕上，正在滚动播放的是这一次林暖的新节目《周日有约》的宣传片。

林暖解开安全带低着头对傅怀安道谢，刚推开车门要下车，纤细的手腕就被人抓住。

她咬了咬唇，脸颊滚烫，怕被傅怀安看出端倪不敢抬头，往回缩着小臂，另一只手攥着傅怀安戴着手表的腕部，想拉开他："这是广电门口，一会儿被同事看到了。"

"我话还没说，你跑什么？"傅怀安淡淡地开腔，低沉的声音带着掩不住的威严感，"把门关上！"

林暖强不过傅怀安，只能把车门关上垂着眸子说了句："你先松开我。"

傅怀安松开林暖，才道："这次是我的疏忽，下次会做措施。"

林暖耳根更烫，尴尬得坐立不安。

她眉头紧皱想说没有下次，可是话到嘴边怕又是一番新的纠缠，干脆抿唇不语。

停顿了片刻，傅怀安又道："这药十二个小时之后再吃一次就别吃了，对身体不好。"

林暖已经看过说明书，知道怎么服用，但还是从善如流地点了点头。

傅怀安见林暖频频看腕表，原本想说的话到了嘴边没有说出口，放行了："去吧……"

林暖推开车门，一只脚踩地，保持和傅怀安的安全距离之后，回头对傅怀安说了一句："傅先生，我想要的那种平凡生活，您真的觉得您能给吗？"

说完，林暖不给傅怀安开口的机会，下车关上车门，快步往广电大楼走去。

傅怀安看着林暖下车后急于逃走的背影，犹豫片刻，打开车门下了车。

“林暖。”

傅怀安郑重地唤着林暖的名字。

他的声音成熟富有磁性，低沉稳重，十分具有穿透力。

林暖脚下步子一停，心脏几乎要从胸膛里跳出来。

在广电大楼门口，豪车和成熟又英俊的男性无疑是引人注目的，更何况傅怀安身上强势阳刚的沉稳气场本就让人无法忽视。

傅怀安穿着黑色衬衫和西装，没有系领带，西装敞开着，挺括衬衫领口的纽扣解开了几颗，隐约可见衬衫之下的好身材。

男人身高腿长，西裤笔挺，双手插兜，就站在车旁，眼神深邃地直视林暖的背影，眉头微微蹙着，气质出众，脸上明显写着不悦，一副克制隐忍的模样。

林暖瞧见已经有人因为傅怀安那一声林暖朝她瞥来，不想引起别人的议论和误会，只能扭头朝着傅怀安的方向看去。看着朝她走近的男人，林暖用力地收紧了攥着包的手。

明明是一大早空气发凉的时候，林暖却觉得热得手心里都是一层细汗。

A座巨大的屏幕上是《周日有约》宣传片里林暖嫣然浅笑的模样，和此时林暖的惶惶对比鲜明。

原本打算下车说完最后一句话就进广电大楼，傅怀安再怎么都不会追进来，谁能想到傅怀安竟然会下车，还叫了她的名字。早知道她就不说那最后一句了，简直是搬起石头砸自己的脚。

“录节目几点？”傅怀安问。

她没吭声，离录节目的时间还早，林暖大可以说马上就要录节目了，可在傅怀安面前她觉得谎言轻而易举就会被戳破，更何况她本身就是不擅长撒谎的人。

傅怀安攥着林暖的手腕把人往身边拽，林暖没防备，整个人被带得往前趔趄，撞上傅怀安的胸膛。

广电大楼门口，戴着工作牌的同事陆陆续续往广电大楼里走，他们总会不经意地往林暖和傅怀安这边看上几眼。

林暖心慌得厉害：“你先松开我，我们好好说话……”

“不跑？”傅怀安低沉的嗓音在林暖耳边响起，令她耳朵红得发烫。

“我会好好说的。”林暖敌不过傅怀安，只能红着耳朵说了一句，“车上说行吗？”

傅怀安把车开到广电大楼后面稍微偏僻一些的小道靠边停下。

副驾驶座上，林暖攥着自己的小方包，像是犯错的孩子，垂着头，看着自己的手指不吭声，心跳的速度一直没有降下来过。

傅怀安放下车窗，抽出一根香烟，却不见打火机，他侧身打开储物盒拿出打火机攥在手里，却没有点燃香烟。

目光深沉地望着林暖低垂着眉眼的样子，傅怀安嘴角微微上扬，搁下打火机开口：“昨晚你说想要年纪和你相近的伴侣，这一点的确是我无法改变的硬伤。”

“你说的共同话题……”傅怀安靠近林暖。

他说话时的热气扫过她的鬓角耳尖，林暖敏感地转头躲开，没料到傅怀安离她这么近，两人鼻头相擦，他身上的男性气息突然窜入鼻腔，她慌张地向后靠，动作太猛烈，后脑撞在了玻璃上，狼狈得无地自容。

“我倒是觉得我们有很多共同话题可以探讨，你说呢？”

傅怀安磁性的嗓音带着几分撩人的沙哑，偏偏他又说得一本正经，很认真的模样，让林暖没法张嘴说什么。

不见林暖吭声，傅怀安继续道：“我身边没有什么前赴后继的女人，连秘书都是男性。有两三个异性朋友，但都是几年不见面、不联系那种，你要想认识，每一个都可以介绍给你认识。媒体杂志写的大多不可信，与其相信媒体杂志，不如来问我，我应该比那些断章取义的狗仔能给你解释得更清楚，像苏曼曼……”

林暖听到这个名字，微微收紧手心。她一直忍着没有问，是因为傅怀安说她是他的女朋友他就解释。

光是想到傅怀安双手插兜，嘴里叼着一根香烟，任由苏曼曼纤细的手臂伸进他敞开的西装里抱着他的腰身的画面，林暖就觉得傅怀安很风流。

“苏曼曼的本名叫傅曼曼，网上应该可查。”

林暖一怔。傅曼曼？

姓傅，难道苏曼曼是傅怀安的……妹妹？

苏曼曼是傅怀安的外公傅清泉的弟弟的亲孙女儿，平时私下两人并不会见面，只在家庭聚会上见过，两个人说的话加起来都没有超过三句。

那天傅怀安把应酬交给陆津楠，正在路边抽烟。没过多久傅怀安就看到几个男人不顾苏曼曼的挣扎，架着神志不清的苏曼曼从酒吧里出来。

傅怀安双手插兜站在那里，叫了一声傅曼曼，苏曼曼就像看到救星一样，掩饰着内心的恐惧对傅怀安笑开，用力挣脱那群男人的手冲进傅怀安的怀里，紧紧抱住傅怀安的腰，像是生怕傅怀安把她推开，忍耐着不适，哀求傅怀安救她。

那几个男人本想上来抢人，但见傅怀安只是双手插兜站在那里，五官冷肃，一副不好惹的模样，加上陆津楠和乙方的人说说笑笑地从夜总会里出来，人多势众，几个人小声议论了几句，都悻悻离开。

那天傅怀安把人送到医院，等苏曼曼输液之后又把人送回公寓，但傅怀安并没有在苏曼曼的公寓停留，把人送上楼后就回了酒店，只交代了助理第二天一大早再去送苏曼曼去一趟医院，仅此而已。

“你说工作和收入上的势均力敌，那么你是打算找本行的人吗？

如果不打算找本行的人……‘势均力敌’这四个字不太好实现。”

傅怀安不急不缓地针对昨晚林暖那些话，一条一条分析，语气平和认真。

“如果你喜欢两个人一起供一套房子这种小情趣，也没有问题！而你说的……会因为吃了一顿大餐而兴奋好几天，和对的人在一起吃才会感到兴奋，尝到美味。

“林暖，我的事业决定我必须有一些野心。我无法保证会每天陪你下厨吃你做的饭菜，但你有兴致亲自为我下厨，我一定会赶回来，不为别的，不愿意糟蹋你的一片心意！哪怕出差没有在你身边，我依然可以在电话里对你早上说早安，晚上说晚安。”

傅怀安说得林暖哑口无言。

一句苏曼曼姓傅，让林暖堵在胸腔里多日的郁结悄无声息地消散开来……

“野心”这个词，林暖懂其中的含义，却不理解。

对于林暖来说，大概这个世界上没有她迫切想要得到可以称之为野心的事物。

就连当初她转至播音专业都是因为这个专业比较好转。

有野心的人一定都对目标有欲望，但……林暖没有。

清晨的太阳光线穿透云层和路边树上的树叶，斑驳地落在挡风玻璃上，林暖听着车窗外风吹过树叶的沙沙声，走了神。

她不像白晓年，白晓年是为了追随母亲的脚步所以才想成为出色的新闻人。

傅怀安见林暖心无旁骛地盯着挡风玻璃上的光斑，放下车窗，把那根香烟点燃，问了一句：“走什么神？”

林暖假装看了眼腕表：“我该走了，不然录节目要迟到了。”

一路从偏僻的小道跑进广电大楼，进了电梯，林暖站在靠后的角落，仍无法平复自己乱糟糟的情绪。

林暖抬手按了按发疼的太阳穴，刚忍住心底翻涌的寒意就听见站在前排穿着职业装、背着单肩包的长发女性正在和身边的同事小姑娘说话。

“小鲜肉什么的，哪有那种成熟英俊又多金的男人吸引人？”

“大概年纪不同欣赏男性的层次就不同吧！我就喜欢小鲜肉啊，现在新出道的那几个组合，小男生都好帅！”小姑娘说着，面颊上泛起一片红晕。

年纪稍大的女性从包里掏出一本杂志，递给小姑娘，绘着红色指甲油的手指点着封面：“你说是你的小鲜肉帅，还是这种有钱多金气质又好的西装男帅？”

林暖无意间抬头从镜面壁上看了一眼，杂志封面上……赫然是傅怀安的照片。

“看起来好英俊、好有男人味、好绅士啊！”小姑娘顺手接过杂志，发出一连串感叹。

林暖移开视线，腹诽傅怀安是穿着西装的大流氓。

叮——

电梯一到，林暖礼貌地说了声让一让，先出了电梯。

林暖在化妆间里化完妆，正在看下午关于苏曼曼访谈的节目内容白晓年便敲门进来。

她抬眼看了眼端着两杯咖啡进来的白晓年，伸手接过咖啡。

白晓年端着咖啡杯斜靠在化妆镜前，打量着林暖：“被滋润过的女人就是不一样，人面桃花的……”

“《早间新闻》结束了不回去补觉，喝咖啡撑到现在就是为了逮住我说这句话？你无不无聊。”林暖抿了口咖啡。

“我这是怕你和温墨深录完节目心里难受，打算陪你呢。不识好人心！”白晓年把林暖的咖啡杯搁在一旁，说了句，“顾含烟陪着温墨深一起来了，两个人这会儿就在楼下的嘉宾化妆间呢。”

林暖翻了一页手中资料，嗯了一声，情绪没有太大变化。

林暖提前半个小时到了录影棚，和新合作的同事们打招呼，希望以后合作愉快。

戴好耳麦试音之后，林暖和端着咖啡的导播正在说着今天录影的注意事项就见顾含烟和温墨深携手而来。

温墨深一身浅蓝色修身西装，里面一件白色打底 T 恤，显得比以前更加清瘦儒雅。薄唇高鼻，双目深深凹陷下去，越发显得目光深邃。

今天温墨深的状态要比前几天林暖见到的好很多，或许是因为化了妆，面颊上因为清瘦而变得锐利的棱角不那么生硬，反倒有种刚毅的味道。

四目相对，温墨深注视着林暖，让人看不懂他在想什么。

台上摆放着舒适的驼色沙发。林暖化着淡妆，眉目越发精致，长发披肩，一身白色西装包臀裙，就坐在单人位上，对着 1 号镜头做简单的开场白。

温墨深坐在台下，听到林暖请他上台和观众的掌声后站起身。

温墨深上台之后，林暖落落大方地和温墨深握了手，请温墨深落座。

这是温墨深回来之后第一次面对媒体，大众最感兴趣的大概就是飞机失事后温墨深是怎么逃生的，存活下来的有多少人，这些年他又是怎么过的，怎么获救的。

温墨深坐在三人沙发位靠近林暖的这一侧，双腿交叠，姿势舒适惬意地靠着。他语速缓慢、沉静地叙述着当年飞机失事的事情，偶尔语言里带着一丝幽默，让人揪心的同时，又因为他豁达的心态而对他产生敬佩。

原来当年飞机偏离了航线后坠机，就和电影里演的一样，坠落到了无人岛上。

温墨深对着镜头说，很抱歉，在那场飞机失事中活下来的只有他一个人。

台下坐着的 T-324 失事客机遇难者家属，瞬间哭成了泪人……

多日来，他们一直在等温墨深的消息，希望温墨深能带给他们希望，说他们的亲人还活着，哪怕官方早在温墨深回来时就已经公布了其他乘客遇难的消息，他们还是希望有奇迹发生。

很多家属为了弄到这场访谈节目的现场票，不知费了多少精神，花了多少钱，就是想得到一个希望而已，可这个希望还是碎了。

温墨深对现场的遇难者家属说，他已经尽自己最大的努力把遇难者的遗体掩埋，因为彼此都不认识，他很抱歉无法为他们立墓碑，希望亡者得到安息，生者节哀。

现场，温墨深忍不住喉咙的异样，侧头用拳头掩唇，剧烈地咳嗽起来。

林暖看得出温墨深隐忍着难过的情绪，她端起水杯递给温墨深道："温先生已经尽了自己最大的努力来保全逝者的尊严，您的行为很值得人敬佩，不需要说抱歉。"

温墨深听到"温先生"三个字，嗓子里像是堵了什么东西一样不舒服。

"谢谢，喀喀喀……"温墨深接过水杯，还在剧烈咳嗽着，手中水杯中的温开水洒出了不少。

林暖递给温墨深一张纸巾，低声询问："还好吗？要不要休息一下？"

缓了良久，温墨深对着大家说了声抱歉，忍着咳嗽道："可以继续了。喀喀……"

顾含烟满目担忧地站在台上，纠结着要不要下去，或是阻止温墨深继续。

"暖暖，可以继续了。"温墨深压下喉咙的不适感，转头望向林暖，察觉到林暖的尴尬便对着观众解释，“抱歉，林主持是我一起长大的妹妹，相识十几年这么叫习惯了。节目上我不如林主持专业。”

顾含烟深深地看了林暖一眼，为了不影响录节目，犹豫再三还是走了下去。

观众提问环节，毫无意外地，一个小姑娘拿着话筒站起身，问了一个让顾含烟坐立不安的问题。

她问：“温先生，您的女朋友顾小姐发生了那样的丑闻，您为什么还愿意选择原谅她，和她一起携手出现在这里？”

除了 T-324 还有没有幸存者之外，这个问题……大概是网友们最关注的了。

温墨深知道有观众提问环节，他能来就已经做好了回答这个问题的准备。

顾含烟坐立不安，眉头紧皱，虽然有心理准备，也知道温墨深的答案大概就是和自己说过的那些话，可被人在大庭广众下问出来，她还是心慌得厉害。

全场安静，大家屏息等待温墨深的回答。

长久沉默之后，温墨深徐徐开口：“是有好的女孩儿，可那个好的女孩儿没有等我。”

温墨深的回答连林暖都意外。

向温墨深提问的姑娘立刻追问：“温先生介意讲讲吗？”

温墨深嘴角露出一抹笑意，那种释然仿佛一切都已经过去，被他看淡，拿出来谈谈也无妨：“感情上我是个特别被动的人，爱过一个人，却觉得年纪相差有些大，加上对方有婚约，我不好做第三者……”

观众席上发出了一阵笑声，林暖却怎么都笑不出来。

和导播站在一起的白晓年一怔，下意识地看向了林暖。温墨深该不会是在节目里对林暖告白了吧？

白晓年想来想去，年龄相差大，再加上对方有婚约，这说的绝对是林暖无疑啊！

见林暖坦然自若一副坐在那里认真听温墨深讲故事的模样，白晓年都替林暖着急。

一般来说，这类节目主持人应该引导一下温墨深，让温墨深把故事讲得更深入一些，可是镜头里，林暖却坐在那里静静听着，什么都没有说。

“那么，您选择原谅顾含烟是因为没有那么爱吗？”有观众犀利地追问。

温墨深勾唇笑了笑：“飞机失事后的一年，我的亲人都以为我生还无望，开始为日后没有我的人生做打算了。只有顾含烟还相信我活着，这几年竭尽所能地打听关于T-324客机的消息，追寻着航班航线到处寻找我的踪迹，甚至不顾生命危险，踏足当时战火连天的伊拉克。”

温墨深这话一出，整个节目录制现场再无笑声。

几乎所有人都由衷地佩服起有如此勇气的顾含烟。她居然为了爱人远赴伊拉克那种地方，那里战争一开始，很多侨民便撤了回来，她却飞蛾扑火般去了。

顾含烟湿了眼眸，垂头抹泪，一副楚楚可怜的模样。

白晓年差点儿爆出粗口来，顾含烟要是为了温墨深去过伊拉克才有鬼！

真正为温墨深出生入死的，正是台上……坐在单人沙发上的林暖。

听着温墨深说的这些，林暖竟然意料之外地平静。

林暖侧头看向顾含烟的方向，语气语音平和地开口：“今天我们看到顾小姐也来到了现场，顾小姐既然有勇气来，大概也做好了解释的准备，顾小姐愿意说说吗？”

犹豫片刻之后顾含烟点头，工作人员立刻把话筒送上。

顾含烟站起身，几度欲开口又几度哽咽。

“含烟，实话实说就好……”温墨深出声鼓励。

“我不想为我的行为诡辩，我不是像网上猜测的那样被下药了，或者视频是合成的。视频里发生的事情是我自愿的，视频也是真的。我等墨深等了四年多，家里已经容不下我等下去，一个人孤军奋战让我感觉特别寂寞，在长久的斗争中我丧失了斗志，所以……就破罐子破摔，想着我要是成为这副模样，我的订婚对象也不会和我订婚了……”

顾含烟哽咽得说不下去了，哭音浓重，抬手掩唇，平静了情绪之后才继续开口：“我觉得自己，配不上墨深，可是我把事情告诉墨深后，墨深并没有嫌弃我。我真的很爱墨深……我不能没有他！”

顾含烟的一番话不知道打动了在座多少人的心，不少人觉得顾含烟可怜。

观众席上，有人悄悄议论起顾含烟的订婚对象傅怀安，一想到顾含烟放着那么好的结婚对象不要，大概是真的爱温墨深到了极致，以为温墨深已经不在这个世界上才绝望地自我堕落的。

节目结束后林暖正在化妆间里熟悉下午苏曼曼的访谈节目资料，白晓年风风火火地闯了进来。

“刚才在节目上温墨深的话你都听到了吗？”白晓年一进来就问。

“先把门关上说话。”林暖翻了页资料，淡漠地开口。

白晓年关了门：“年纪相差大、有未婚夫，我想来想去，只有你一个人是符合这个条件的！暖暖，温墨深是在节目上对你表白呢！你心里没有一点儿想法？”

林暖攥着手心里的资料，除却有那么点儿意外之外，她心里竟没有掀起半点波澜。

大概就像是温墨深说的，一切都过去了。

“温墨深一开始说感情上他是个被动的人，后来几乎就差点你的名了。暖暖……我不相信你听不懂温墨深在暗示什么！”白晓年观察着林暖的反应。

林暖懂，所以她才坐在这里看下午的资料，没有在节目结束后和温墨深叙旧。

如果这是四五年前，大概林暖尚有勇气去向温墨深告白。

可现在，不知道什么时候，温墨深已经不是林暖心头那颗抹不平的朱砂痣了。

化妆间里，白晓年观察着林暖的表情，知道林暖是放下了。

白晓年沸腾的热血也逐渐平静下来，她单手撑着化妆镜靠立在林暖面前，试探地询问道：“顾含烟偷了你的经历，你也不打算告诉温墨深了，对吗？”

“说这个干什么，我又不打算和温墨深在一起……”林暖抖了抖手中的资料，垂眸看着，“既然不打算和温墨深在一起，何苦说这个让他为难？或许沿着航线追寻他的踪迹，只是他找的一个原谅顾含烟的借口。”

“不打算和温墨深在一起，那你打算和谁在一起？傅怀安？”

听白晓年提起这个名字林暖就慌得厉害，又把资料翻了一页，岔开话题：“你还不回去补觉？”

林暖话音刚落化妆间外就传来砰砰砰的敲门声。

“请进。”

推门进来的是手里端着一杯外卖咖啡的 Miss 夏，她说中午让林暖陪着去一个饭局。

饭局如 Miss 夏说的，是陪一个女领导吃饭，整个饭局上，除了 Miss 夏和林暖还有女领导之外，一水的男性。

这次 Miss 夏带着林暖来是因为这位女领导的女儿以前就特别喜欢听林暖的广播节目，女领导开口说麻烦 Miss 夏帮忙要个林暖的签名照，Miss 夏干脆直接把人给带来了。

林暖的长相和打扮一直以来都比较讨年纪大的女性长辈喜欢，女领导对林暖的印象很好。

饭局中途林暖去了趟洗手间，洗完手出来就听到熟悉的声音，脚下步子一顿。

“你怎么搞的？连公司价格底线都敢给嘉禾那边透？”

对面吸烟区透明玻璃门内是背对着门口打电话的傅怀安。他还是今天上午那件黑色的衬衫，黑色笔挺西裤，这打扮衬得他整个人稳重深沉，背影挺拔。

大概是此时内心积怒的缘故，他的声音透着不耐烦和怒意，让他显得越发气场压人。

“让一让……”

声音刚从林暖背后传来，肩膀被人一撞，林暖忙向一旁挪了一步。

两个结伴出来身材火辣的姑娘看了林暖一眼，表情不悦。

她再抬头，傅怀安已经转身，眼神深邃地朝林暖的方向看了过来，令她有些慌张。

“林暖？这么巧！你怎么在这儿？”从包间里出来找傅怀安的唐峥见到林暖，笑着问了一句。

不等林暖回答，唐峥又看向吸烟区的傅怀安：“老傅，你这是借着接电话抽烟出来和林暖幽会呢？难怪这么久不回来，牌局都快凉凉了……”

林暖被唐峥说得耳尖儿泛红，又想起上次，浑身不自在，忙道：“不是，有个饭局，我和Miss夏一起过来的……”

没来由的心虚让林暖不自觉地捎带着把Miss夏说了出来，好像有认证，别人就会相信她不是来和傅怀安私会的。

“这事你自己看着办，挂了！”傅怀安收回视线，挂了电话，眉头紧皱，把手机装回西装口袋的同时按灭了烟，拿起烟盒和打火机。

林暖见傅怀安从吸烟区出来，心跳不由得变快。

早上他们才不欢而散，这会儿见面林暖难免觉得尴尬。

傅怀安走过来，没有看林暖，神色淡漠地对唐峥说了一句："走吧……"

林暖攥着擦手纸，明明是一团微湿的柔软纸巾，她却感到掌心被细针轻扎似的刺痛。

唐峥抬眉，看着先迈腿离开的傅怀安，敏锐地察觉出傅怀安和林暖之间的气氛不对。

或者说，从今天早晨把傅怀安叫过来，所有人都察觉出傅怀安的情绪不对。傅怀安一向是一个把自己的情绪管理得很好的人，从来不会轻易地把情绪外泄，能影响傅怀安的情绪的，大概就只有林暖了。

见林暖抬脚也要走，唐峥忙邀请林暖："林暖，一起吧！难得老傅今天休假，我们几个朋友一起聚聚。包间里都是自己人，打打牌聊聊天！"

林暖紧攥着手中湿答答的擦手纸，勉强对唐峥勾唇，几乎没有犹豫就拒绝了："不了，我那边的饭局还没结束，你们好好玩儿……"

"别呀！"唐峥拦住林暖的去路，"我和他们打牌打得裤子都快输了，你帮我顶两把，赢了算你的输了算我的。就当帮我了……"

她还没来得及开口就听唐峥道："你那边的饭局不是问题，我一个电话的事儿，可你要是不帮我打这局牌，把我输急了，说不准我一个不小心就和你们台里领导说漏你上次假装酒精过敏的事儿了。"

这话就是威胁了……

林暖深吸一口气，压着脾气，站定开口："唐总……"

"就三把！"唐峥先一步堵了林暖的话，语气尊重客气，又带着几分诚恳，"三把之后不论输赢，以后这事儿我绝对不提。给你写个保证书你看行不行？"

"唐总，我真的爱莫能助，我也不会打牌……"林暖尽量使自己的语气平和。

“你不会打牌没关系，架不住老傅会喂牌啊！”

唐峥这话直接把林暖和傅怀安的关系挑向暧昧，林暖心口一堵，又见唐峥不让路，扯出了林家的大旗：“唐总如果不小心和台里领导说漏嘴也没关系，我想……如果我不愿意参加饭局，搬出林家，大概也镇得住。”

趁着唐峥意外愣神的片刻，林暖越过唐峥朝着饭局包间的方向走去。

碰了一鼻子灰的唐峥回到包间，见傅怀安随手把手机往茶壶旁一丢，香烟送到嘴角衔住，眉心紧锁，在牌桌前坐下。

唐峥关上门，问了一句：“老傅，你俩是怎么了，脾气一个比一个大……”

因为傅怀安回归，刚坐到牌桌前的陆津楠抬眼看向唐峥：“谁比老傅脾气大？”

“还有谁？”唐峥拉开椅子在陆津楠的对面坐下，“老傅心中的白月光呗！”

跷着二郎腿在沙发上和两个美女凑在一起玩儿手机游戏的白瑾瑜单手握住手机，抽出嘴里的棒棒糖，意外地道：“林暖也在这里？人呢？唐峥你怎么没把人请过来？”

“吃你的棒棒糖！没听出来我被发脾气了吗？”唐峥抽出一根香烟咬在嘴上，“老顾……该你出牌了。”

被称作老顾的男性将视线从手机上收回，打出一张北风……

唐峥摸了一张牌，打出一张东风：“话说老傅，你没和林暖说她林家二叔被审计局查可能连累她爸的事情？”

“和……”陆津楠推牌。

唐峥扫了眼陆津楠的牌，见陆津楠和北风和东风，一脸无语。

“陆津楠你故意的是吧？老顾打北风你不和，偏偏我打东风你就和！”唐峥今天真的裤衩都要输掉了。

“你那么喜欢上赶着当出气筒，我以为你也喜欢上赶着点和呢……不然怎么对得起你‘善财童子’的名号？”陆津楠笑得不怀好意。

林暖还没回到包间就接到了林景全的电话，林景全在电话里声音凝重地让林暖务必回一趟林家，她只得和Miss夏以及女领导说了一声，便往林家赶。

林暖到林家时整个林宅就只有神色凝重的林景全、梁暮澜和林苒坐在客厅里。

她攥着肩包带，换了鞋从玄关进去，没吭声地站在那里。

梁暮澜对林暖招手：“过来坐……”

林景全抬手看了眼腕表，把手中的香烟按灭：“不等你哥了，你过来坐，我先给你们交代交代。”

林家凝重的气氛让林暖心情沉重，她坐在林苒对面，手心竟冒出了一层滑腻的汗。

林景全拿出四个资料袋，上面分别写着梁暮澜、林琛、林苒和林暖的名字。

“详细的我就不和你们说了。这是我手里不记名的债券，还有变卖了不动产之后转到海外账户的钱，分成了四份儿，你妈、你哥，还有你们俩一人一份儿！”

林景全把写有林苒和林暖名字的资料袋分别递给两人。

“爸……”林暖没有伸手接，“事情很严重吗？”

严重到了林景全像是在交代后事的地步？

林暖看向梁暮澜，一直坐在一旁不吭声的梁暮澜像是哭过，眼眶发红，她拢了拢披肩，容颜似在一夜之间苍老不少，整个人很没精神。

“这不是你小孩子该操心的事情。”林景全绷着脸说了一句之后，又道，“我已经安排好今晚就送你妈和苒苒出国，今天叫你过来，是问你……愿不愿意跟你妈一起出国。时间仓促，可能没有时间让你和你的朋友告别，但国外那边我全都安排好了。如果出事儿，苒苒、你……还有你妈的生活肯定有所保障；如果没出事儿，我再接你们回来。”

林景全越说林暖的心越往下沉。

“爸！”林暖打断林景全的话，“你和哥呢？”

林景全稍作沉默，从烟盒里抽出一根香烟，皱眉道：“你哥走不了，林氏还得靠你哥撑着。”

林暖攥着满是细汗的手，这事儿没有听到前因只知道后果，心脏没着没落地扑通扑通直跳，云里雾里像是踩着棉花。

外面传来车轮碾轧地面的声音，一直神经紧绷的林苒不自觉地站起身说了一句：“回来了！”

关车门的声音传来，林暖转头看向窗外，透过纱窗隐约看到了身高腿长的林琛和他的特助站在车旁。

“在外面等我十五分钟。”

林琛低沉有力的声音有着能安抚人内心惶惶的力量，就连林苒都踏实了不少。

门厅处的灯亮着，林琛从门外进来，高大的身影遮去了一些光线。

即便林暖都感觉林家的状况犹如泰山压顶，林琛却依旧是那副稳重又深沉的模样——白色的衬衫、灰色的马甲和同色系的笔挺西裤，身上精致得衣冠济济。

他手里拿着一个资料袋，进了门厅，他单手扶着鞋柜换鞋，略显昏暗的灯光勾勒着林琛立体的深邃五官，衬衫领口挺括，越发衬得他表情冷肃。

“小琛……”梁暮澜唤了林琛一声。

林琛把资料搁在鞋柜上，边向里走边用骨节分明的大手解着西装马甲的纽扣，身上带着淡淡的酒气。

“爸，妈和小暖还有苒苒暂时不能出国，动作太大太明显！”林琛磁性低沉的嗓音不高却特别有力，“公司财务部的王叔是内鬼，我们已经掌握了证据。损坏的账目已经在加紧做，但这么多年，想要填平他们做下的漏洞不太容易！最坏的结果就是打官司。”

林琛有条不紊地安排着，言行间表现出的是沉稳成熟的内敛气场，没有丝毫慌乱，稳重得让人觉得他可以轻易扛起压在林家头上的泰山。

林景全兀自抽着烟，半晌没有吭声。

“哥，我能做什么？”林暖听着林琛的分析，情绪逐渐平静下来后询问道。她想出一份力。

林琛这才将视线移到林暖清秀干净的小脸儿上，眸底多了一抹暖色：“你可以帮我照顾好妈，照顾好你自己！”

林暖垂着头，沙发背后的落地灯照出林琛的剪影，影子落在她搁在膝盖上的方包上，使林琛说的话显得格外沉重。

门外，林景全送林琛出门去金城，廊灯之下，飞蛾扑闪着翅膀在照明灯周围飞舞着，影子落在林琛犹如雕塑的五官上，林琛衬衣和马甲下的肩背显得格外宽厚。

林琛把一根香烟送到嘴上点燃，深吸一口，缭绕的白雾后是他高深莫测的眸色，他淡淡地道：“爸，这次事情落下帷幕之后退下来吧，陪我妈过过那种养花遛鸟的生活。”

看着林琛，林景全突然觉得自己老了。

林景全双手插兜，心底的那份不甘淡淡释然。在事情发生之后，他所想的……是寻找退路，可他的儿子迎难而上，死中求生，他真的是不服老不行。

目送那辆载着林琛的车子驶离林家，林景全长长地呼出了一口气……

如果这次风波过后还有命的话，他会把林氏交到儿子手里，在家多陪陪梁暮澜。他记得梁暮澜以前经常说想要和他去环游世界，可近十几年梁暮澜对这件事绝口不提，如果他活着，这件事他想要计划起来。

第二天林暖起来的时候，林琛已经从金城回来。林暖追问情况，林琛只说让她不要担心，之后就上楼去洗澡了。

梁暮澜和林景全昨晚大概谈得比较晚，还没起。

林暖一个人坐在餐桌前，手里把手机来回拨弄着，显得心不在焉。

早饭吃到一半林暖的手机响起，是 Miss 夏的来电。

她接通："喂，Miss 夏……"

"妈妈！"团团脆生生的小奶音从电话那头传来。

听到 Miss 夏说孩子早上来广电大楼门口找林暖，林暖没敢耽误，连忙赶往广电大楼。

林暖下车时团团已经站在广电大楼门口，傅怀安也在，他身后是那辆黑色宾利。

团团背着卡通汽车双肩包，仰头看着傅怀安，绷着白嫩嫩的小脸儿不吭声，小胖手揉了揉酸胀的眼睛，眼睛红得像兔子。

傅怀安一身藏蓝色西装，笔挺正式的西装马甲三件套勾勒着他修长挺拔的身体，使他显得矜贵又深沉。

他的西装敞开着，双手插兜站在车旁，低头凝视着面前不大点儿的团团。高大的身躯立在团团面前，他低声说着什么，没有刻意训斥，但他身上仿佛与生俱来的气场让人莫名畏惧。

来往的行人注意到这对颜值颇高的父子，不免多留意了几眼。

林暖从车上下来，攥着手机。知道团团就是那个曾经和自己生死与共的小婴儿后，林暖对团团的感情早已经从最初的同情心疼，变成了不一样的情愫。

但昨天和傅怀安的不欢而散让林暖难以迈开脚步。

不知道傅怀安说了什么，只见团团乖巧地点了点头后，傅怀安拉开了后排车门，伸手牵住团团的小手。

团团通红的眼睛看到林暖亮了起来，他喊了一声“妈妈”就挣脱傅怀安朝林暖跑来。

闻声，傅怀安回头看向林暖的方向。

两人四目相对，林暖想起昨天傅怀安的视而不见，掌心又轻微地扎痛起来。

那一小团身影迅速跑到林暖面前，漆黑的大眼睛湿漉漉地望着林暖，伸出双手又叫了声“妈妈”，想让林暖抱。

昨晚团团做噩梦了，梦见妈妈不要他和爸爸了，团团哭醒之后想要来找妈妈，可爸爸不在，他就偷偷来找妈妈了。

林暖弯腰，把团团抱了起来。

软绵绵沉甸甸的团团窝在林暖怀里，双手紧抱着林暖的脖颈，脑袋枕在林暖的肩膀上，眼眶红红的，一副受了委屈的模样。

团团身上的奶香味随着呼吸进入林暖的心肺，她一手托着团团的小屁股，一手搂住团团的脊背和双肩包，任由孩子像树袋熊一样挂在自己身上。

团团很想妈妈，想得很委屈，他偷偷用林暖的衣服蹭去眼泪，直起身子，两只小胖手抱着她的脖颈，扭头看向站在不远处的傅怀安。

傅怀安保持着双手插兜的动作，威压感极强。

见林暖还穿着昨天那一身衣服——短裙小白鞋，大冷天露着一双白花花的笔直长腿——他隐约能猜到昨晚林暖没有回家，傅怀安眼神深邃地望向林暖，表情看不出喜怒。

抱着怀里的团团，林暖觉得不踏实，又见团团往傅怀安的方向看，虽然觉得昨天的事情之后和傅怀安面对面难堪，却还是抱着孩子朝傅怀安的方向走去。

林暖心里装着昨天晚上林琛和林景全在门外说的话。如果走到打官司这一步，那么如果他们请的律师是傅怀安，是否……官司就有胜算？

这个念头刚攀上头顶，林暖便心慌得眼神无处安放，假装专注脚下。

“心虚”这个词，形容此时的林暖再合适不过。

前脚口不择言地和傅怀安撇清关系，后脚她就想着怎么请别人帮忙，怎么想都让人觉得她心机深沉。

林暖刚把团团抱回傅怀安身边，团团就立刻双手紧抱林暖的脖颈，大眼睛又忍不住直瞟傅怀安，怕傅怀安生气，更怕傅怀安直接把自己带走。

“傅团团，下来。”

傅怀安声音不大，语气也没有刻意严厉，但就是让团团很害怕。

傅怀安很少叫团团的全名。团团身体轻微一僵，眼眶越发湿红，他攥着林暖脖颈后的衣裳，一副快要哭出来的样子。

“我到下午才有拍摄，这段时间可以带着团团。”林暖硬着头皮把这句话说了。

“林小姐，先生得带着小少爷去见傅老夫人。”

傅怀安的特助和林暖也算是相熟，笑着实话实说了。

林暖恍然大悟，听得出来傅老太太是傅怀安的长辈。

她侧头看着紧抱着自己的脖子不撒手的团团，好言好语地商量：“团团，你先跟爸爸去见长辈，等……等这段时间忙完，我好好陪你好不好？”

团团不想让眼泪掉下来，一手搂住林暖的脖颈，用另一只手的手臂抹了一下眼睛，眼眶湿红，睫毛上沾着细碎的泪珠，鼻翼翕动，垂下眸子，小胖手指钻进林暖开衫外套的扣眼里，没吭声。

“过来……”傅怀安伸出手从林暖怀里接过团团。

站在广电大楼门口目送载着团团和傅怀安的车离开后，林暖就接到了林景全被调查的消息。

虽然是意料之中，可林暖听了还是觉得心慌得不行。

走进广电大楼，刷了工作证，林暖从闸口进来，背后突然有人叫她。

林暖回头，见是之前打着追求她的旗号对她毛手毛脚的同事王泉，没有犹豫就回头往电梯口走，不欲搭理对方。

“林暖！”王泉快了两步追上林暖，挡在林暖面前，拦住林暖的去路，道，“你们林家的事情我听说了，今天早上我在家吃早饭的时候听我妈提起了你爸的事儿。其实说白了就是有人存心要整治你们家。”

王泉认真地对林暖道：“我知道你肯定担心你爸的事情，今天早上我顺嘴和我妈说了一句，我妈说正好下午她要去参加一个晚宴，要是你有空的话那个时候我妈可以抽空见你一面，和你聊聊。我可以带你一起过去。”

林暖想拒绝，哪怕现在王泉在林暖面前表现出一副正人君子的模样，之前的事林暖没办法不介意。

见林暖犹豫，王泉把自己一直攥在手里的工作牌夹在胸口：“你考虑一下，要是愿意，下午节目结束后你等我一下，我去找你，带你一起过去。要是你信不过我，就当我没提过这件事儿。”

王泉说完，整理了一下自己的西装领口：“我先上楼了。”

林暖站在原地，手中紧紧攥着自己的背包带子，心里乱成了一团麻。